एक कहानी…

खिड़की

एक कहानी...

खिड़की

संदीप यादव

प्रभात
प्रकाशन

प्रकाशक
प्रभात प्रकाशन प्रा. लि.
4/19 आसफ अली रोड, नई दिल्ली-110002
फोन : 011-23289777 • हेल्पलाइन नं. : 7827007777
इ-मेल : prabhatbooks@gmail.com ❖ वेब ठिकाना : www.prabhatbooks.com

संस्करण
प्रथम, 2024

पेपरबैक मूल्य
तीन सौ रुपए

मुद्रक
आर-टेक ऑफसेट प्रिंटर्स, दिल्ली

Ek Kahani...KHIDAKI
by Shri Sandeep Yadav

Published by **PRABHAT PRAKASHAN PVT. LTD.**
4/19 Asaf Ali Road, New Delhi-110002

ISBN 978-93-5521-747-9

₹ 300.00 (PB)

समर्पित

श्रीमती हीराकली (माँ)
डॉ. प्रवीना यादव (दीदी)
श्रीमती रीता यादव (भाभी)
श्रीमती निधी यादव (भाभी)

शुभकामना संदेश

संदीप यादवजी द्वारा लिखित कहानी में खिड़की को पत्नी और घर को पति (अर्थात् मुख्य कर्ता) के रूप में दिखाया गया है। खिड़की और पत्नी—दोनों ही बदलते समय (मौसम) के अनुसार सामंजस्य और तालमेल बैठाने का काम करती हैं। सर्द-गरम हवा का अनुकूलन खिड़की करती है और घर की छोटी-मोटी रोजमर्रा की समस्याओं से अनुकूलन पत्नी को करना पड़ता है। बदलते समय (मौसम) में कोई खिड़की अगर गलती से खुली रह जाए या बंद रह जाए तो हवाओं का संतुलन बिगड़ते भी देर नहीं लगती, इसलिए कुछ खिड़कियाँ घर के बाहर खुलती हैं और कुछ घर के भीतर। खिड़की न जाने जीवन के कितने रंगों को दिखाती है—कभी उदासी के रंग, कभी मस्ती के रंग, जीवन के अनेक रंगों से सराबोर...

मेरे किचन की खिड़की, जो दिन में खुली रहती है, बाहर गली में आते-जाते जाने-अनजाने चेहरों की एक अनकही कहानी बयां कर जाती है। मुसकराते चेहरे, गुनगुनाते चेहरे, लड़ते-झगड़ते चेहरे, नशे में डूबे चेहरे, जीवन के अनेक बसंत देखे झुर्रीदार चेहरे, यही खिड़की कभी बैंड-बाजों के साथ आने वाली डोली (जीवन की नई शुरुआत) के साथ न जाने कितने उमंग-उल्लास से, भावों से भर देती है। एक नवजीवन नई पीढ़ी के आगमन का उल्लास और कभी राम नाम सत्य के साथ अरथी के भी दर्शन करा जाती है। मन को फिर भर देती है वैराग्य के भाव से, जीवन की नश्वरता के सत्य से...

या देही रो गरब न करना माटी मा मिल जासी।
यो संसार चहर री बाजी साँझ पड्या उठ जासी।

(मीराबाई)

सांसारिक मोह-माया से स्वयं को विमुख करने का संदेश युगों-युगों से ऋषि-मुनि देते आए हैं। यही संदेश यदि समझ लें तो कितने ही रिश्तों की उलझन को सुलझाया जा सकता है। संदीपजी को उनके उपन्यास के लिए अनंत शुभकामनाएँ। आशा करती हूँ कि पाठक उनकी इस रचना का भी भरपूर आनंद लेंगे और अपने घरों में 'घर और घर की खिड़की' की तरह सामंजस्य और तालमेल बैठाने का प्रयास करेंगे।

—प्रो. नवनीत कौर आहूजा
विभागाध्यक्ष, समाजशास्त्र विभाग,
बरेली कॉलेज, बरेली

शुभकामना संदेश

प्रिय संदीप,

बड़े हर्ष का विषय है कि आप अपनी नई पुस्तक का लेखन करने जा रहे हैं। समाज में सामान्य तौर पर बंदूक के सिपाही के तौर पर देश की रक्षा करने वाले या फिर कलम का सिपाही बनकर समाज को नई दिशा दिखाने वाले किरदार अलग-अलग ही नजर आते हैं। मगर आप एक ऐसा व्यक्तित्व हैं, जो एक हाथ में बंदूक और दूसरे में कलम पकड़े हुए हैं। यह अपने आप में एक अलौकिक बात है। जिस गति से आप पुस्तकों की रचनाएँ कर रहे हैं, एक दिन आएगा कि इस क्षेत्र में आप मील का पत्थर स्थापित करेंगे। आपकी पुस्तकें न केवल ग्रामीण जीवन के दर्शन कराने में सफल होती हैं, बल्कि महिलाओं की स्थिति को भी आगे लाने का कार्य करती हैं। लोक-संस्कृति की स्पष्ट झलक इनमें दिखाई देती है। मुझे पूर्ण विश्वास है कि आपकी अगली पुस्तक भी पाठकों को बेहद पसंद आएगी। आपको बहुत-बहुत शुभकामनाएँ!

—डॉ. सौरभ कुमार अग्रवाल

फाउंडर व मैनेजर

माधवराव सिंधिया पब्लिक स्कूल, बरेली

अनुक्रम

प्रस्तावना

खिड़की घर का एक ऐसा मुख्य भाग है, जो घर के अंदर और बाहर के वातावरण में सामंजस्य को बनाए रखने में मुख्य भूमिका निभाती है। घर की बड़ी-बड़ी दीवारों पर लगी खिड़कियाँ न केवल अपनी साज-सज्जा से उस घर की शोभा बढ़ाती हैं, बल्कि घर के बढ़ते-घटते ताप का संतुलन बनाने में भी मुख्य भूमिका निभाती हैं। खिड़की बाहर से आने वाली शुद्ध हवा का स्वागत करती है, सूर्य की किरणों को आकर्षित कर घर के आंतरिक भागों तक पहुँचाती है तथा घर की दूषित वाष्पित वायु को अपने मार्ग से बाहर निकाल फेंकती है। खिड़की के इस निरंतर किरदार से न केवल वह घर वर्षों अपनी मूल सुगंध से जीवित रहता है, बल्कि न जाने कितनी पीढ़ियों में भावनाओं के अंकुर रोप देता है, प्रेम के, लगाव के, अपनत्व के, त्याग-समर्पण के तथा उस स्थान से जुड़ी पुरानी से पुरानी परंपराओं, विचारों-संस्कृतियों के…।

जानते हैं! यह सबकुछ कैसे संभव है ? क्योंकि घर यदि पुरुष भाव का एक संकेत है तो घर के प्रत्येक भाव को संतुलित करने वाली खिड़की उस घर की पत्नी और घर के साथ सफर करने वालों की जननी के भाव का संकेत है। घररूपी पुरुष जितना बदलते मौसमों से लड़ता है, परिश्रम करता है, उतनी ही खिड़की सभी मौसमों से पूरे घर के लिए तमाम तरह की भावनात्मक ऊर्जाओं को बाहर से अवशोषित कर अंदर निवास करती आत्माओं को सौंपती है।

इस पूरे घर और खिड़की रूपी दांपत्य जीवन को जन्म देते हैं हमारे माता-पिता और उसी घर के साये में खुद निवास कर पूरे समाज से अलग हटकर एक ऐसे शुद्ध सामाजिक वातावरण का निर्माण करते हैं, जिसमें आस्था, प्रेम, त्याग, अपनत्व जैसी तमाम भावनाओं वाली एक संस्कृति सजी होती है, जिसको महसूस करते हुए

वो यह सोचकर एक सुखी जीवन जीने लगते हैं कि जिस नई पीढ़ी को वो इस नए घर में जन्म देंगे, वो उनकी इस कला का, उनकी इस बनाई संस्कृति का पूरे समाज में प्रसार करेंगे। लेकिन समाज ऊँच-नीच जैसी दोनों विचारधाराओं का संवाहक है, इसलिए ऐसी परिस्थितियों से अपने घर को बचाने के लिए माता-पिता घरों में खिड़कियों को सम्मान के साथ स्थान देते हैं।

आपने देखा होगा भारतीय संस्कृति में कि जब घर बनाया जाता है और नींव रखी जाती है, दरवाजा लगाया जाता है, या फिर जब खिड़की लगाई जाती है तो प्रसाद चढ़ाकर लोक-संस्कृति के नियमानुसार उसकी पूजा-अर्चना की जाती है। यह सब किसी ढोंग या आडंबर की निशानी नहीं है, बल्कि भावनाओं को जीवित रखने और नवपीढ़ी में सींचने की एक प्रक्रिया है।

घर में सम्मान के साथ स्थापित की गई ये खिड़कियाँ ही उस आने वाली नई पीढ़ी के माता-पिता को समाज में फैली ऊँच-नीच जैसी स्थितियों से निश्चिंत रखने के लिए एक नई भावना सौंपती हैं कि बदलते दौर में बढ़ती भागदौड़ की वजह से शयनकक्ष, भोजनकक्ष अलग हो भी जाएँ परिवारवाद जैसी विचारधारा के साथ, लेकिन ये खिड़कियाँ घर की प्रत्येक दीवार पर रहेंगी तो घर एक ही रहेगा; क्योंकि खिड़की दीवार के दोनों तरफ के लगाव का संगम होती है, प्रेम होती है, आदर होती है।

अब बात आती है कि कंक्रीटों के घर में सजी खिड़कियों के सान्निध्य में सामाजिक पीढ़ियों के रूप में निरंतर प्रसार करने वाले इनसानी लोगों में भी क्या कोई खिड़की का किरदार निभाता है ?

तब एक जवाब आता है कि हाँ! होता है एक ऐसा किरदार जो परिवार में खिड़की की भूमिका निभाता है, खुद को दोनों तरफ ही भावनाओं में संतुलन के रूप में बैठाकर। उस किरदार को हम पत्नी कहते हैं। हालाँकि इस किरदार के किसी परिवार में जन्म लेते ही कई नाम और भाव आ जाते हैं अलग-अलग रिश्तों के रूप में, लेकिन जब इस किरदार को पारिवारिक खिड़की की भूमिका में समझना हो तो पत्नी के रूप में समझना ही सबसे बेहतर है, जिसे हम इस पूरी कहानी में तथ्यात्मक और विस्तार से समझाएँगे एक वास्तविक कहानी के साथ, जो हर दूसरे घर से आपको जुड़ी महसूस होगी।

पत्नी एक ऐसी खिड़की होती है, जिस पर परिवार की नई शाखाओं की उम्मीदें भी टिकी होती हैं और घर टूटने के इल्जाम भी टँगे होते हैं। ठीक वैसे ही जैसे घर की

खिड़की पर बाहर से आती शुद्ध हवा की तारीफें और अंदर से जाती गरम दूषित हवा के दोष थोपे हुए मिलते हैं। लेकिन फिर भी यह कोई समझने की कोशिश नहीं करता कि दोनों पक्षों में माध्यम भले ही पत्नी हो, लेकिन गुनहगार वो नहीं। जब भी इन दोनों पक्षों को लेकर अलग-अलग बात होती है, तब हमारे सामने सैकड़ों उदाहरण और सवाल खड़े हो जाते हैं, लेकिन फिर भी यह तय नहीं कर पाते कि आखिर वो कारण कौन से हैं, जिनकी वजह से परिवार टूट जाते हैं? और अंततः इल्जाम उस पत्नी पर रख दिया जाता है, जो दूसरे घर से अकेले एक संगठित और मजबूत परिवार में आती है। और जब हम यह सोचते हैं कि क्या एक संगठित मजबूत घर को दूसरे घर से आई इकलौती लड़की तोड़ सकती है? तब यह इल्जाम न समझ आने के बावजूद हम मान ही लेते हैं, क्योंकि समाज ने पहले से ही मान लिया है कि घर सिर्फ पत्नी की वजह से ही टूटता है।

इस पुस्तक के साथ जब आप सफर शुरू करेंगे, तब आपकी मुलाकात एक परिवार से होगी, जिसमें एक दंपती ने अपनी छोटी सी नौकरी के साथ अपने चार बच्चों को पालकर एक बड़े परिवार का निर्माण किया है तथा सभी की शादी कर अपने जीवन को बच्चों की जिम्मदारियों से मुक्त कर ईश्वर का धन्यवाद करने हेतु ध्यान की ओर ले चले हैं।

लेकिन जैसे-जैसे आप इस कहानी में सफर करेंगे तो देखेंगे कि समाज और परिवार की तमाम रोजमर्रा की खींचतानें बुजुर्ग दंपती के जीवन और सपनों पर, उनकी ख्वाबों की उम्मीदों के विरुद्ध प्रहार करना शुरू कर देती हैं। परिवार के सदस्यों में कम होता आपसी सम्मान और उन्नति की प्रतियोगितावादी और तुलनात्मक सोच से कभी-कभी बुजुर्ग दंपती खुद को दोषी महसूस करते हुए पाते हैं तो कभी परिवार में आई नई-नवेली बहुएँ दोष का शिकार होती मिलती हैं। जिसकी वजह से कई बार बुजुर्ग दंपती खुद धीरे-धीरे परिवार से दूर रहने और खुश हैं दूर रहकर, ऐसा दिखाने की कोशिश कर बच्चों के लिए पीड़ादायक त्याग को अपना लेते हैं। ऐसा हर परिवार में अलग-अलग चलता है और अंततः परिवार में जन्म लेती अविश्वास और संदेह-शंकाओं से भरी आपसी दूरियाँ बुजुर्गों को एक तनहा जीवन सौंपने लगती हैं, जिससे अकसर बुजुर्गों में चिड़चिड़ापन और बहुओं में हमेशा के लिए आपसी मतभेद जन्म ले लेते हैं, जिन्हें समय के साथ बेटे भी कबूल कर अलग-थलग होने के विचार बना माँ-बाप को ही किनारे करने लग जाते हैं।

लेकिन यदि हम इस कहानी या आपके आस-पास के परिवारों में घटित होने वाली कहानी पर गौर करें तो इस पूरे बदलाव का वास्तविक कारण कौन है? क्या वाकई घर में आई नई स्त्री के रूप में बहू दोषी है? या फिर घर में वरिष्ठ स्त्री के रूप में मौजूद सास? जैसे सवाल खड़े हो जाते हैं।

जब आप इस कहानी को पढ़ेंगे तो बहुत आसानी से समझ पाएँगे कि परिवारों के विघटन या परिवार के सदस्यों के आपसी मतभेदों के कारण बहुत छोटी-छोटी गलतफहमियाँ होती हैं, जो समय की अनिश्चितता के कारण उत्पन्न हो जाती हैं। जिन्हें सुधारने या गौर करने की गुंजाइशें भी अकसर परिवार के सदस्यों को नजर नहीं आतीं। यह कहानी ऐसी ही गलतफहमियों को संबंधों के बीच बनते और उनसे भिड़ते पारिवारिक सदस्यों को दिखाती है, साथ ही परिवारों को संगठित रहने और आपसी मतभेदों को दूर करने के लिए जागरूक करने के उद्देश्य पर चलती नजर आती है, जो वर्तमान समाज से प्रेरित है।

यह कहानी न केवल परिवार में बुजुर्गों के महत्त्व को वर्तमान परिवारों के सामने भावनात्मक दृश्यों के साथ रखने का प्रयास करती है, बल्कि घर में तमाम किरदारों को निभाती खिड़कियों के रूप में स्त्रियों के सम्मान को भी समाज के सामने रखती है जिससे किसी भी गलती को इल्जाम के रूप में किसी एक व्यक्ति पर न थोपा जाए, बल्कि पूरे विश्वास और सम्मान के साथ स्थितियों को समझ परिवार मजबूत किए जा सकें।

‘एक कहानी…खिड़की’ पुस्तक का लोकार्पण समारोह

(8 मार्च, 2024)

कविता अरोड़ा : महिला दिवस के उपलक्ष्य पर बरेली के कुछ युवा कलाकारों द्वारा आयोजित कार्यक्रम ‘पत्नी’ में आप सभी अतिथियों और वरिष्ठ महानुभावों का मैं संजय कम्युनिटी हॉल के इस प्रांगण में स्वागत व अभिनंदन करती हूँ। आज इस कार्यक्रम, जैसी कि थीम रखी गई है, के अनुसार उस जोड़ी को यहाँ बुलाया गया है, जिन्होंने न केवल अपने इस तीनवर्षीय वैवाहिक जीवन से संगठित परिवार बनाने, उन्हें मजबूत करने को एक दिशा दी है, बल्कि हमें या कहें हम सभी के सम्मुख एक ‘एक कहानी…खिड़की’ नामक औपन्यासिक कहानी भी प्रस्तुत की है, जिसका विमोचन इस कार्यक्रम में आए शहर के वरिष्ठ साहित्यकारों और गण्यमान्य अतिथियों द्वारा किया जाएगा।

सामने खचाखच भरे हॉल को देखकर संदीपजी, आज ऐसा लग रहा है कि स्त्री-विमर्श के विषयों पर लगने वाली चौपालें शायद अब खत्म होने वाली हैं, क्योंकि जब इस तरह के नव-युवा परिवार को संगठित करने के अध्याय सौंपने लगें, इतने बड़े हॉल में कार्यक्रम ‘पत्नी’ के मंच पर बड़े-बड़े साहित्यकार सजने लगे और इस पूरे कार्यक्रम को अपनी यादों में समेटने के लिए मीडिया के साथ इस शाम की बेला में दर्शकों के फोन के कैमरे चलने लगे तो यकीन हो जाता है कि स्त्री-विमर्श के विषय पर यह ‘एक कहानी…खिड़की’ पुस्तक आखिरी ही होगी।

राहुलजी, मैं आपको बताऊँ तो एक महीने पहले जब संदीप का फोन आया था मेरे पास कि मैडम हमारी 7वीं पुस्तक आ गई है और ये नाम है, और मैं इस

नाम के कार्यक्रम के माध्यम से इस तारीख को पुस्तक का विमोचन कराना चाहता हूँ। उस समय कॉल पर तो मैंने कह दिया कि ठीक है बेटा मैं अभी तो क्लियर नहीं कर सकती, लेकिन तुम न मुझे पुस्तक की एक प्रति या उसका कोई कंटेंट दे देते तो मैं भी समझ लेती कुछ, शायद कुछ बेहतर ही मदद कर पाती। उसने तुरंत कहा कि मैडम! मैं न अभी ड्यूटी पर हूँ, लेकिन पुस्तक कूरियर कर दी है, आप एक बार पढ़ लीजिए।

राहुलजी, दो-चार दिन बाद पुस्तक आई और मैंने समय निकालकर जब पढ़ना शुरू किया तो पहले तो लगा कि संदीप ने शायद कोई प्रेम कहानी लिखी है, जो शादी से जुड़ी कोई घटना है। लेकिन जैसे-जैसे मैं आगे पढ़ती गई, संदीप का मन उसका यह कार्यक्रम और क्या कुछ समझाकर परिवारों को जोड़ना चाहता है, सब समझती चली गई। एक-एक रिश्ते को जोड़ने वाली यह पुस्तक परिवार विघटन को रोकने के लिए देखना समाज को बाँधने में शत-प्रतिशत अपने से बाँधेगी। मैं तो कहती हूँ कि परिवार का हर एक सदस्य अपनी भूमिका समझ सकता है इससे, कुछ इतने गहरे भावों को उकेरा है संदीप ने।

(एक तरफ तालियों की गड़गड़ाहट हॉल में गूँजती है तो दूसरी तरफ लेखक संदीप के चेहरे पर मुसकान खिली है, जो शायद इसलिए है कि वह जो अपनी पुस्तक के माध्यम से पारिवारिक दृश्यों को समझाना चाहता है, जो संदेश देना चाहता है, वो पहली पाठक के रूप में एक वरिष्ठ साहित्यकार महिला ने समझे भी और उन्हें व्यक्त भी कर रही है। एक लेखक के लिए इससे बड़ी सफलता भला और क्या हो सकती है!

खैर, लेकिन क्या है इस पुस्तक को लिखे जाने की पूरी यात्रा? क्या है इस पुस्तक के इन दो सितारों का इस पुस्तक में ऐसा खास कि आज का कार्यक्रम ही पत्नी को समर्पित हो गया?

इन सवालों को जानने से पहले तथा पुस्तक का विमोचन होने से पहले उन तीन लोगों को आपके सामने बुलाना चाहूँगी, जिन्होंने 'पत्नी' कार्यक्रम की खिड़की को बहुत पास से देखा, महसूस किया और फिर लिख दिया।

सबसे पहले बुलाना चाहूँगी 7वीं कृति के रूप में इस कहानी को लिखने वाले संदीप यादवजी को, वो आएँ और पुस्तक पर हम सभी का समीक्षात्मक दर्शन कराएँ।

(जैसे ही लेखक संदीप मंच की कुरसी से उठ माइक की ओर बढ़ता है, सामने बैठी सैकड़ों लोगों की भीड़ से उठती तालियों की आवाज, मंच से शुभाशीष

देती गण्यमान्यों की मुसकराहटें और रंग-बिरंगे गुब्बारों और फूल-मालाओं से सजा स्टेज मानो आज उस स्त्री का एक अलग गुणगान कर रहा हो, जिसने बिखरते परिवार पर अपने सपनों की कुरबानियाँ देकर खुद के नए सपने बनाए, नए आयाम स्थापित कर दिए। और इधर लाल साड़ी में खड़ी देश की सुप्रसिद्ध कलाकार कवयित्री शहर बरेली की निवासी कविता अरोड़ाजी, जो किसी भी कहानी की मंच से समीक्षाएँ प्रस्तुत करने के लिए भी जानी जाती हैं, मंच से उस स्त्री के पथ की लिखी खिड़की पत्रिका का अनावरण करने के गीत आलाप रही हैं, गीत के शब्दों से उस स्त्री का परिचय करा रही हैं।

हॉल में मौजूद एक-एक भावनाओं की, मुसकराहटों और तालियों का नजरें झुका, हाथ कोहनी तक जोड़ सामने की तरफ झुक सभी का अभिवादन कर, सफेद धोती-कुरता पहने कंधे पर गमछा डाले लेखक संदीप संचालक महोदया के स्थान पर ठीक माइक के सामने आ पहुँचा है।)

संदीप : यह कहानी एक स्त्री की है, उस स्त्री की जो पिछले तीन वर्ष से एक भारतीय जवान की अर्द्धांगिनी भी है। यह कहानी उस लड़की की है, जो पहले अपने सपने पिता के घर में पिता की हैसियत और अपने रंग-रूप की वजह से हर लड़की की ही तरह सातों आसमान के रखती थी, वह सपना देखती थी कि जब वह अपना पति चुनेगी तो उसके साथ एक संगठित परिवार को चलाने वाली अच्छी अर्द्धांगिनी बनकर रहेगी, एक या दो ही बच्चों को जन्म देकर अपने पूरे ससुरालियों के साथ मिलकर एक बड़े परिवार को एक करके रखेगी। वह सोचती थी कि अपने काम, अपनी मेहनत से मायके का हर ओर नाम ऊँचा कर रखेगी, ताकि उसके मम्मी-पापा जिस चिंता में रहा करते थे कि 'न जाने कैसा लड़का और परिवार मिलेगा!' उन्हें उस चिंता से मुक्त कर एक अच्छा जीवन सौंप सके, ऐसी पत्नी और विवाहित बेटी बनकर रहेगी।

लेकिन जब किसी लड़की का विवाह एक जवान से होता है या किसी भी उस व्यक्ति के साथ जो घर से कहीं दूर नौकरी करता है, तब उस लड़की की पूर्ण स्त्री बनने वाले वैवाहिक सफर पर पहुँचते ही जिम्मेदारियाँ और बढ़ जाती हैं। शायद कुछ उतनी, जिसमें वह स्त्री उन रिश्तेदारियों और अपने पहले सोचे हुए सपनों, माँ-बाप की सिखाई बातों से सामंजस्य बैठाते-बैठाते पति से दूर समाज की कुछ पहले से बनी विचारधाराओं की वजह से इतना अलग हो जाती है कि कुछ ही महीनों में उसके सपने सपने ही बनकर रह जाते हैं और नई कशमकशों में घिरती चली जाती है।

किसी की सुनती, किसी को सुनाती और किसी को समझाती वह हँसने-मुसकराने वाली लड़की स्त्री के सफर में अकेले भिड़ती हुई आखिरकार टूट जाती है। अब चूँकि वह स्त्री है, इसलिए खुद को सँभालने की कोशिश करती है फिर से। लेकिन जब अपने आस-पास के वातावरण में देखती है, उठती आवाजों से अकेले भिड़ते हुए, अकेलेपन से लगते इल्जामों से भिड़ते हुए और माता-पिता की बढ़ती चिंताओं के डर से खुद को भिड़ते हुए, तब जो सपने सोचे थे शादी से पहले उन्हें तो भूल ही जाती है, और लग जाती है सोचने कि जिस कलह और मनमुटाव में वह घिर गई है, उससे सुकून वाले रास्ते पर कैसे निकले!

जब सोच लेती है रास्ता निकलने का, तब फिर उसे याद आता है कि वह तो पत्नी है! उसको तो इजाजत है ही नहीं अपने फैसलों पर चलने की! और अंततः वह फिर ससुराल और मायके की साख बचाने के दारोमदार सिर पर उठाकर पति को ही सोचने वाला, निर्णय लेने वाला सही समझकर पीछे-पीछे चलना शुरू कर देती है। कुछ ऐसी ही जिंदगी है इस कहानी की उस लड़की की, जिसके लिए आज हम सभी यहाँ एकत्र हुए हैं। (थोड़ा रुककर)

खैर, यहाँ तक के रास्ते पर इस 'एक कहानी¨खिड़की' पुस्तक का मुख्य किरदार 'पत्नी' यदि चलती या बनी रहती तो शायद यह पुस्तक कभी लिखी ही नहीं जाती। वह तो यहाँ से भी आगे निकलती है और परिवार में पत्नी की भूमिका पत्नी के अर्थ को परिभाषित करती हुई एक परिवार को टूटने से बचाकर और मजबूती से एक कर लाती है। ठीक माँ सीता की तरह, राम जैसे अपने फौजी पति के लिए, अपने जनक की खुशियों के लिए, अपनी अयोध्या जैसी ससुराल के लिए। शायद इसलिए यह कहानी आज आप सभी के सामने आनी ही थी, परिवार को घर के रूप में सजाने वाली खिड़की के किरदार में।

और हाँ, यहाँ पर मैं एक बात और कहना चाहूँगा कि खिड़की से कहीं ज्यादा महत्त्वपूर्ण होती हैं वो दीवारें, जिनके सहारे, जिनकी सुरक्षा में खिड़की सफर करती है सभी मौसमों में। इसलिए जितना हमारी इस पुस्तक में खिड़की को महत्त्वपूर्ण कहा गया है, उससे कहीं ज्यादा दूसरे पारिवारिक किरदारों को भी कहा गया है। तो आप सभी के किरदारों को ध्यान में रखकर पढ़िएगा, क्योंकि आज जो इस कार्यक्रम में एक पत्नी को सम्मान मिल रहा है, उसका सबसे बड़ा कारण है परिवार के सदस्यों की सही बातों पर एकजुट होने की इच्छाशक्ति का होना। अब यह सब कैसे आसान होता है? या फिर छोटी-छोटी बातों पर लड़-झगड़ लेने वाले घरों में कैसे

देखने को मिलता है? वह सब आप पढ़ेंगे तो जरूर समझेंगे भी और अपने परिवार को मजबूत करने, एक करने हेतु अपने जीवन में शामिल भी करेंगे। बहुत-बहुत धन्यवाद! (और इसी के साथ सभी की तरफ हाथ जोड़ मुसकराती हुई नजरें लिये संदीप अपनी बात खत्म कर चला जाता है कुरसी की ओर)

कविता अरोड़ा :

ये बंदिशें, बंदिशें जिसने मानीं वो रिश्ते कहाँ समझ पाया,
रिश्ते को रिश्तों से जोड़ने वाला ही खिड़की बन पाया।

इन दो पंक्तियों से ज्यादा इस कहानी और उसकी मुख्य पात्र के लिए मैं कुछ नहीं कहूँगी, आपने (लेखक) यह पुस्तक हम सभी के सामने रख दी है। एक उदाहरणरूपी परिवार के साथ यह सौभाग्य भी है हम सभी का और संदेश भी समाज के लिए, उसके लिए आपका बहुत-बहुत धन्यवाद!

चलिए! जैसा समय का आदेश है, मैं इस कार्यक्रम को उसी अनुसार, उसी चाल से आपके समक्ष निरंतर रखना चाहती हूँ तो आइए, अब मैं बुलाती हूँ इस कार्यक्रम की खिड़की सिया के पिताजी आदरणीय रमेशजी को। आप आएँ और हम सभी को कहानी शुरू करने से पहले वहाँ ले जाएँ, जहाँ आज की खिड़की मतलब आपकी सिया आपसे विदा ले रही थी। साथ-ही-साथ बताएँ कि तब का आपके मन का डर और आज के इस भरे पूरे हॉल में आपके मन के उत्साह को आप कैसे देखते हैं? क्योंकि किसी लड़की के जीवन सफर को एक पिता से ज्यादा, माँ से ज्यादा कोई नहीं जानता और न समझ सकता है। इसलिए मैं चाहती हूँ कि आज के कार्यक्रम के दर्शकों, पाठकों और अतिथियों को इस पुस्तक के पन्नों पर ले जाऊँ! उससे पहले आप यदि हम सभी को थोड़ा भावुक कर देंगे तो ये पन्ने हम सभी को समझना आसान हो जाएँगे।

(65 साल के रमेश को उनका दामाद संदीप और बेटी सिया हाथ पकड़कर मंच के सामने बैठे दर्शकों की सबसे पहली पंक्ति से उठाकर मंच पर लाते हैं। तालियाँ कविता अरोड़ा की बात से जिस रफ्तार से बजनी शुरू हुई थीं, उतनी ही भावुकता से शांत होती चली गईं। पिता-पुत्री-दामाद के भाव-विभोर दृश्य को देखकर आगे खिड़की को सुनने के लिए।

सफेद शर्ट, काली पैंट और सफेद मूँछों वाले रमेश के जुड़े हाथ''कविता अरोड़ा और अतिथियों की तरफ देखते हुए धीमे-धीमे काँप रहे हैं। होंठ धन्यवाद कहने को बुदबुदा रहे हैं, जिन्हें पूरा हाल देख रहा है। सिया कभी पापा को ऊपर

से नीचे तक निहारती तो कभी माँ के दाहिनी तरफ पापा वाली सीट पर बैठी-बैठी माँ के हाथों को अपनी हथेलियों से दबाए उनके चेहरे पर खुशी महसूस कर खुश हो मुसकराकर देखती तो कभी छोटे से बच्चे को गोद में लिये सासू माँ और अपने परिवारियों के चेहरे पर उस मुसकराहट को महसूस कर खुश हो रही है, जो उसके नाम से सजा मंच उन्हें गौरवान्वित कर रहा है।)

रमेश : (काँपते हाथ से माइक थोड़ा ऊपर कर चश्मे को सँभालते हुए) लड़की टेट पास हो, पिता पहले से तय कर चुका हो कि 14 से 15 लाख रुपए खर्च कर देंगे, लड़की की लंबाई पाँच फीट चार इंच हो, लंबे काले घने बालों में कन्या का सुंदर चेहरा हो तो फिर चाहे जैसा फोटो लड़के वालों को भेज दिया जाए, लड़की को कोई फेल नहीं करता। और जब इतना कुछ हो ही तो लड़की पक्ष के पूरे परिवार को रिश्ता ढूँढ़ने के लिए लड़की की तरफ से चिंता भी नहीं होती, 'हमारी बालिका तो सौ में से एक है' यह सोचकर। लेकिन सबसे भारी जो चिंता लड़की के घरवालों को घेरती है तो वह यह कि न जाने कैसे घर में हमारी बेटी जाएगी! न जाने कैसे लोग होंगे वो? रात-दिन एक बेटी का पिता भगवान् से बस एक ही प्रार्थना करता है कि हे भगवान्! हमारी लड़की के लिए अच्छा वर ही मिलवाना।

मैं एक बहुत खुशकिस्मत पिता हूँ कि मुझे मेरी पत्नी ने दो बेटियाँ तोहफे में दीं—सिया और प्रिया। मेरी बड़ी बेटी सिया का जिस साल जन्म हुआ, उस साल ही मुझे नौकरी मिली थी, हालाँकि हमारी शादी के दस साल बाद मेरे पहले बच्चे के रूप में सिया आई थी, लेकिन उस ही साल मेरी पुलिस में नौकरी लगना हम सभी के लिए लक्ष्मी का रूप हो गई वो। सिया के बाद दूसरी बच्ची आई, हमारा घर पिछली सभी तंगियों से मुक्त होकर संपन्नता की ओर बढ़ता चला गया।

आज मुझे इस मंच पर बोलने का जो मौका दिया आप लोगों ने, उसके लिए आपको बहुत-बहुत धन्यवाद, क्योंकि ये सब बातें बहुत दिन से मेरे दिल में भरी हुई थीं। लगता था ईश्वर से मिली इस जिंदगी को सभी के सामने रखूँ और बताऊँ। और देखो वो भी मेरी बेटी के कारण ही पूरा हुआ।

(रमेश की आँखें मुसकराते-मुसकराते भर आईं, वे खुद अपनी पलकों को बार-बार झपकाकर और चश्मा सँभालने के बहाने आँसुओं को छुपाने की कोशिश तो कर रहे हैं, लेकिन आँखें गड़ाए पूरा हॉल रमेश के गले के रुदन को, उनकी खुशी को लगातार महसूस कर रहा है।)

जैसे-जैसे मेरी दोनों बच्चियाँ बड़ी होने लगीं, मेरी रात भर की नींदें छोटी होने लगीं। हर दिन औरतों की मार-पीट, दहेज और बलात्कारों के केस जब आते थे थाने में तो दिन में अपनी पत्नी लता को दस बार कॉल करता था हालचाल पूछने के लिए। और जब कभी चिंता में नींद नहीं आती थी तो मेरी पत्नी समझाती थीं कि 'कुछ नहीं होगा, ईश्वर है न, उन पर विश्वास करो।' आपको सच बताऊँ! तब मैं हर पल यही सोचता था कि पिता के रूप में एक पुरुष माँ से कितना कमजोर होता है न! कि नौ महीने पेट में पालने वाली माँ अपने बच्चों के लिए डरी होकर भी कितनी मजबूती के साथ खड़ी रहती है। (धीमी आवाज से बोलते रमेश की बातों में पिता का डर और अपनी पत्नी का विश्वसनीय प्रेम साफ महसूस हो रहा है, वे बातों की गहराई चेहरे पर गंभीरता को झलकाते हुए कह रहे हैं।)

सिया की शादी के लिए पूरे चार साल तक रिश्ते ढूँढ़े, जब भी कोई रिश्ता देखकर घर आता और हमें ही वहे घर पसंद नहीं आता, तब एक और डर दिल में घर बना बैठ जाता था सवालों के साथ कि फिर जब कोई पूछेगा कि क्या रहा भाईसाहब तो क्या जवाब दूँगा?

सच पूछिए तो दिल की घबराहटें इतनी बढ़ जाती थीं यह सोचकर कि क्या वाकई जैसा हम चाहते हैं, वैसा घर नहीं मिलेगा? तब कुछ नहीं सूझता था, बस सोचते थे और सोचते-सोचते इस डर के साथ ही फिर नया रिश्ता ढूँढ़ने लग जाते थे हम।

रिटायरमेंट के बाद भी जब वैसा घर नहीं मिला तो एक दिन अपनी पत्नी से कहा कि अभी जिन रिश्तों से बात चल रही है, उनमें से ही किसी एक को कर देंगे। हालाँकि मन तो तीनों में नहीं था रिश्ते के लिए, क्योंकि एक परिवार दारू और नॉनवेज वाला था तो पत्नी को पसंद नहीं आया। एक लड़का प्राइवेट नौकरी करता था तो भी पत्नी राजी नहीं हुई, तीसरा लड़का जो था, वो आज हमारे दामाद आपके सामने हैं। सी.आर.पी.एफ. में हैं, यह जानकर हालाँकि हमारी पत्नी इस बात पर भी नहीं मानी थीं (पत्नी की तरफ देख मुसकराते हुए बोले), लेकिन जब बेटी ने 'ठीक है' कहकर हाँ कर दी तो फिर मना ही लिया इन्हें हमने।

आपके (मंच पर बैठे दामादजी की तरफ देख) परिवार के बारे में कई लोगों से पूछा तो हर तरफ से ऐसे सुझाव आए, जैसे मानो यही घर हमारी बेटी के लिए ठीक रहेगा। बस लड़का फौज में है, बाहर ज्यादा रहेगा, यह एक बात हम लोग चिंता के रूप में ज्यादा सोच रहे थे। लेकिन कोई नहीं, हमने इस बात से खुद को

समझा लिया था कि लड़की की जॉब लग जाएगी तो आ ही जाएँगे आप जल्दी घर। (यह सुन हॉल के अधिकांशतः लोग मुसकराए, क्योंकि मंच से दामाद को घर नौकरी से वापस बुलाने वाली बात एक ससुर बता रहे हैं वह भी मुसकराते हुए।)

आपके पापा सिंचाई विभाग से रिटायर हैं, माताजी आशा में हैं, दोनों भाई अध्यापक हैं, दोनों विवाहित हैं। जगह-जमीन भी भरपूर है, एक बहन है वह भी पी-एच.डी. पढ़े-लिखे परिवार में हैं। और ऊपर से आप एक फौजी होकर भी इतनी पुस्तकें लिख चुके हैं, दारू-मछली-सिगरेट सबसे दूर हैं। भला इससे अच्छा परिवार और कौन सा होगा!

शादी के वक्त यह सबकुछ जानकर भी दिल न जाने क्यों हर रोज डरता था, हर दिन चिंताएँ लगी रहती थीं कि न जाने कैसे रहेगी मेरी गुड़िया इस घर में? और एक दिन भगवान् का नाम लेकर भेज दी अपने इस राम जैसे दामाद के साथ यही सोचकर कि जो किस्मत में होगा, वही होगा। हालाँकि घबराते-घबराते दिल इतना खाली हो गया था यह सोचकर कि कैसे बेटी पति से दूर आठ-आठ महीने रहा करेगी? लेकिन फिर भी कर ही दी शादी। आगे जो हुआ, जैसा हुआ, मैं सबकुछ अपनी बच्ची का मेरे लिए एक तोहफा ही समझता हूँ मेरी बच्ची। हालाँकि शादी के कुछ महीनों बाद जब कुछ अनबन हुई और पहली बार हमारी बच्ची अकेले घर आई तो मैं घबरा गया था बहुत कि कहीं सबकुछ खत्म न हो जाए! लेकिन उसके लिए मैं अपनी समधिन और समधी को धन्यवाद ही कह सकता हूँ, मेरे पास शब्द नहीं हैं कि कुछ कह पाऊँ आपके व्यक्तित्व के बारे में। आपने अपनी बच्ची की तरह सिया को सम्मान दिया, जगह दी और इस पुस्तक के लिए पहले किरदार के रूप में खुद से आगे किया। आप सभी ने मेरी जिंदगी सरल कर दी भाईसाहब, मैं तो आज इस मंच से यही भगवान् से दुआ करूँगा कि भगवान् हर किसी पिता को मेरी बच्ची जैसी ही बिटिया देना, मेरे समधियाने जैसी ही ससुराल और रिश्ता देना। धन्यवाद!

(मंच से हाथ जोड़कर नम आँखें लिये सामने दर्शकों की आगे वाली सीट पर उस पिता को प्रणाम कर रहे हैं, जिस पिता ने उनकी बेटी को बेटी माना बहू नहीं। और जैसे ही अपनी बात खत्म कर रमेश मुड़े नीचे अपनी सीट पर जाने के लिए, पूरा हॉल सभी अतिथिगण खड़े होकर तालियों के साथ दोनों परिवारों का सम्मान कर रहे हैं, आपस में फुसफुसाहट भरी गुफ्तगू के साथ।)

कविता अरोड़ा : बिल्कुल सही कहा आपने, समाज चाहे जहाँ हो, लेकिन पिता का दिल हमेशा अपनी बेटियों के भविष्य की उन्नति और सुरक्षा के लिए ईश्वर

के चरणों में रमा ही रहता है, और देखिए न! आपको बेटी और दामाद ने आपकी उस तपस्या का कितना बड़ा फल दिया!

खैर! आइए अब आपको इस कहानी के तीसरे मुख्य किरदार से मिलवाऊँ, जैसा कि मैंने पहले कहा था, उससे पहले कहानी के उन पन्नों पर ले चलते हैं, जहाँ से एक पत्नी खिड़की के रूप में उभरकर आई अर्थात् दिखाते हैं कि कैसे वर्तमान समय में कोई घर बिखर जाने के लिए आपस में ही भिड़ता है, टूटता है और मानसिक उत्पीड़नों का शिकार तक हो जाता है? परिवार का एक-एक सदस्य कैसे कितना स्वार्थी और एक-दूसरे के विपक्ष में खड़ा हो जाता है? आज के कार्यक्रम की पत्नी कितने पारिवारिक अंगारों से गुजरकर आई है! साथ ही जानते हैं कि फिर ये परिवार सुलझा कैसे? और उसके बाद सुनेंगे उस तीसरे मुख्य किरदार की समीक्षात्मक टिप्पणी को, जिसे हर किसी को स्वयं में महसूस करना चाहिए।

□

बसंत के फूल

शहर बरेली के सुरेश शर्मा नगर मोहल्ले के निवासी हैं—रिटायर इंस्पेक्टर रमेश यादव, जोकि दस साल पहले ही यहाँ शिफ्ट हुए हैं, अपने पैतृक गाँव बिल्सी बदायूँ से। रमेश का 200 गज में बना मकान एम.बी. इंटर कॉलेज के ठीक सामने हाइवे से आती हुई गली में है। इस पूरे दो मंजिला मकान में रमेश अपनी पत्नी लता और दो बेटियों सिया और प्रिया के साथ रहते हैं। रमेश के घर में तमाम तरह के फूलों के गमले और दो देशी कुत्तों का होना प्राकृतिक प्रेम को दरशाता है, जिनकी देखरेख बड़ी बेटी सिया ही करती है। लता का एक हफ्ते पहले बाथरूम से निकलते वक्त टाइल्स पर पैर फिसलने से गिर जाने के कारण सीधा हाथ फ्रैक्चर हो गया था, जिसकी वजह से उनको खाना खिलाना, कपड़े पहनाना सारा काम बेटियाँ और रमेश मिलकर करते हैं। छोटा सा परिवार है, घर में एक वैगनआर गाड़ी और स्कूटी है, जिसे या तो रमेश या प्रिया चलाती है, सिया को इन सबमें शौक नहीं है तो या तो अपनी दोस्त शिल्प जो पड़ोसन है, उसके साथ जाती है कहीं भी या बहन प्रिया के साथ।

रिटायरमेंट लेने के बाद रमेश की चिंताएँ बेटियों की शादी के लिए और बढ़ गई हैं, पिछले तीन साल से बड़ी बेटी सिया के लिए रिश्ता ढूँढ़ ही रहे हैं। और जब से रिटायर हुए हैं, तब से जिसने भी जहाँ भी घर बताया, वह देखने जरूर गए। कभी कोई वजह सामने आ जाती शादी न करने की तो कभी कोई।

01 दिसंबर, 2020

दोपहर के साढ़े बारह बज रहे हैं, सिया अपनी दोस्त शिल्प के साथ उसकी ही सफेद एक्टिवा स्कूटी से आ पहुँची है रुहेलखंड यूनिवर्सिटी अपनी

डिग्री लेने। सिया लाल फूलों से सजे काले रंग के सूट पर लाल जैकेट और स्पोर्ट्स के सफेद जूते पहने हैं तो शिल्प पीले रंग के जैकेट और नीले रंग की जींस में है।

"यार ये हैलमेट सारे बाल खराब कर देता है, इसलिए मैं सिर्फ टोपा ही पहनकर आ रही थी।" शिल्प ने हैलमेट डिक्की में डाला और अपने बाल रबड़ बैंड से बाँधती हुई बड़बड़ाई। दोनों यूनिवर्सिटी की बैंक के सामने स्कूटी खड़ी कर खड़ी हैं, सिया उसकी बातों को सुन बस हँस ही रही है कि शिल्प फिर बड़बड़ाई, "तुम्हें ही चुल्ल थी इतनी सी दूरी के लिए हैलमेट यार···।"

"पागल बाँध मत, तेरे बाल घुँघराले हैं न तो ऐसे ही अच्छे लगते हैं। देखना अभी लड़कों की ताड़ती आँखें फट जाएँगी मेरी हिपहॉप पर।" सिया ने बड़बड़ाती-मुसकराती शिल्प के गालों को हलकी उँगलियों से छुआ, उसके शैतानी मन को जगाया। शिल्प अकसर सिया से राह चलते लड़कों को अपनी खूबसूरती से छेड़ने की बातें जो करती रहती है। वह कहती है कि कपड़े ऐसे पहनो कि लड़का थोड़ी देर अंदर से उत्सुकता की आग में उबलता रहे कामुकता के लिए। हालाँकि सिया हमेशा उसे समझाती रहती है इस डर से कि कहीं किसी लड़के के जाल में ये फँस न जाए।

"हमसे तो एक ही न सँभल रहा यार, दूसरों से बस मजे लेने हैं, सटना नहीं।" सिया की मुसकराहट देख जवाब देती है और बालों को बाँध स्कूटी के शीशे में अपना चेहरा एक पल के लिए जाँचती है और चल देती है कैंपस की ओर।

"सही है! तुम ही पालो ये बलाएँ, हम तुम्हें रोते देख लेते हैं कभी-कभी तो उसी में सुकून मिल जाता है यह सोचकर कि भला है मैं सिंगल ही हूँ।" विश्वविद्यालय की सड़कों से छँटते कोहरे में इधर-उधर बैठे लड़के और बगल से साइकिल-मोटरसाइकिल से गुजरते लोग पलट-पलटकर खिलखिलाती इन दोनों लड़कियों को घूर-घूरकर देख रहे हैं पूरे शरीर पर नजरें घुमा।

"अच्छा! तो तुझे मजा आ रहा है बेटा, रुक जरा बोलती हूँ शरद को कि कोई अपना दोस्त खोजे मेरी मोटू के लिए।" बगल में चल रही सिया के कंधे पर हाथ मारते हुए छेड़ती हुई बोलती है शिल्प। सिया को शिल्प की बातों में बॉयफ्रेंड की झलक अच्छी तो लगती है, इसलिए वह मुसकराई भी; लेकिन वह शायद अपने भविष्य की गंभीरता पर केंद्रित रहना चाहती होगी, इसलिए सिर्फ मुसकराई बोली नहीं।

"अच्छा सुन! तू न जींस पहना कर, सूट भी पहना कर तो थोड़े टाइट पहना कर। जब दिखेगी, तब न इश्क में सटेगी छिपकली।" पतले शीशों वाले सादे चश्मे को पर्स से निकाल आँखों पर चढ़ाते हुए प्रेम की लालसा भरती हुई शिल्प सिया को शांत देख दुबारा बोली।

"क्या मतलब दिखना? तू न बहुत गंदी हो गई है समझी, यही बातें करती रहती है क्या उससे रात-रात भर? कुछ और भी सीख लिया कर उससे।" शिल्प की बात सुनते ही सिया ने चेहरे पर मुसकान भर उसके कंधे पर घूँसा मारते हुए अपनी पसंद जताई, जैसे कि उसे इन सब बातों में इंटेरेस्ट ही न हो।

अभी दोनों एक-दूसरे से कहकहाते हुए राह चलते बातें कर ही रही होती हैं कि अचानक पीछे से एक लड़का दौड़ता हुआ आता है—

"हैलो मैडम!"

वह हाँफ रहा है, उसने गले में मफलर डाल रखा है। बाल ओस में भीगे हुए, जैसे मानो अभी-अभी कोहरे को चीरते हुए गाड़ी से आया हो। ऊपर विनचिटर की जैकेट और नीचे जींस पहने है। उसके चेहरे पर मुसकान है और सिया को देख रहा है कुछ कहने के लिए साँस को आराम देते हुए। सिया और शिल्प विश्वविद्यालय के एडम ब्लॉक के ठीक दरवाजे के पास लगभग पहुँच ही चुकी हैं, जहाँ कुलपति की गाड़ी खड़ी है गोल घेरे के पास, इसलिए अपने पास अनजान लड़के को देख वे असहज भी हैं।

"आप सिया हैं न?" साँसों को रोक वह लड़का अपनी मुसकान के साथ ही पूछता है।

"जी, पर आप कौन हैं?" उस लड़के के मुसकराते चेहरे को पहचानने की कोशिश करती हुई सिया ने पूछा।

"मैं अमित, अमित यादव। पिछले दो साल से आपकी हर पोस्ट पर लाइक करता आ रहा हूँ। अरे! आपका फॉलोअर यार, और पिछले दो महीने से नंबर भी माँग रहा हूँ, लेकिन तुमने दिया ही नहीं। आज देखा तो दिल गार्डन-गार्डन हो गया। समझ ही नहीं आ रहा क्या करूँ!" वह लड़का जब सामने आया था तो उसके मन में घबराहट थी, लेकिन जैसे-जैसे उसे वक्त मिला और पास खड़ी शिल्प के चेहरे पर मुसकान देख स्थिति भाँपता गया! वह आप से तुम पर आ गया।

"अच्छा! तो आज सामने आ गए।" सिया के चेहरे पर भाव बदलते देख शिल्प ने माथे को सिकोड़ते हुए कहा, शायद गुस्से में।

"तुम पागल हो क्या यार? तुम्हारी वजह से मैंने मैसेंजर अनइंस्टॉल किया। हद होती है बिल्कुल, पहले हाय फिर वॉयस कॉल फिर नंबर अब यहाँ¨। मना किया था न तुम्हें? फिर तुम्हें क्या लगता है कि इतनी अच्छी शायरी भेजकर मुझे पटा लोगे?" सिया धीमी आवाज में विनम्रता से लड़के की राह चलते पीछे पड़ने वाली हरकत पर नाराज हो रही है, ताकि कोई दूसरा न सुन पाए। "मैं तो तुम्हें अच्छा लिखने वाला सोच रही थी, इसलिए तुम्हारी रिक्वेस्ट एक्सेप्ट की, लेकिन तुम तो हाथ धोके ही पीछे पड़ गए यार!"

"मैं भी सुरेश शर्मा नगर में ही रहता हूँ और यों ही नहीं भेजता सिया। तुम्हारी सिंप्लीसिटी देखकर, तुम्हारी धीमी मुसकान देखकर, अच्छा लगता है सिया। बस दोस्ती ही तो करना चाहता हूँ बाबा।" लड़का दुबारा कोशिश करता है।

सिया कुछ बोलती कि शिल्प ने गुस्से में समझाते हुए कहा, "देखिए मिस्टर! आप जो कोई भी हैं, मेरी बात ध्यान से सुनिए, हम न अनजानों को दोस्त बनाकर प्रैक्टिकल करना चाहते हैं और न तुम्हारी सुंदर बातों में आने वाले हैं। हम अपने और अपने परिवार के लिए ही जीते हैं, इसलिए आगे से न मैसेज और इस तरह से मिलने की कोशिश तो बिल्कुल भी न करना। आप अच्छे हैं, लेकिन कोई और तलाशिए और ये धीमी मुसकान क्या होती है मिस्टर?"

"मुझे नहीं पता, मैं बस इतना कह रहा हूँ कि हम सिर्फ वॉयस कॉल पर बात करेंगे। अच्छा लगे तो करना दोस्ती, वरना बता देना चला जाऊँगा यार।" शिल्प की बात नजरअंदाज कर लड़का दोनों को अभी भी वही बातें करने के लिए खड़ा देख दुबारा कोशिश करता है सिया की नजरों से नजरें मिला। उसे लगता है कि शायद वह इंटरेस्टिड है, इसलिए जा नहीं रही।

"अच्छा! पहले वॉयस कॉल फिर नार्मल कॉल, फिर वीडियो कॉल, और फिर मेरा ब्याह हो जाए तो तुम्हारी इतनी कॉल। देखो मिस्टर, मैं एकदम वैसी नहीं हूँ, जैसी तुम समझ रहे हो, रही बात FB की तो आज से वो बंद। न दोस्ती का एक्सपेरीमेंट होगा और न तुम्हारा दिल टूटेगा। अब हटो¨।" सिया ने नजरें बचाते हुए अपनी बात कही और घूरते हुए लड़के के पीछे से निकलते हुए कैंपस के अंदर जाने वाले दरवाजे की तरफ बढ़ गई। लड़के ने शिल्प की तरफ देखा,

शायद इशारा करने के लिए कि वह अपनी दोस्त को समझाए, लेकिन शिल्प भी नजरें हटा मुड़ चुकी थी सिया के साथ अंदर जाने के लिए। अमित गले में पड़े गमछे के दोनों सिरों को पकड़ कोशिशों में फेल हुए खुद को समझाता हुआ वापस चला गया फोन में सिया के मैसेंजर चैट को देखता हुआ, जहाँ देखते-देखते अब ब्लॉक हो चुका है।

"लड़का तो अच्छा है यार! कह रहा है कि मोहल्ले का ही है तो कर ले न बात।" कैंपस की बिल्डिंग में घुसते-घुसते अंदर लोगों की चहल-पहल ज्यादा देख धीमे से फुसफुसाई शिल्प।

"तू पागल है क्या? अरे FB और Insta पर मुझे न जाने कितने मैसेज करते हैं। कई तो बरेली के ही हैं। ऐसे क्या सबको ट्राई करूँ कि कौन अच्छा है, कौन बुरा?" सिया ने पलटकर अपनी बात रखी। दोनों सीढ़ियों से दूसरी मंजिल की ओर बढ़ रही हैं।

"अरे सबको नहीं यार, जो तुझे ठीक लगे उसे। किसी को तो लाएगी न जिंदगी में! या ऐसे ही रहेगी? हर लड़के पर गलत शक नहीं करते यार। तुझे न तो आज तक कॉलेज में पसंद आया, न कोचिंग में, न पड़ोस में और न अब सोशल मीडिया पर!"

"हाँ तो? ठीक तो है न यार! पापा की परेशानी मैं बढ़ाना नहीं चाहती। मैं करूँगी फिर मुझे देख प्रिया भी करेगी, कोई बात हो गई तो पापा क्या सोचेंगे बोल? वैसे भी इस साल पापा करा ही देंगे शादी मेरी कहीं-न-कहीं। अब इतने साल प्रेम नहीं किया तो एक साल और सही। फिर जो हमारा होगा, वही हमारा होगा। और कम-से-कम इस तेरे जैसे रोने-धोने से तो बच ही जाऊँगी।" शिल्प की बातों का जवाब देते हुए सिया बिल्डिंग के बीच में स्थित सीढ़ियों से चढ़, जा पहुँची दूसरी मंजिल पर एक किनारे स्थित डिग्री काउंटर पर।

"अंकल डिग्री लेनी थी बी.एस-सी. की।" खिड़की से झाँक अंदर बैठे एक बुजुर्ग से कहा सिया ने कान से आगे लटकती जुल्फों को कान के पीछे की ओर फँसाते हुए।

"बेटा फॉर्म भरना पड़ेगा और डिग्री बाय पोस्ट पहुँच जाएगी आपके घर। पैन कार्ड या आधार कार्ड की कॉपी लाई हो क्या मार्कशीट के साथ?" अपनी टेबल पर रखे रजिस्टरों को खँगालते हुए पूछते हैं।

"जी अंकल, लाई हूँ," सिया कंधे पर टँगे पर्स की चेन खोलते हुए बोली।

"तो बेटा, आप कल फिर आना यहीं फॉर्म मिल जाएगा। आज शायद फॉर्म खत्म हो गए हैं बेटा।" आँखों पर चश्मा सँभालते हुए टीन की अलमारी में देख उसका दरवाजा बंद कर खिड़की के पास आ सिया की तरफ मुसकराकर देख बोले।

"मतलब कल फिर आऊँ?" बूढ़े क्लर्क की बात सुन आश्चर्य से सिया ने उनकी तरफ देख पूछा। वह गुस्से में थी अब।

"जी बेटा, कल आना मिल जाएगा। वो दूसरा लड़का देखता है न तो ध्यान नहीं दिया होगा उसने फॉर्म मँगवाने का।" वो अभी भी ताड़ ही रहे हैं ऐसा सिया को लगा, क्योंकि एक तो काम नहीं हुआ, ऊपर से अंकल के चेहरे पर मुसकान।

"इन बुड्ढों की आँखें भी न ताड़ने को तड़पती रहती हैं।" काउंटर से हट वापस लौटते वक्त सिया का मन खराब देख बोली शिल्प। शिल्प की बात सुनते ही वह मुसकराई।

"वाकई, एकदम ठरकी है बुड्ढा, लेकिन वह तुझे ही देख रहा था चश्मा सही करते हुए। हा, हा, हा, और पहन ले ब्लाउज।" शांत पड़ी दूसरे तल्ले की गली में फिर दोनों की खिलखिलाती बातें शुरू हो गईं सिया की इस बात से। अब तक दोनों वहीं नजदीक वॉटर प्वाइंट पर आ पहुँची हैं।

"सुन न! चल, आज सामने होटल पर बर्गर खाकर चलते हैं। बहुत दिन से कुछ खाया नहीं यार।" शिल्प सिया से कहती है।

"यहाँ नहीं, फिनिक्स चलते हैं, कुछ कपड़े भी खरीदने हैं, यहाँ वैसे भी चर्सी बैठे रहते हैं, इधर-उधर रोडों पर यहाँ नहीं रुकना।" दोनों एडम ब्लॉक से उतरकर अपनी स्कूटी के पास आ चुकी हैं।

"तू न खुद भी सूखी रहेगी और मुझे भी वैसा ही रखेगी।" सिया से शिल्प बड़बड़ाती चिढ़ाती दोनों चली जाती हैं मॉल की तरफ।

(वर्तमान समय में प्रेम और अफेयर के दो अलग रास्तों पर युवा सफर कर रहा है। एक रास्ते पर युवा अपना जीवन साथी चुनने की सोच लेकर आगे बढ़ता है तो दूसरे अफेयर वाले सफर पर युवावस्था में कामुकता जैसी तमाम इच्छाओं की पूर्ति के लिए सफर करता है। प्रेम की चाहत में युवा एक लंबी दूरी

का इंतजार करता है और बहुत ही सोच-समझकर जुड़ता है किसी के साथ फिर चाहे उसे जितना इंतजार करना पड़े। लेकिन कामुकता की जिदंगी में आनंद प्राप्ति के लिए हर ओर उस नए चेहरे की तलाश करता है, जो उसके आस-पास ही रहते हैं, उसके अपने समाज में, जैसे—रिश्तेदारियाँ, कॉलोनी, कोचिंग, स्कूल, फेसबुक, इंस्टा और भी कई क्षेत्र। हालाँकि इन्हीं क्षेत्रों से लोग अपने जीवन भर के लिए हमसफर भी चुनते हैं, लेकिन समाज में आज भी शादी के लिए जाति, धर्म और परिवार वाली संस्कृति, जो अपना स्थान सर्वोच्च बनाए हुए है! उसकी वजह से इन दोनों रास्तों में युवा अनुपात को देखें तो 30 और 70 का है, अर्थात् 70 प्रतिशत युवा अपनी युवावस्था में जो प्रेम जीते हैं उसे शादी तक ले जाएँगे, यह सोचते ही नहीं क्योंकि वे जानते हैं कि जिससे वे प्रेम कर बैठे हैं, उसे कोई जीवन साथी बनाने के लिए राजी ही नहीं होगा। लेकिन जो 30 प्रतिशत अपने रिश्ते को अंत समय तक साथ ले जाने की इच्छाएँ बनाते और साथ जीते हैं, उनकी फिर कहानियाँ लिखी जाती हैं, उनको फिर आने वाली दूसरी नवपीढ़ी फॉलो करती है।

खैर, इस कहानी में आप इन दोनों तरह के युवा सफरों को भी महसूस करते चलेंगे, जो कि वर्तमान समाज का सीधा-सीधा एक दर्शन होगा शादी और अफेयर के रूप में।

मार्केटिंग करने के बाद सिया शिल्प के साथ लौट आई है सीधे घर। घर के बाहर एक बुलट खड़ी देख शिल्प उसके पास ही अपनी स्कूटी रोक देती है।

"ये बुलट किसकी है?" हलकी खिल आई धूप में स्कूटी पर बैठे-बैठे हैलमेट उतार बालों को सुलझाती हुई शिल्प सिया से पूछती है।

"मामा की ही है यार, कल नई निकाली है तो आज मिठाई देने आए हैं घर शायद," स्कूटी की आगे वाली जालीनुमा डिक्की से अपना बैग उठा अपनी शॉल को ठीक से कंधे पर डालती हुई सिया जवाब देती है।

"फरीदपुर वाले मामा?" पैरों के पंजों से जमीन को पीछे धकेलती हुई स्कूटी मोड़ते-मोड़ते पूछती है शिल्प।

"हाँ", आ न मिठाई खाकर जाना।" सिया दरवाजे की कुंडी बाहर से हाथ डाल खुद खोलने की कोशिश करती हुई खोलती है और खुलने के बाद वहीं खड़ी हो जाती है शिल्प के चले जाने के इंतजार में।

"नहीं··तू कल आना जब घर तब ले आना। आज पीरियड्स आ रहे हैं मेरे।" शिल्प मुसकराती हुई सिया की तरफ आँख मारती है और स्कूटी स्टार्ट कर हैलमेट को बाएँ हाथ में फँसा लेती है चले जाने के लिए।

"हट पागल, धीरे बोला कर कमीनी। जा भाग बाय।" सिया शिल्प की बात सुन मुसकराती हुई डाँटती है और कुंडी लगा चल देती है अंदर। अंदर आते ही पहले अपने कमरे में जाती है शॉपिंग का सामान रखने और फिर चिल्लाती हुई आती है बैठक में।

"मामा··मामा··, नमस्ते तो ठीक है कर लो, लेकिन आप बड़े गंदे हो यार, खुद बुलट से मामी को लेकर उड़ रहे हो और हमें खबर तक नहीं। कहाँ है हमारी मिठाई?" सोफे पर बैठे मामा के सामने पड़े सिंगल बेड पर पालथी मार बैठ जाती है बड़बड़ाती हुई। बेड पर पहले से ही प्रिया बैठी होती है। और पापा रमेश मामा के बराबर में सोफे पर बैठे होते हैं।

"मामा मिठाई भी लाए हैं और रिश्ता भी, फोटो मम्मी के पास है देख लो, वरना चिपका दी जाओगी जबरदस्ती।" पापा की तरफ मुसकराती हुई देखती है प्रिया, सिया की ठहाके मारती आवाज को दबाने की कोशिश में छेड़ते हुए। प्रिया सिया की छोटी बहन है और दोनों एक-दूसरे की खूब खिंचाई करती रहती हैं और प्रेम भी। एक-दूसरे के बिन एक दिन अलग नहीं रह सकतीं।

"तू न! चुप बैठा कर। मामी को नहीं लाए मामा?" खिलखिलाती प्रिया के पैर में एक घूँसा मार सिया बात बदलने की कोशिश करती है।

"नहीं बेटा, उनकी थोड़ी तबीयत नहीं ठीक है आज।" मामाजी ने गंभीरता से जवाब दिया। मामा की बात सुन सिया कुछ और पूछती या कहती कि लता चाय की ट्रे और फोटो लेकर पहुँच जाती है बैठक में। प्रिया मम्मी को देखते ही स्टूल को आगे बढ़ा देती है। जिस पर ट्रे रखते ही बोलती है—

"हमें तो ठीक लगो घर भइया, लड़का भी ठीक ही है। अब जे बाप-बेटी हाँ कर दें तो बढ़ावौ आगे बात।"

लता की बात सुन लता के भाई कुछ बोलते उससे पहले ही रमेश बीच में बोल पड़े, "अरे पहले थोड़ी और जाँच-पड़ताल कर लो यार, रस्ता चलते बताने वाले पर विश्वास थोड़ी कर लोगे यार। तुम खुद जाओ एक बार मिल आओ। फिर जब तुम संतुष्ट हो जाओ, तब हम भी देख लेंगे।" सिया ने मम्मी-पापा और मामा

की तरफ निगाहें दौड़ाईं बात सुनते-सुनते, तब वह प्रिया की बात पर यकीन कर बेड से उठ जाती है।

"मम्मी, मैं जा रही हूँ वीडियो बनाने तो बीच में डिस्टर्ब न करना यार।" सिया ने एक कप चाय उठाई और अंदर अपने कमरे की तरफ चल देती है।

"लड़के की फोटो पर नजर तो डाल ले, उम्र हो रही है लड़की। कब तक टालती रहायगी?" सिया के जाते ही पीछे से दरवाजे की तरफ मुँह कर तेजी से चिल्लाई लता।

"देख ली मम्मी मैंने, प्रिया ने व्हाट्सएप कर दी थी। अब आप लोग देख लो बस, पियक्कड़ नहीं होना चाहिए बस। मेरा अब ज्यादा दिमाग खराब मत करना मैं रूम में जा रही हूँ," सिया की बात सुन सभी के चेहरे चिंतित तो हैं, लेकिन मुसकरा रहे हैं।

"देखो हमने खुद नजर डाली है लड़के पर, तो इतना समझो लड़के में कोई कमी नहीं। लड़का मास्टर है तो सरकारी नौकरी वाली बात ही खत्म। रही बात घर देखने की तो एक बार आप खुद देख लो चलकर उसमें आपकी संतुष्टि भी हो जाएगी और फिर तुम रोज-रोज हमारे को फोन भी न करोगे।" साले-बहनोई की शिकायतों का अकसर भानजे-भानजी आनंद लेते हैं, सो मामा ने प्रिया बेटी की तरफ मुसकराकर अपनी तरफ से यह बात इसलिए रखी, ताकि कल को रिश्तेदारी में तू-तू मैं-मैं न हो।

साले की बात सुन रमेश पिता की जिम्मेदारियों और बेटी के भविष्य के भाव शामिल कर समझाने की कोशिश करते हुए कहते हैं, "अरे, मेरा मतलब यह थोड़ी है यार! मैं तो यह कह रहा हूँ कि पूरे चार साल हो गए हैं और तुम खुद न जाने कितनी जगह साथ गए हो। अच्छे-अच्छे घर नहीं समझ आए, बस यह सोच के कि आज तक हमारे घर अंडा तक किसी ने नहीं खाया तो कोई ऐसा ही शुद्ध घर मिल जाता तो ठीक रहता। पूजा-पाठ करने वाली गुड़िया है हमारी।"

"यार, घर के अंदर की तो नहीं पता, लेकिन जब चलेंगे तो कहीं न कहीं से रिश्तेदारी भी निकल आएगी। तो उनसे कुछ-न-कुछ पता लग ही जाएगा।" विनोद (रमेश के साले) ने कहा।

"तौ ऐसो करो न, आज तुम भी खाली हो और दिन भी खूब बचो है। बात कर लेओ तौ हुई अय आओ। बात बन गई तो माह में घेर हो जाएगी।" लता रमेश से

कहती हैं। वो एक माँ हैं, इसलिए वो हर कोशिश में रिश्ता तय हो जाने का सपना सँजो लेती हैं।

बहन की बात सुन विनोद ने रमेश को चलने का इशारा करते हुए कहा, "न पूछो मत, पूछने से हो सकता है वो टाल दें। इसलिए तुम तैयार हो और चलते ही हैं। कोई-न-कोई मिल ही जाएगा घर में। हम लोग दो-ढाई बजे तक पहुँचेंगे, तब तक लड़का भी आ जाएगा।"

पत्नी और विनोद की बात सुन रमेश भी राजी हुए और तैयार होने के लिए अंदर चले गए। रमेश के जाते ही प्रिया भी सभी कप उठाकर अंदर रसोई की तरफ चली जाती है।

"ऐं भइया! हमने सुनी भूरे की बड़ी बालकी भाज गई कल काउ लड़का संग?" कुरसी पर बैठे-बैठे भाई की तरफ झुक धीमी आवाज में पूछती हैं लता। घर आए भाई से मायके की खबरों पर अकसर बहनें बातचीत करती ही हैं, यह खबर अशोभनीय है, इसलिए सच को अपने भाई से प्रमाणित करा लेना चाहती हैं।

"कल की नहीं वो बहुत पहले से उस लड़का के साथ रह रही थी शहर में, अब जब वो पेट से हो गई तो इन सब सालों ने खोली बात, जबकि पता तो सबको है।" पैरों के जूते निकाल मोजे पहने-पहने सोफे पर पालथी मार उतनी ही धीमी आवाज में बोले विनोद।

लता आश्चर्य से बोलीं, "इनने कोई रपट न लिखाई? इतनी बड़ी जवान लड़की।"

"जब लड़की ही बयान दे रही है, तब जे क्यों बेवजह पुलिस केस बनाएँ! बस इन्होंने फिर उसे बेदखल करने के ड्रामे कर दिए, ताकि छोटी लड़की की शादी पर आँच न आए। दोनों लड़कियाँ जुआन-जवान हैं उनकी।" लता और रमेश की बातों में बेटियों और घर की इज्जत के लिए दूर के डर साफ महसूस हो रहे हैं।

"तौ का बेज्जती नाय भई, बतावौ! का बाय अपनी छोटी बहन के बारे में कोई खयाल नाय आओ होएगो? तहीं तो कहात है भइया लड़कियाँ शादी के लय होएँ तुरंत ब्याह कर देनो चाहिए। इनसे कहात हैं, लेकिन इनके कुछ समझ में ही नाय आउत है। हर जगह कुछ-न-कुछ नुकस लय के बैठ जात हैं।" भाई रमेश की बातों से लता अपनी लड़कियों को लेकर चिंतित हो उठी हैं।

"अरे, क्या तुम भी जिज्जी! हर लड़की एक जैसी थोड़ी होती है। बाकी तो सबको पता ही, पहले वो लड़का इनके घर खूब आता-जाता था। तब तो इन्हें दिखा नहीं कुछ। खूब लला बेटा करते रहते थे। फिर अब भुगतो⋯। खैर, तुम परेशान न हो इस साल गुड़िया की शादी हो ही जाएगी भगवान् चाहेंगे तो।"

लता और विनोद कुछ देर इधर-उधर की खूब बातें करते हैं गाँव की कि इस बीच अंदर कमरे से सादा पैंट-शर्ट और पूरी बहाँ की जैकेट पहन गले में मफलर डाल आ जाते हैं रमेश चेहरे पर क्रीम को रगड़ते हुए। ढलती उम्र ने ऊपर के बाल तो पहले ही गिरा दिए, लेकिन जो बचे हैं, वे सभी सफेद हो चुके हैं।

कमरे में आते ही रमेश ने विनोद से कहा, "चलो यार फिर हो ही आते हैं।"

"एक लड़की का फोटो और कागज ले लेते।" सोफे से उठ जूते पहन विनोद ने लॉबी में खड़ी प्रिया से एक गिलास पानी लाने के लिए इशारा करते हुए रमेश से कहा, रमेश कुछ बोलते कि बीच में अपने भाई को प्यासा देख लता कमरे से ही बोलीं, "गरम लइए लली, बोतल में रखो है स्टील वाली में।"

"ले लिये, अच्छा सुनो! तुम प्रिया को लेकर चली जाना बैंक और दस हजार रुपए निकाल लाना। दूधवाला आएगा तो उसे दे देना," रमेश ने बैठक से बाहर निकलते-निकलते लता से कहा।

"कितने हैं उसके? इस बार तो तीन दिन तीन-तीन लीटर लिया था तो ज्यादा ही होंगे पिछले महीने से?" बाहर निकलते रमेश और विनोद के पीछे-पीछे छोड़ने जाती है दरवाजे तक लता चेहरे पर हिसाब की लकीरें लिये।

"देख लेना डायरी में लिखे हैं। तुम पाँच हजार दे देना ऊपर-नीचे होगा तो आगे देख लेंगे। और हाँ! बैंक के पास ही है गुप्ता सेनेटरी होम्स, उसे 5 हजार दे देना। वो कल आकर इंग्लिश लैट्रीन वाली शीट लगा जाएगा। बहुत दर्द होता है साला पैरों में⋯।" दरवाजे के पास लगे नल का हत्था चला हाथ धुल एक घूँट पानी पीते हैं और निकल जाते हैं रमेश बाहर। विनोद आँखों पर नजर का चश्मा लगा बुलट रोड पर घुमा बैठ जाते हैं और स्टार्ट करते हैं सेल्फ से। सिया और प्रिया दोनों अपने कमरे में हैं।

"आओ बैठो," पीछे खड़े रमेश से विनोद ने कहा।

"ठीक है।" विनोद के पीछे बैठ दरवाजे पर खड़ी लता को देख शब्द-इशारा

करते हैं खयाल रखने का। जिन्हें एक पत्नी ही समझ सकती है कि ठीक है का मतलब और मुसकराकर जाने का मतलब क्या होता है!

सिया अपने यू-ट्यूब चैनल पर कक्षा नौ और दस वाले बच्चों को ऑनलाइन गणित पढ़ाती है। अभी हाल ही में उसने अपना यू-ट्यूब चैनल बनाया है तो घर में अधिकांश समय उसी में लगी रहती है। प्रिया अपने दोस्तों से व्हाट्सएप चैटिंग या यू.पी.एस.सी. की तैयारी में लगी रहती है। जिसमें कई लड़के भी हैं उसके साथ, लेकिन अभी तक अफेयर है या नहीं यह किसी को नहीं पता।

"तुम्हारी बहन को तो लगता है कि हम सोचते ही नहीं कुछ···" सुरेश शर्मा नगर से दोनों लोग दिसंबर की गुनगुनी धूप में निकल पड़े रिठौरा की तरफ जाने के लिए हाइवे पर। रोड पर इधर-उधर पड़ने वाले बरात घरों में हो रही तैयारियों को देख बात फिर शुरू हो गई है शादी को लेकर ही। रमेश की बातों में बेटी की शादी के लिए चिंताएँ साफ झलक रही हैं।

"अरे नहीं यार, वो उस रिश्ते की बात कर रही हैं, जो बिल्सी में देखा था पिछली साल। वहाँ तो सबकुछ ठीक-ठाक ही था, लेकिन फिर तुम खुद न राजी हुए!" बाइक चलाते-चलाते विनोद बोले।

"अरे, उसमें हम तो राजी ही थे, लेकिन वा साले मझिया ने ही नहीं भिड़ाओ यार सही से। हमसे कही कि जमीन उनके बिल्कुल नहीं है और लड़का शिक्षामित्र है। बताओ शिक्षामित्र को बस पाँच हजार ही मिलते हैं, बस फिर हमने भी सोची कि ऐसी जगह क्यों करेंगे जानबूझकर शादी! घर-परिवार वाले अच्छे होने से ही थोड़ी काम चलेगा यार," बुलट की धकधकाती आवाज में रमेश ने अपना जवाब विनोद के कान के नजदीक ही रखा।

जब भी कोई अपनी लड़की के लिए नया रिश्ता देखने जाता है तो पुराने जितने भी रिश्ते देखे हैं उन्हें मन में एक बार आपस में जरूर दोहराता है, यह मानकर कि यदि लड़का और घर समझ आया तो पहले की तरह गलती नहीं करेंगे, बल्कि सीधे-सीधे खुली बात कर लड़के वाले की सभी माँगों को समझने की कोशिश करेंगे, ताकि वह यह तय कर पाए कि क्या वह उस घर में अपनी बेटी भेजने के लायक है या नहीं? यदि है, फिर तैयारी कैसे करें? कुछ इसी सोच में घिरे रमेश अपने साले विनोद की बातों में हाँ-न करते-करते जा पहुँचे उस घर के सामने, जिस घर में उनके सपनों का समधियाना हो सकता है। दोनों लोग उतरते हैं उस पतली

सी गली में और बाइक साइड में लगा पहले देखते हैं कि गली में दूसरी गाड़ियों का कैसे आना-जाना होता होगा? यह अंदाजा दोनों लोगों की अपनी-अपनी नजरों में ही था, सवाल करता हुआ अपनी बेटी के भविष्य के लिए, लेकिन रिश्ता तय हो या न हो गलियाँ फर्क नहीं डालतीं। बस मन के उठते सवालों की संतुष्टि के लिए देखना जरूरी होता है।

"आइए भाईसाहब, आपका फोन आया था उसके 10 मिनट बाद ही आ गया था मैं। मुझे लगा पहुँचने वाले हैं आप!" दरवाजे के बाहर खड़े उस व्यक्ति ने पहले विनोद के पैर छुए और फिर रमेश के और मकान के मुख्य दरवाजे के ठीक सामने बैठक के दरवाजे से अंदर ले जाता है। रमेश उस व्यक्ति को वहाँ अचानक देख आश्चर्य से विनोद की तरफ देखते हैं, लेकिन शांत रहते हैं, क्योंकि वह व्यक्ति विनोद के साले हैं प्रमोद, जिनके बारे में विनोद ने बताया ही नहीं था कि वो यहीं मिलेंगे। बैठक और दरवाजे के बीच थोड़ा खुला हुआ पोर्शन है, जिसमें फुलवारी के गमले भी हैं और स्कूटी और बाइक भी खड़ी हैं।

"अरे, वो मैं थोड़ा अग्रवालजी के पेट्रोल पंप पर रुक गया था, पेट्रोल डलाया तो वो वहीं मिल गए। बाइक वगैरह देखने लगे, तब तक चाय मँगा ली तो वहीं देर हो गई थोड़ी···।" विनोद ने देर से पहुँचने पर अपनी सफाई दी।

(बैठक में दो सोफे डबल सीट वाले व दो प्लास्टिक की कुरसियाँ पड़ी हैं, ऐसा लग रहा है अभी-अभी लड़की वाले आ रहे हैं, इसलिए लगाई गई हैं। कमरे में दो बुजुर्गों की तसवीरें लगी हैं, जिनमें एक फौज की वरदी में है। जिन्हें एक सोफे पर बैठे रमेश और विनोद निहार रहे हैं नजरों की चंचलता से।)

"आप लोग सही समय पर आए हैं! लड़का भी अभी आपके आगे-आगे ही आया है स्कूल से।" विनोद को दीवार पर लगी तसवीर की तरफ देखते हुए देख अपनी बातों की तरफ आकर्षित करने की कोशिश कर ही रहे थे प्रमोद कि लड़के की माताजी अंदर से आ गईं। विनोद के चेहरे पर हलकी मुसकान थी, यह शायद कमरे की साज-सज्जा पसंद आई है, ऐसा दिखाने की एक कोशिश मात्र भी हो सकती है, क्योंकि संबंधों को जोड़ने के लिए तारीफों का एक अलग महत्त्व होता है।

लड़के की माताजी के आते ही विनोद फिर बोले, "आइए, ये लड़के की मम्मी जी हैं, घर में माँ-बेटा ही हैं तो बहुत छोटा सा परिवार है। ये जो आप ऊपर

तसवीरें देख रहे थे, उनमें वरदी वाले लड़के के बाबा हैं और दूसरे पिताजी हैं, जो अभी कोरोना काल में बेचारे गुजर गए। वो मास्टर थे तो उनकी पेंशन अब इन्हें मिलती है···।"

(हाथ जोड़ सभी को प्रणाम करती हुई बैठ जाती हैं दरवाजे के पास पड़ी प्लास्टिक की कुरसी पर। पति की यादों पर कोई बात करे तो पत्नी हर बार सहम जाती है, फिर चाहे उसकी जो उम्र हो। लेकिन बात जब अपने बच्चों के भविष्य निर्माण की आती है तो उन गमों को किनारे कर खुद में हिम्मत भी भरती है, वही पत्नी एक माँ के रूप में।)

"वाकई में कोरोना ने हर तीसरे घर में कुछ-न-कुछ नुकसान जरूर किया है, लेकिन फिर भी लोगों ने अपने आपको सँभाल परिवार की देखरेख की है, यह बहुत बड़ी हिम्मत की बात है।" ममता के चेहरे पर पति के गम को भाँप विनोद प्रकृति की होनी का संदेश देकर सांत्वना देने की कोशिश करते हैं।

"हाँ···वो तो है ही, और कर भी क्या सकते थे। खुद की चिंता से तो ज्यादा अपने बच्चों की चिंता थी, इसलिए खुद को सँभाला और शुरू की नई जिंदगी, क्योंकि हम दो ही हैं अब घर में तो एक-दूसरे की हिम्मत भी बढ़ानी है।" विनोद की सांत्वना भरी बात पर अपनी ममता और साहस का परिचय देती हैं लड़के की माँ।

"आपके देवर या जेठ तो होंगे न परिवार में?" रमेश ने जिज्ञासा रखी।

"नहीं, इनके जो ससुर थे, वो भी अपने पिता के इकलौते थे और वो जब फौज में लगे थे तो अपने माँ-बाप को लेकर रिठौरा बस गए थे। इनका पुश्तैनी जो मकान है और खेती है, वो लखीमपुर में है। गल्ला-वल्ला आ जाता है सब वहाँ से।" लड़के की माँ से पहले ही प्रमोद बोल पड़े, जैसे मानो लड़के की तरफ से बनने वाला मझिया अपना काम भली-भाँति करना जानता है।

"अच्छा भाई···! बेटा हो तो बुला लेते, एक नजर पड़ जाती तो अपनी बातचीत होती रहती। क्योंकि हो सकता है उनका कोई काम हो तो वो अपना काम करते रहेंगे, बाकी हमारी आपस में बात चलती रहेगी। है न भाईसाहब?" विनोद ने मुसकराते हुए रमेश की तरफ देख प्रमोद से रमेश के मन की बात का इशारा किया, ताकि जिस काम को आए हैं उन बातों पर आगे बातचीत बढ़ाई जा सके।

प्रमोद विनोद की बात सुनते ही मुसकराए और सोफे से उठ दरवाजे से अंदर की ओर झाँक बोले, "लला राहुल···, आओ बेटा! क्या कर रहे हो? अरे तुम आ जाओ, चाय गुड़िया ले आएगी।"

प्रमोद के मुँह से गुड़िया शब्द निकलते ही लड़के की माँ को लगा कि शायद आए मेहमान के मन में कोई सवाल उठे इसलिए खुद ही बोलीं, "हमारे मोहल्ले की ही एक लड़की है, बहुत गरीब परिवार से है। जब से वो गए हैं, उसके बाद से हमारी तबीयत ज्यादा खराब रहने लगी। तब से बेटे ने कभी काम नहीं करने दिया, ये बिटिया ही सारा काम करती है अब।" लड़के की माताजी लड़की के बारे में बता ही रही होती हैं कि प्रमोद राहुल को लेकर आ जाते हैं। लड़के को रमेश के ठीक सामने पड़े सोफे पर बैठने का इशारा करते हुए खुद दूसरी प्लास्टिक की कुरसी पर बैठ जाते हैं।

"ये हैं इनके बेटे राहुल, अब आप खुद चाहें इनसे बात कर लें। लंबाई आपकी बेटी से थोड़ी ज्यादा ही है और रंग में भी बालकी की तरह ही है।"

लड़का खूबसूरत है, तंदुरुस्त है तो लड़की वालों के सामने मझिया की मुसकान भी अलग रहती है, लड़के वालों की अपेक्षा कहीं ज्यादा। और उसी मुसकान के साथ जैसे ही अपने चेहरे और मुँह पर हाथ फेरते हैं प्रमोद, कि लड़की चाय और बिस्कुट लेकर आ जाती है।

"नहीं हम क्या पूछेंगे भाई लड़का से! बस देख लिया यही लड़की के पिता की एक संतुष्टि होती है। नौकरी कर ही रहा है, माँ की देखभाल भी कर रहा है, संस्कारी है।" रमेश प्रमोद की बात पर लड़के की माँ के सामने मुसकराते हुए अपना संतुष्टि भरा जवाब देने लगे। शायद उन्हें लड़का पसंद है, और न पसंद आने वाली बात भी क्या हो सकती है! लड़का नौकरी कर रहा है, सुंदर है, बस।

रमेश की बात सुन लड़के की माँ मुसकरा रही हैं बेटे के लिए सुनकर। रमेश की बात सुनते-सुनते प्रमोद उठकर सभी को ट्रे से कप उठाकर पकड़ाते हैं, और बिस्कुट की प्लेट सबसे पहले रमेश की तरफ, "न न···पहले बालक को दो···, लो बेटा!" खुद प्लेट पकड़ लड़के की तरफ बढ़ाते हुए।

"नहीं अंकल थैंक्यू, आप लीजिए न। लाइए मैं देता हूँ, असल में मेरा आज फास्ट है मंगलवार का, तो शाम को ही खाऊँगा।" राहुल रमेश से प्लेट लेकर सभी की तरफ बारी-बारी बढ़ा बैठ जाता है वापस अपनी जगह पर।

"अच्छा बेटा! तो तुम जाओ अंदर अपना काम कर लो··," प्रमोद की बात सुनते ही राहुल उठकर अंदर की ओर चलता है तो रमेश और विनोद उस पर एक नजर और डालते हैं। लड़के की माँ उसी वक्त रमेश की नजरों में उठते भाव पढ़ने के लिए देख ही रही होती हैं कि अचानक इस क्षण भर के दृश्य से सभी का ध्यान हटाने के लिए प्रमोद फिर अपना मझिया का किरदार निभाते हुए बोलते हैं—

"अच्छा भाईसाहब, आप लड़की का कोई फोटो और कागज लाए हों तो बहनजी को दिखा देते! लड़का भी देख लेगा। और कोई बात आपको पूछनी हो तो वो आप बताएँ? सबकुछ आपके सामने है··क्यों जीजा?" विनोद की तरफ देख कहा।

"जी हाँ··, ये हैं कागज और फोटो··" हाथ में पकड़े चमड़े की पर्स से एक पन्नी निकाल प्रमोद की तरफ बढ़ाते हुए कहा, प्रमोद ने अपने हाथ में लेकर लड़के की मम्मी की तरफ बढ़ा दिए। उन्होंने कागज अपने हाथ में लिये और बोलीं, "देखिए भाईसाहब, हम लोग एक शुद्ध शाकाहारी लोग हैं, हो सकता है इन्होंने यह बात बताई भी न हो।"

कहते-कहते रुकीं वो, उनके चेहरे पर मुसकान है, अभी तक उन्होंने कागज और फोटो पन्नी से नहीं निकाले थे। वो रमेश की तरफ देखती हुई उनके मन के उस सवाल पर आईं, जो अभी लड़के की व्रत वाली बात होने पर रमेश को विनोद की तरफ देख एक-दूसरे से इशारों में कुछ फुसफुसाते हुए महसूस किया था। एक क्षण बाद ही फिर बोलीं, "दूसरी बात हमारे बेटे ने एक नया मकान बनवाया है, उसमें हम लोग माह में शिफ्ट हो जाएँगे, ये किराए पर उठा देंगे।"

लड़के की माँ ने अपनी बात पूरी करते हुए लड़की की फोटो पर हलकी नजर डाल अपने बेटे के लिए लड़की वालों के मन में उठे उस संशय को दूर करने की कोशिश की, जो शायद वो जान गई थीं कि गली को देख हो सकता है कोई दिमाग में सवाल खड़ा हुआ हो भविष्य के लिए! क्योंकि शादी की जब बातें शुरू होती हैं, तब जिसके यहाँ दूसरा पक्ष आता है वह पक्ष आने वाले पक्ष के मन में उठने वाले उन तमाम प्रश्नों को भाँप उत्तर देने की पूरी कोशिश करता है, जो वह स्वयं यदि लड़की वाला पक्ष होता, तब जो भी सोचता!

"नहीं··, बिल्कुल सही कर रही हैं आप, वैसे पसंद आना या न आना वो बाद की बात है, लेकिन पहले जो बातें हैं, उनमें कुछ छुपा न हो यह बेहतर रहता है दोनों

पक्षों के लिए। यह मेरा भी मानना है, क्यों प्रमोदजी?" माँ को खुलकर बात करते देख सराहना करते हुए बोले विनोद।

"हाँ-हाँ, बिल्कुल। अच्छा, अब आप जिज्जी ऐसो करो इन्हें अपनी कोई माँग हो यदि तो वो भी बता दो। बाकी बातें होती ही रहेंगी, ताकि जे लोग बैठ पाएँगे या नहीं वो बात थोड़ी और साफ हो जाएगी।" प्रमोद ने लड़के की माँ से कहा। प्रमोद की बातें मझिया के किरदार को बार-बार परिभाषित कर रही हैं। मझिया का काम ही यही होता है दोनों पक्षों को मुख्य बातों पर बाँधे रखना। एक-दूसरे के उन सवालों को घुमा-फिराकर सामने रखना, जिनमें कुछ दूसरे पक्ष के बारे में जानने की उत्सुकता रहती है। विनोद और प्रमोद अपने-अपने पक्ष की तरफ से पूरी कोशिश कर रहे हैं कि बातचीत खुलकर हो और रिश्ता मजबूत हो।

"यह घर और यहाँ जितना कुछ भी है, सब हमारे पति ने बनवाया। हमें उनकी ही पेंशन नहीं खत्म कर मिल रही। बेटा कमाता है, सो उसने गाड़ी भी ले ली और मकान भी बनवा लिया। इसलिए हमारी तो बस ईश्वर से एक ही माँग है कि जिस भी लड़की को हमारे घर भेजना बेटी बनाकर ही भेजना, बस...।"

माँग-वाँग की बात होते ही माँ ने अपने भरे पूरे परिवार में बहू को बेटी के रूप में भेजने की माँग रख दी। और सच कहें तो ऐसे बहुत कम परिवार होते हैं, जो शादियों में दौलत की नहीं, इनसान की माँग करते हैं। यह सुनकर किस लड़की के पिता को अच्छा नहीं लगेगा! सो विनोद के चेहरे पर एक अलग तरह की खुशी की लहर दौड़ पड़ी और उन्होंने भी माँ की तारीफ करते हुए कहा, "क्या नहीं है इस घर में! सबकुछ तो है, धन-दौलत और विचारों का सम्मान भी। सच कहें बहनजी, जैसा सुना था एकदम वैसी ही हैं आप।" हाथ जोड़ लड़के की माँ के चेहरे से 'रिश्ते के लिए हाँ' जैसे भावों को पहचानते हुए रमेश की तरफ देखते हैं विनोद।

"आपकी बेटी भी सौ में एक है, टेट पास है अच्छे नंबरों से। ग्रेजुएशन, बी.एड. में भी अच्छे नंबरों से पास है। आपने दो बेटियों को इतने अच्छे से पाला, पढ़ाया, इस काबिल बनाया तो इससे ज्यादा और क्या देंगे आप और क्या ही मैं लूँगी..." हाथों में लड़की की तसवीर और कागज पकड़े देखती हुई लड़के की माँ रमेश और विनोद को मुसकराती हुई यह विश्वास दिलाती हैं कि जितनी मेहनत के साथ उन्होंने अपनी बेटी को पढ़ाया-सजाया है संस्कारों से, वो सब कबूल हैं। लड़के

की माँ से अपनी बेटी की तारीफें सुन रमेश गौरवान्वित हो रहे हैं, यह उनके चेहरे की मुसकान साफ-साफ दरशा रही है। वे हाथ जोड़ते हुए बैठे-बैठे आभार व्यक्त करते हुए बोलते हैं—

"पहले हम कभी सोचते थे कि दो-दो बेटियाँ हैं हमारी, और कहाँ कैसे ढूँढ़ेंगे ऐसे घर, जहाँ भेजकर हम निश्चिंत हो सकें! तब वाकई कभी-कभी बहुत डर जाते थे। लेकिन जब आप जैसे लोग, विनोद भाई, प्रमोद भाई जैसे लोग होते हैं समाज में तो हम बेटियों के माँ-बाप को बहुत आसानी हो जाती है…" हाथ जोड़े बैठे रमेश बहुत खुश हैं, शायद उन्हें उनकी पसंद का घर मिल गया हो कुछ ऐसे।

"ठीक है भाईसाहब, फिर हम अपने बेटे से भी बात कर लेंगे, उसे भी दिखा लेते हैं ये फोटो और कागज। बाकी माँग-जाँच तो है नहीं तो आगे जो होगा, जैसा होगा प्रमोद भाईसाहब को बता देंगे…" पिछले काफी समय से बार-बार दीवार पर टँगी घड़ी को देख रही थीं माँजी, शायद कहीं जाना होगा इसलिए, वो बीच में ही आगे बात करेंगे कहकर टाल रही हैं, जिसे सब समझते भी हैं।

"हाँ-हाँ जी बिल्कुल, आप आराम से देख लीजिए, कहेंगी तो बच्ची को प्रमोद भाई के यहाँ लाकर नजर डलवा देंगे आपकी। इसमें भी हमें कोई दिक्कत नहीं।" लड़के की माँ की बात सुन विनोद को लगा कहीं फोटो को लेकर हो सकता है उनके मन में लड़की को देखने का भी मन हो तो अपनी तरफ से लड़की दिखाने की इच्छा जाहिर भी कर देते हैं।

"हाँ बिल्कुल, हमारी तो घर की बात है।" प्रमोद ने भी विनोद की बात पर सहमति जता लड़के की माँ की तरफ देखा।

"नहीं-नहीं, ऐसी कोई बात नहीं है, आपने फोटो दिखा ही दिया है तो अब प्रमोद भाई पर इतना तो भरोसा करती ही हूँ कि किसी दूसरी लड़की का फोटो तो नहीं ही दिखाएँगे, बाकी जब गोद भरने जाएँगे, तब ही देख लेंगे, हमारी तरफ से आप निश्चिंत रहें। पहले आप संतुष्ट हो लें घर-मकान-लड़के से, फिर लड़का हो ले संतुष्ट, हमें तो बिटिया लानी है घर सो ले आएँगे…" लड़की देखने के प्रस्ताव पर लड़के की माँ के मुख से बात का सम्मान और विश्वास देख रमेश बहुत खुश हुए। जो परिवार रिश्ते के लिए अपने व्यवहार से व्यवहार की माँग करे, भला उस परिवार से किस लड़की का पिता संतुष्ट न होगा!

हाथ जोड़ते हुए अपनी उसी खुशी में रमेश पुन: बोलते हैं, "जैसा सुना जैसी उम्मीद दे रहे थे आज भाईसाहब उससे कहीं अच्छा पाया। बहुत अच्छा लगा हमें तो, बस परिवार छोटा है, लेकिन ठीक है।"

"अब वो तो भाई कहीं कुछ है, कहीं कुछ। ये तो ईश्वर की देन है। अच्छा भाईसाहब, मुझे आज थोड़ा बैंक जाना है बेटे के साथ, अचानक भाईसाहब ने फोन किया तो मना नहीं कर सकी, लेकिन सोच रही हूँ कि आप यहाँ बैठे हैं, तब तक बैंक हो आऊँ?" लड़के की माँ घर आए मेहमानों से अपने काम के लिए समय माँगती हैं। उनकी बात सुन व्यस्तता देख विनोद कहते हैं, "अरे, कोई बात नहीं जी आप आराम से जाइए, बालक को देख ही लिया है, चाय पी ही ली।"

विनोद की बात सुन लड़के की माँ कुरसी से कराहती हुई उठीं घुटना पकड़ते हुए। साथ-ही-साथ रमेश और विनोद भी उठते हैं जाने के लिए।

"आपके भी घुटने बैठने से जकड़ जाते हैं क्या?" रमेश ने पूछा।

"हाँ··, पिछली साल से इन पैरों में न जाने क्या हो गया कि एक जगह बैठ गए तो फिर उठना बहुत मुश्किल है। इसलिए लेटे रहते हैं···" धीरे कदमों से मुख्य दरवाजे की तरफ एक हाथ कमर पर तथा दूसरे से दीवार का सहारा ले आगे बढ़ती हुई बोलीं। उनकी आवाज में दर्द की बेबसी साफ झलक रही है। रमेश और विनोद अभी भी उनके पीछे-पीछे धीमी चाल से बढ़ रहे हैं दरवाजे की तरफ, प्रमोद किसी से फोन पर बात कर रहे हैं कमरे में ही।

"वाकई, ये घुटनों की दिक्कत हर तीसरे व्यक्ति को हो रही है 50-55 से ऊपर वाले को। अच्छा वैसे बहनजी आप न एक वो गरम बोतल ले लीजिए, उसे आप लाइट में लगा दें तो वो गरम हो जाती है। उससे करिए सिंकाई।" विनोद ने पीछे-पीछे चलते हुए कहा।

"हाँ, वो तो ले आया था राहुल, लेकिन उससे थोड़ी देर आराम रहता है, फिर वैसे ही।" उन्होंने दरवाजे पर पहुँच विदा करने के लिए दरवाजे की किवाड़ को पकड़ते हुए कहा।

"ठीक है बहनजी, नमस्कार, नमस्कार भाईसाहब!" रमेश ने दोनों लोगों को प्रणाम किया और अपना कोट सँभालते हुए आ जाते हैं विनोद के आगे-आगे बाइक के पास। विनोद बाइक घुमाते हैं और चल देते हैं दरवाजे पर खड़ी लड़के की माँ

और प्रमोद को एक बार फिर हाथ जोड़ नमस्कार का इशारा करते हुए। और निकल आते हैं गली से बाहर गली और नए घर की बातों को करते हुए, जो वो बता रही थीं।

"आप तो कह रहे थे साले को किसी ने बताया है घर?" बाइक पर पीछे बैठे-बैठे ढलते दिन की वजह से बढ़ती ठंड से बचने के लिए गले के मफलर को कानों से बाँधते हुए बोले रमेश।

"हमारे साले के साढ़ू हैं ये तुमने देखा नहीं न इन्हें, इसलिए नहीं पहचान पाए होगे। अच्छा हमने उन्हें बता दी थी तो बात छेड़ी नहीं किसी ने वरना परिचय करा देते यार।" गाड़ी चलाते-चलाते विनोद ने रमेश के संशय भरे सवाल का जवाब दिया।

"चलो ठीक है,'''(आवाज को धैर्य के साथ लंबा खींचते हैं रिश्ते वाली बात पर लौटने के लिए) यार बाकी सब तो ठीक है, लेकिन बताओ पूरे घर में कोई नहीं इन दो लोगों के अलावा?" बाइक पर पीछे बैठ दोनों घुटनों पर हाथ रखे रमेश आगे देखते हुए विनोद के कान के नजदीक ही बोले।

"अरे, कहाँ सोच रहे हो यार आप! आपने जब कहा कि घर छोटा है, तब ही मैं सोच रहा था कि तुम न फिर बस एक कमी पर ही ध्यान दे रहे हो। जीजाजी''' हर चीज नहीं मिलेगी कहीं और आजकल तो वैसे भी कोई कहीं, कोई कहीं शिफ्ट हो जाता है तो अकेले ही रहना पड़ता है। हमें ही देख लो।"

"चलो ठीक है, देखते हैं, लल्ली से बात करेंगे उसे ठीक लगेगा तो बढ़ा लेंगे बात आगे।" गहरी लंबी साँस लेते हुए पास से गुजरने वाले ट्रक को देख बोले जिसपर लिखा था, "बेटी पढ़ाओ, बेटी बचाओ कहीं तो शादी करनी ही है।"

रमेश की इस बात के बाद दोनों लोग कुछ देर चुपचाप बैठे रहे, अपनी सोच में डूबे हुए और बुलट अपनी आवाज से रोड की दूसरी आवाजों को दबाती चली आई सीधे घर। जहाँ एक तरफ एक माँ को इंतजार था हमेशा की तरह इस नए घर के बारे में सुनने का कि शायद यह घर हमारी बिटिया के लिए पट जाएगा! तो वहीं सिया के दिल में एक घबराहट उमड़ रही थी कि यदि इस बार बात पक्की हो गई तो कुछ दिन बाद ही इस घर से विदा हो जाऊँगी। शादी की खुशी और विदाई के डर को शांत करने की घबराहट में चुपचाप बैठी है अपने कमरे में सुपर-टेट की पुस्तक खोले पापा के आने के इंतजार में। साढ़े छह बजे के लगभग बुलट का हॉर्न बजता है, प्रिया बड़ी उत्सुकता से दरवाजा खोलती है तो मामा तो सीधे बैठक में आ जाते

हैं, लेकिन रमेश बाइक को अंदर लाने के लिए पहले रुकते हैं और फिर गेट पूरा खोलकर खींचते हुए सीधे ले आते हैं।

"अरे यार, बाहर ही खड़ी रहने देते अभी, अभी निकलेंगे थोड़ी देर में।" पैदल खींचते हुए रमेश को बाइक अंदर लाते देख विनोद अंदर से ही बोलते हैं।

"मोहल्ला के बालक बहुत हरामी हैं सारे, मोटरसाइकिल की गद्दी पर नाखून मार देते हैं।" बाइक खड़ी कर मफलर से धूल झाड़ते हुए जवाब दिया।

"लल्ली, दो गिलास गरम पानी ले अइए, और गुड़ की चाय बना ले पाँच कप।" बैठक से अंदर लॉबी में जाने वाले दरवाजे पर गरम शॉल ओढ़े खड़ी हैं लता इस इंतजार में कि जल्दी से बात शुरू हो रिश्ते को लेकर कि क्या बात हुई? कैसा है घर?

"लड़का बहुत अच्छा है जिज्जी, आज हमने भी पहली बार ही देखा।" विनोद की बात सुनते ही लता मुसकराईं, वो अभी भी खड़ी हैं, विनोद बेड पर लेट गए अंदर आते ही और रमेश बाहर जाके नल से मुँह-हाथ धुलकर अंदर आ रहे हैं।

"हम कहें इनके साले ने बताया घर, वहाँ कोई और देखा तो हमने पूछी नहीं और इन्होंने भी बताई नहीं। बाद में कह रहे हैं कि साले के साढ़ू हैं वो।" प्रिया दो गिलास में पानी लेकर आती है, रमेश अंदर बैठक में आते ही लता को बता ही रहे थे कि उनकी नजर प्रिया के दाहिने हाथ की कोहनी के नीचे बँधी पट्टी पर पड़ती है। विनोद भी गिलास पकड़ आश्चर्य से देख ही रहे थे कि रमेश बोल पड़े, "अरे ये क्या हुआ लल्ली?"

"अरे पापा, वो बैंक से निकलते वक्त लग गई, साइकिल की घंटी से कट लग गया (पापा की तरफ देख उनकी चिंता को कम करने की कोशिश करते हुए मुसकराकर बोली) कुछ नहीं हुआ, यह तो बस मम्मी ने बंगाली डॉक्टर अंकल से पट्टी बँधवा दी फालतू में।"

"अरे, टिटनेस को इंजेक्शन सोची लगवाय दें तो लगे हाथ डॉक्टर बोले कर दे रहे हैं पट्टी जल्दी ठीक हो जाएगी¨। जाओ चाय बना लाओ।" लता की बात सुन पानी के गिलास उठाने लगती है प्रिया।

"तुम बैठो प्रिया, वो कहाँ है सिया? उससे कह दो बना लाएगी। इसका हाथ जल रहा होगा।" विनोद ने प्रिया को बेड पर बैठने का इशारा करते हुए कहा।

"दीदी पढ़ रही है, सुपरटेट एग्जाम की डेट आ गई है, एक महीने बाद ही है। इसलिए आज से सिर्फ मैं बनाऊँगी'''" दीदी के भविष्य की चिंता बहन नहीं करेगी तो कौन करेगा! ऐसा प्रेम अपनों को महसूस कराकर सभी के चेहरों पर मुसकान की झलक देती हुई चली गई रसोई की तरफ प्रिया।

"पता है विनोद भाई! जब भी अपनी इन दोनों बेटियों को ऐसे एक-दूसरे के प्रेम के लिए जीता देखता हूँ तो घबरा जाता हूँ, इसलिए मैंने पूरे रास्ते खूब सोचा कि अपनी बच्ची को उस अकेले सूने पड़े घर में नहीं भेजूँगा।" तख्त पर रखे फोन के दाएँ-बाएँ बटन को दबा भावुक होने लगे सभी से नजरें बचाते हुए रमेश।

"पुलिस वाले होकर भी यार अभी से ऐसे परेशान होगे तो कैसे विदा करोगे भाई! एक दिन आप दोनों को भी यहाँ अकेले ही रह जाना है, तब क्या ऐसा सोचोगे कि मैं अपनी बच्ची को भरे-पूरे परिवार से इस सुनसान घर में नहीं बुलाऊँगा?" विनोद सोफे पर आगे की ओर खिसक रमेश के कंधे पर हाथ रख समझाने की कोशिश करने लगे।

"हुआ क्या?" लता दोनों की नजरों में झाँक बातों को समझना चाह रही हैं।

"जिज्जी, इन्हें सब पसंद है, लेकिन इस बार क्या नहीं पसंद तुम भी सुनो''' (जेब से फोन निकाल लड़के की फोटो दिखाते हुए अपनी जगह पर ही बैठे-बैठे लता की ओर झुककर) इसकी लंबाई अपनी बिटिया से 20 ही होगी, अच्छा-भला नौकरी कर रहा है, बिटिया से मात्र तीन साल बड़ा है। पिता अध्यापक थे, जो कोरोना में खत्म हो गए, उनकी पेंशन मिल रही है लड़के की मम्मी को। लड़के ने घर भी बनवा लिया, गाड़ी भी ले ली, माँग-जाँच उनकी कुछ है नहीं'''। बताओ इसमें क्या खराब है'''?" चुपचाप सोच में चिंतित बैठे रमेश के सामने सबकुछ बताते हैं विनोद।

"भाई-बहन कितने हैं?" लता ने कोशिश की परिवार की स्थिति को जानने की।

"कोई नहीं है, पूरे घर में अकेले हैं दो लोग बस। न चाचा न ताऊ, क्योंकि उनके पिता भी अकेले थे और बाबा भी। अब ऐसे में यार कोई उनकी जानकारी नहीं मिल रही, कहाँ के हैं, क्या हैं?" परिवार के प्रति पति-पत्नी के एक जैसे सवालों ने रमेश की चिंता को बढ़ा दिया, रमेश को गंभीर कर दिया।

"अरे, तो वो तो कह रही हैं न कि जमीन है लखीमपुर में वहाँ पता कर लो।" विनोद ने कहा।

"यार, जमीन का क्या करेंगे? हो तो, न हो तो। हमें बस ये चिंता है कि कैसे रह पाएगी उस घर में अकेले? बताओ तुम भेज दोगी उसे? रात-दिन हँसने-कूदने वाली बालकी यार, कभी अकेले हॉस्टल में न रह पाई।" रमेश चिंतित हैं सबसे बेहतर घर पाकर भी हर बाप की तरह अपनी बेटी के लिए।

"भाईसाहब तो कहाँ करोगे? हर रिश्तेदार ने लड़का बताए, हर जगह कोई-न-कोई कमी निकली। तुम इतना याद रखो कि लड़की को मायके की तरह ससुराल कभी नहीं मिलती¨।" इस बार गुस्से में कुछ आवाज तेज निकाल गए विनोद अपनी जैकेट सँभाल सोफे पर फोन पटक आराम से धोक लगाते हुए।

"कोई बात नहीं, लेकिन हम अपनी लड़की को गुमसुम रहने उस अकेले घर में बिल्कुल नहीं भेजेंगे। तुम्हारे साढ़ू नाराज हो जाएँ तो हो जाएँ।" रमेश तखत से उठे और नल की तरफ चले गए हाथ-मुँह धुलने का बहाना लेकर। प्रिया सभी के लिए चाय लेकर आ जाती है, सभी की बातों को ध्यान से सुन चेहरे पर चिंता के भाव लिए। उधर सिया अपने कमरे से परदे की आड़ में होकर पिता के भावनात्मक प्रेम में भावुक हो गई है।

"कभी-कभी न, हमें तो लगता ही नहीं कि ये पुलिस में थे। अरे यार, इतना भावनाओं में थोड़ी परेशान हुआ जाता है।" विनोद वास्तविकता पर गंभीर होने की कहते हैं। विनोद की बात सुन रमेश के चेहरे पर उभरी चिंताओं को देख लता ने विनोद को टोकते हुए कहा, "अरे भइया, तुम चुप रहाओ, उन्हें न पसंद तो छोड़ो। कहीं-न-कहीं हुइए जाएगी शादी, हमें कोई जल्दी नाय है। आराम से देखो और आराम से बात करो। तुम ही दोनों लोगों को करनी है, और माँ-बाप जानबूझकर अपनी लड़की थोड़ी धकेल देंगे। लेयो जाय उठावो और आराम से रात्ती से बात करो।"

"अरे, हम कोई लड़ थोड़ी रहे भाई¨।" समझाती हुई लता के मन को अपने लिए परेशान होता देख रमेश मुसकराकर बोले विनोद की तरफ देखते हुए।

"इत्ते घर देखे तो एक-आध और सही, जा साल नाए अगली साल कर देंगे।" लता पत्नी और माँ के कर्तव्यों को निभाना बहुत अच्छी तरह से जानती हैं, वो स्त्री है। शायद इसलिए उन्हें घर की चिंताओं को नजरअंदाज कर सभी में हौसला भरना आता है, ताकि घर में नकारात्मक स्थितियाँ न पैदा हों। उनके रहते पति पिता के रूप में और बेटी पिता को परेशान देख बोझ के रूप में खुद को

चिंतित न करें, इसलिए वो हमेशा की तरह हर अड़चन को 'ईश्वर अच्छा करेंगे' कहकर सँभाल लेती हैं।

"ठीक है, लो बिस्कुट लो।" चाय पीते-पीते विनोद ने रमेश की तरफ प्लेट बढ़ाई। कमरे में माहौल शांत हुआ तो चेहरों पर मुसकानें लौट आईं सभी के। रसोई में खड़ी प्रिया को कमरे से जब मुसकराने की आवाजें आईं, तब वह दो कप चाय लेकर चल देती है सिया के कमरे में।

"विनोद भाई, हमें पता है हमारे बच्चे बड़े हो गए हैं। जिधर जाओ वहीं हमारी उम्र को देखकर शादी की बात कर रहे हैं लोग। लेकिन हमारा भी तो फर्ज है न कि अपनी उम्र की जल्दबाजी में अपने 'बसंत के फूलों' की तरह खिलखिलाती बेटियों को यों ही किसी माली के हाथ में तो नहीं दे देंगे न! वैसे भी हमें बाद में अकेले ही रहना है, कम-से-कम अपनी बेटियों को एक अच्छे घर में विदा कर देंगे तो सुकून से तो मर सकेंगे``।" पति की इन बातों को सुन लता की आँखों में पानी भर आया, इस बार वो शांत रहीं, जैसे मानो वो खुद इस बात को नजरअंदाज करने की कोशिश ही न कर रही हों। रमेश विनोद से नजरें बचा एक और चुस्की भरते हैं चाय की।

"तुम क्यों सोचते हो इतना? सिया अभी 25 साल की ही तो हुई है। कहने दो जिसे जो कहना है। और सही बात है! हम अपने बच्चे को ऐसे किसी जल्दबाजी में थोड़ी निकाल देंगे घर से``" रमेश की बातों में हाँ-में-हाँ मिलाते विनोद परिवार की चिंताओं में साथ होकर अब रमेश को निश्चिंत करने की कोशिश करते हैं। उधर सिया के पास प्रिया चाय लेकर पहुँचती है।

"लो दीदी``, (कुरसी पर बैठ सामने टेबल पर रखी पुस्तकों पर चेहरा झुकाए सिया की आँखें लाल हो चुकी हैं, कमरे में से ही पापा की बातें सुनकर) तुम रो रही हो दीदी?" टेबल पर चाय रख प्रिया ने बगल में नीचे बैठ सिया का जैसे ही हाथ पकड़ा, सिया ने बाएँ हाथ से आँख पोंछ लाल हो चुकी नाक को रूमाल से पोंछते हुए कहा``।

"नहीं पागल! पापा को दे आई?"

"हाँ, दे आई। अरे, अभी बहुत दिन हैं शादी के, अभी से रोती रहोगी तो विदाई के वक्त तक आँसू खत्म हो जाएँगे आपके।" बेड पर पड़े रूमाल को सिया के गालों पर छुआती प्रिया चिढ़ाने की कोशिश करती हुई खुद भी मुसकराई। सिया बहन की

बात से मुसकरा उठी और उसका हाथ पकड़ती हुई बोली, " एक बात बता छुटकी! हम दोनों शादी के बाद खयाल रखेंगे न पापा-मम्मी का?"

"हमेशा दीदी, और तुम परेशान न हो। देखना पापा बहुत अच्छा घर ढूँढ़ेंगे तुम्हारे लिए, जीजू खुद लगे रहा करेंगे तुम्हारे साथ¨हा-हा-हा" प्रिया सिया के पास से हटकर बेड पर बैठ तकिया को सीने से लगा जोर से हँसती हुई तकिया को किस करने लगती है।

"तू न बहुत पिटेगी किसी दिन मेरे हाथों से, हमेशा गंदी हरकतें करती रहती है पागल।" प्रिया की हँसी में चेहरे की मुसकराहटें छुपाती टेबल पर रखी कंघी को प्यार से फेंककर मारती है सिया प्रिया के पैरों की तरफ।

"हाँ, बस तुम ऐसे ही हँसती रहा करो दीदी। पापा जितना अभी हमें लेकर सोचते हैं उतना ही आगे भी सोचते रहेंगे। हाँ, बस कोशिश हम ये करेंगे कि जिस विश्वास के साथ वो हमें विदा करें किसी और के घर, उस विश्वास को बनाए रख पाएँ।" कंघी फेंककर सिया का मुँह फेरकर फिर चिंता में बैठ जाना प्रिया को भी सीरियस कर गया। अपनी बहन की हिम्मत बढ़ाने के लिए अपनी तरफ से सिया को पूरा भरोसा दिला रही है प्रिया, ताकि पहले घर से विदा होने वाली बहन को माता-पिता की चिंताओं से निश्चिंत कर सके।

प्रिया की बातों में भावुकता और प्रेम महसूस करती हुई सिया अपनी कुरसी से उठी और बेड पर बैठी प्रिया के पास बैठ उसके सिर पर हाथ फेरती हुई बोली, "पता है, लोग क्यों चाहते हैं बेटों को? ताकि जब बेटियों की शादी हो जाएगी और माँ-बाप बूढ़े हो जाएँगे तो बेटे उनके पास हर पल रहते हैं, लड़ते-झगड़ते रहते हैं, लेकिन कम-से-कम साथ तो रहते हैं। अब अगर बेटियाँ होंगी तो एक-दो बार आ जाएँगी, हर बार कोई थोड़ी भेज देगा! इसलिए पापा से न जाने कितनों ने यह तक कहा था कि बेटा गोद ही ले लो···। (सिया की आँखों में फिर पानी छलक आया, बहन को देख उसकी बात सुन प्रिया भी सिसकने लगी) मम्मी बताती हैं कि मामा तक ने कहा था, पर पापा बहुत नाराज हुए, और हमेशा कहते रहे कि देखना मेरी बेटियाँ हमसे कभी दूर नहीं जाएँगी···।" सिया और प्रिया दोनों सिसक रही हैं, लेकिन एक-दूसरे के हाथ पकड़ पूरी कोशिश कर रही हैं खुद को सिसकने से रोकने की। पापा की मेहनत और चिंताओं को समझ खोई हुई हैं एक-दूसरे को सँभालने की कोशिश करती हुई। थोड़ा रुककर सिया फिर बोलती

है, "पता है! पापा पिछले चार साल से ऐसा घर ढूँढ़ रहे हैं, जहाँ हमें दिक्कत न हो, लेकिन कभी भी एक कमी के लिए भी कंप्रोमाइज करने को तैयार नहीं हो रहे। अब तू बता छुटकी! क्या हमें पापा की मदद नहीं करनी चाहिए, यह कहकर कि पापा आपने बहुत अच्छा घर ढूँढ़ा है, मैं रह लूँगी? बल्कि मैं तो खुद चाहती थी ऐसे घर में ही मैं जाऊँ।"

प्रिया को सीने से लगा सँभालते-सँभालते सिया खुद धीमी आवाज में फफककर रो पड़ी। सिया को बुरी तरह रोते देख प्रिया समझाने की कोशिश करती है—

"दीदी, आप मत परेशान हो, सब ठीक हो जाएगा। देखो आप अपने आपको इतना परेशान करोगी अभी से तो जब मैं जाऊँगी तो मेरा क्या हाल होगा, बोलो?" प्रिया ने अपनी दोनों हथेलियों को सिया के गालों पर लगा आँसू पोंछते हुए खुद को सिया की गोद में सिर रख लिटा लिया। दोनों की सिसकियों में हिचकियाँ शामिल हो गईं रोते-रोते···। प्रिया के गोद में लेटते ही सिया मानो अचानक खयालों से बाहर आई और मुसकराती हुई बोली, "अरे पगली, मैं परेशान थोड़ी हो रही हूँ, मैं तो बस कह रही हूँ कि अब जो भी घर देखेंगे मैं पापा को बोल दूँगी कि पापा ठीक है ये घर। बहुत भाग लिये पापा अब नहीं भागने दूँगी उन्हें कहीं।"

"हम लोग हमेशा पापा-मम्मी के साथ रहेंगे दीदी, ज्यादा दूर नहीं जाएँगे हम लोग दीदी।" सिया की गोद से उठ मुसकराती हुई सिया को देख मुसकराकर बोली। मानो दोनों ने अपने आँसुओं को निकाल खुद को मजबूत कर लिया हो बेटी के रूप में बेटे के किरदार को जीने के लिए भी, क्योंकि जिस आँख से आँसू ज्यादा बहते हैं, उसकी इच्छाशक्ति और हौसला कहीं ज्यादा मजबूत हो जाता है नए दृढ़निश्चय के लिए।

एक तरफ सिया और प्रिया अपने मम्मी पापा की चिंताओं को लेकर चिंतित हैं अपने कमरे में, तो उधर लता विनोद रमेश आपस में बात कर रहे हैं एक नए रिश्ते का जिक्र करते हुए।

"अच्छा वो बड़ी वाली जिज्जी ने जो घर बताया उस लड़के को देख लो न! अच्छा-खासा परिवार है, शुद्ध शाकाहारी लोग हैं वो। तीन भाई हैं तीनों नौकरी कर रहे हैं। सबसे छोटा बेटा है, जो शादी के लिए बचा है···" विनोद बोल ही रहे थे कि रमेश बीच में ही बोल पड़े पहले से मना करने वाले चेहरे पर भाव लिये, "लड़का फौजी है वो···"

"अरे तो का! फौजी लड़कों की का शादी न होती है! देखो बड़ी जिज्जी की ननद की शादी तौ फौजिए कौ की है। कितने भले इनसान हैं वे दुखिया।" लता ने रमेश को समझाने के लिए कहा। तो रमेश ने विनोद की तरफ देख निगाहें चुरा लीं, कि इसी बीच सिया अपने कमरे से बैठक में आ जाती है और पीछे-पीछे प्रिया भी। दोनों ने चेहरे को धुलकर बालों को सुलझा सिर पर चुनरी डाली हुई है।

"पापा, हमने देखा है वो लड़का जो बताया मौसी ने, ठीक हैं वो, अच्छा परिवार है उनका और मम्मी को भी पसंद है वो घर।" सिया मम्मी को देख चेहरे पर मुसकान रखती है, प्रिया सिया के कंधे पर हाथ रख चौखट की धोक लेकर खड़ी है।

"ठीक तो इन्हें भी लगो, लेकिन जा कह देओ तई हम पर ही गुस्सा होन लगत हैं। न जाने का सोचत रहात हैं। हमेशा अपनी धुन अपनी धुन।" लता नाराज हैं रमेश से छोटी-छोटी बातों पर भी बेटी के रिश्ते के लिए जब किसी और की नहीं सुनते तो।

"अरे ठीक है, हो जाती है चिंता। अच्छा ऐसा करो कल हम बात कर लेते हैं जिज्जी से, वहाँ भी और देख लो। साल का आखिरी समय है, हो सकता है लड़का घर आया हुआ हो। तो लड़के से भी मिल लेंगे।" लता की बात सुन शांत बैठे रमेश को विनोद ने समझाते हुए कहा।

"मम्मी, वो पुस्तक लिखते हैं, देखा है हमने। जो इतना सोच लेता है वो क्या हमें-आपको नहीं समझेगा? हमें तो पसंद है वो घर।" सिया दोनों हाथों की उँगलियों में चुनरी के पल्लुओं को लपेटते घुमाते अपनी पसंद जाहिर कर रही है।

"पुस्तकें?" प्रिया की तरफ देख विनोद ने आश्चर्य से पूछा।

"हाँ मामा, उनकी कई पुस्तकें आ चुकी हैं। शहर बरेली में बहुत अच्छे-अच्छे लोग जानते हैं उन्हें। मुझे भी ठीक लगते हैं वो मम्मी।" अपने फोन में उस फौजी लड़के की फेसबुक प्रोफाइल खोल तमाम वो फोटो और वीडियो दिखाती है मामा, मम्मी और पापा को जिनमें पुस्तकें, चौपालों का जिक्र है।

फोन में तसवीरें देखते-देखते रमेश ने अगले ही पल फोन से नजरें हटा लॉबी के दरवाजे से टिकी खड़ी अपनी बेटी सिया की तरफ देख कहा, "लल्ली, तुम्हें ठीक लग रहा है क्या ये घर?" अपने इस सवाल के साथ-साथ रमेश सिया की आँखों में पिता के प्रति प्रेम की वजह से कहीं कोई मजबूरी तो नहीं! उस भाव को ढूँढ़ने की कोशिश कर रहे हैं। उनकी इस ढूँढ़ती नजरों को सिया ने पहचानते हुए

मुसकराकर जवाब दिया, "जी पापाजी, हमें तो ठीक लग रहा है पूरा परिवार दूसरे घरों की अपेक्षा। अच्छे लोग हैं सभी।"

"सबकी फोटो है पापा इसमें, सबकुछ है उनका इस प्रोफाइल में।" दीदी और पापा के चेहरों पर खुशी के भाव देख माँ के पास जा खड़ी हुई प्रिया। सिया अपने कमरे की तरफ चली गई अपनी बात कहकर।

प्रिया की बात सुन रमेश ने संदेह जताते हुए अपनी जिज्ञासा रखते हुए कहा, "लेकिन उस लड़के की शादी हो गई है या नहीं, यह भी तो नहीं पता? बहुत पहले गए थे देखने उसे!"

"नहीं हुई है पापा, कहा न सब है उनका इन पोस्टों में। कल ही किसी ने उनको कमेंट करके कहा कि अब तो शादी कर ले।" प्रिया मुसकराती हुई खबर देती है तो सब हँस पड़ते हैं।

"बात करो जिज्जी बड़ी जिज्जी से, वो चाहेंगी तो जरूर हो जाएगी शादी वहाँ से यदि नहीं हुई होगी कहीं और से तो।" विनोद ने लता को इशारा कर नए घर की ओर उम्मीद दिखाई।

अभी तक जितने भी घर देखे थे सभी से ज्यादा आज रमेश खुश हैं, क्योंकि उनकी बेटी ने मुसकराकर पसंद कर लिया है एक घर। एक पिता को इससे बड़ी खुशी क्या ही होगी कि जब पिता अपने बच्चों के लिए मेहनत करें, रिश्ता ढूँढ़े और बच्चे खुशी-खुशी उसे अपना लें। जब बच्चों की तरफ से माँ-बाप को खुशी के रूप में सहयोग मिलने लगता है पिता की पसंद को बेहतर कहकर, तब बुढ़ापे की ओर बढ़ते पिता को एक नई शक्ति मिल जाती है और तब माँ-बाप अपने बच्चों के लिए कहीं ज्यादा और मेहनत करने लगते हैं। यह तो फिर भी एक रिश्ते को मनाने की बात है।

रमेश, लता, प्रिया और सिया के चेहरों की खुशी बता रही है कि यदि इस फौजी की कहीं और से बात नहीं हुई है तो रिश्ता पक्का ही है। क्योंकि सिया की शिक्षा, रूप और पिता के तोहफों से लड़की पक्ष शत प्रतिशत मजबूत है। जनक को अपनी सिया के लिए जिस राम की जरूरत थी, उस जैसा लड़का जनक के सामने आ चुका है, जिसका इशारा जनक को स्वयं सिया ने किया। अब यह अपने बाबुल की खुशी के लिए किया हो सिया ने या फिर वाकई लेकिन रमेश आज बहुत खुश हैं।

□

सफेद गुलाब

नाम प्रेमानंद, बरेली से 20 किलोमीटर दूर ग्राम भगवानपुर के निवासी हैं। डाक विभाग में सरकारी नौकर थे, लेकिन पिछले पाँच साल से रिटायर हैं, गाँव में लोग उन्हें डाक बाबू कहते हैं, क्योंकि एक समय में वो गाँव के ही पोस्ट-ऑफिस में डॉक बाबू हुआ करते थे। उनके तीन बेटे हैं और तीन बेटों से बड़ी एक बेटी है, जिसकी शिक्षा की शुरुआत से लेकर पी-एच.डी. करने तक की एक सफल कहानी है। डाक बाबू की पत्नी नाम मायादेवी स्वास्थ्य विभाग में आशा हैं।

यह परिवार पूरे गाँव में अपनी एक पहचान रखता है, गाँव में ही नहीं, बल्कि आस-पास के पूरे क्षेत्र और रिश्तेदारियों में भी। और यह पहचान है शिक्षा के क्षेत्र में, शांत स्वभाव और सीधे परिवार के क्षेत्र में, अध्यात्म के क्षेत्र में। साल में एक बार श्री रामायण पाठ इस घर में होता ही होता है, बाकी घर की स्त्रियों के चलने वाले निरंतर व्रतों की वजह से हर छमाही में कथा-उद्यापन, बच्चों-गरीबों-फकीरों का भोजन भी।

डाक बाबू इस पूरी सेवा को भगवान् की मर्जी और उनकी दया-दृष्टि को ही बताते हैं। उनकी बड़ी बेटी की शादी हो गई है और दामाद एम.एन.सी. कंपनी में हैं, बड़े बेटे और मँझले बेटे की भी शादी हो गई है, जिसमें बड़ा बेटा अध्यापक और सबसे छोटा बेटा सी.आर.पी.एफ. में है। आज सबसे छोटे बेटे के रिश्ते के लिए देखने वाले आ रहे हैं और इस अवसर पर सबकुछ ठीक हो, इसलिए ड़ाक बाबू ने सुबह-सुबह गाँव में भगवान् शनिदेवजी के मंदिर पर खिचड़ी भोज का कार्यक्रम रखा है। इस तरह के आयोजनों को करने का उद्देश्य नई पीढ़ियों को समाज से जोड़ना और समाज की स्थितियों को दिखाना-समझाना है। इस तरह से वो अपने नाती-पोतों को अभी से भावनाओं से जोड़ उनकी समझने की शक्ति को सकारात्मक दिशा देना चाहते हैं।

डाक बाबू को पता है कि दोपहर 12 बजे तक कार्यक्रम शुरू हो जाएगा, तब तक उनका छोटा बेटा छुट्टी पर वापस घर पहुँच जाएगा और शाम को फिर जो भी बात होगी तो उनके परिवार में आने वाले नए सदस्य के लिए एक बेहतर समय की शुरुआत करेगी।

दोपहर के साढ़े ग्यारह बज रहे हैं, हलवाइयों ने दो बड़े भगोने भरकर पीली खिचड़ी बना ली है, जिसमें पनीर, आलू, मटर, टमाटर, गोभी, गाजर सबकुछ पड़ा है। चार बालटियों में डाक बाबू खुद मट्ठा और हरे धनिए की चटनी मिलाकर रायता तैयार कर रहे हैं। उनकी दोनों बहुएँ और पत्नी भी आ गई हैं, जो बड़े बेटे रोहित व उनके दोनों बच्चों के साथ मंदिर में तेल के दीपक जलाकर पूजन कर रही हैं। आस-पड़ोस के तमाम लोग और बच्चे खड़े हैं इंतजार में कि कब इनकी पूजा समाप्त हो और हमें खिचड़ी मिले। गाँव-कस्बों के मंदिरों में कभी-कभी ही इस तरह के भंडारे होते हैं, इसलिए गाँव के बच्चों में उत्सुकता खूब होती है प्रसाद पाने की।

"रोहित···ओ रोहित, सुमित को कॉल करो कहाँ पहुँचे हैं? ठंडी हो रही है खिचड़ी।" प्रेमानंद ने हलवाई के पास ही मट्ठा घोलते हुए अपने बड़े बेटे को आवाज लगाई। पापा को जोर से आवाज लगाते सुन रोहित की पत्नी ने पास ही बैठ धूपबत्ती सुलगाते पति को इशारे में कहा, 'पापा पूछ रहे हैं संदीप के बारे में।' रोहित ने पापा की तरफ पलटकर देख जवाब देते हुए कहा, "आ चुके हैं, थाने पर थे अभी दो मिनट पहले, आओ पापा, आप भी पूजा कर लो आकर। संदीप आएगा तो वो भी कर लेगा। पहुँचने ही वाला है।"

"मम्मी-मम्मी, पीछे देखना बंदर आ रहा है, छीन लेगा प्रसाद। ऊपर बहुत बैठे हैं बंदर।" सुनीता ने पास ही बैठी मम्मी को सचेत किया।

मंदिर एक बरगद के नीचे है, बरगद पर देशी बंदरों का झुंड रहता है, जो मंदिर पर चढ़ने वाले प्रसाद को खाने नीचे आते रहते हैं। सुनीता की आवाज सुन माया ने पीछे मुड़ देखा, लेकिन निडर होकर नाती-पोतों को हँसते देख मुसकराती हुई प्रार्थना में लीन रहीं।

"ऐसे नहीं छीनेगा, तुम पूजा पर ध्यान दो यार!" मम्मी को शांत पूजा करते देख रोहित ने बच्चों को आँख दिखाते हुए पत्नी सुनीता से कहा।

"चाचा आ गए, अम्मा, चाचा आ गए।" रोहित के दोनों बच्चे जो बार-बार चाचा संदीप के आने की राह टोह रहे थे दरवाजे की तरफ, संदीप को मंदिर के दरवाजे पर ही जूते निकालते देख पूजा से उठ दौड़ते हुए जाते हैं चाचा संदीप के

नजदीक। संदीप जूते निकाल बालटी में रखे पानी से हाथ धुलता है। बड़े भाई-भाभी पूजा करते हुए ही मुसकराकर संदीप का स्वागत करते हैं। संदीप पहले मंदिर में घुसते ही शनिदेव को दूर से प्रणाम करता है और हलवाई के पास बैठे पापा के पास जाता है, "नमस्ते पापा···(झुककर पैर छूते हुए) सब तैयारी पूरी ही है यहाँ तो पापा।" हलवाई खिचड़ी, रायता और अपनी तरफ निहारते लोगों की तरफ देख मुसकराते हुए बोला संदीप।

प्रेमानंद कुछ बोलते उससे पहले दोनों भतीजे एक-दूसरे को इशारा करते हुए बोले, "चाचा, अपना फोन दो मैं फोटो खींचता हूँ आपकी।" दोनों भतीजों को पता है कि चाचा हर जगह की तसवीरें खूब लेते हैं और फिर उन पर कहानियाँ लिखते हैं। इसलिए वो दोनों खुद तसवीरें क्लिक कर चाचा की वाहवाही लूटना चाहते हैं।

"और ठीक हो लला? थक गए होंगे न तुम! चलो जल्दी कर लेते हैं। (संदीप कुछ कहता उससे पहले ही हलवाइयों की तरफ देख) यही है हमारा छोटा बेटा सी.आर.पी.एफ. में हवलदार।" हलवाई और पास में खड़े लोग डाक बाबू प्रेमानंद की बात सुन संदीप को मुसकराकर देखते हैं तो संदीप भी हाथ जोड़ते हुए सभी का अभिवादन स्वीकारता है कि हलवाई प्रेमानंद से कहता है, "अच्छा सुनो! साहब तनिक जल्दी करो आप अब। लला आ गए हैं, आप पूजन करो, हम तब तक इन सभी को बैठा रहे हैं।"

हलवाई की बात सुनते ही प्रेमानंद अपने परिवार के साथ शनिदेवजी के मंदिर में चले जाते हैं पूजन करने एक थाली में खिचड़ी और मट्ठे का रायता लेकर। तो इधर मंदिर में आए बच्चों और दूसरे भक्तों को खिचड़ी भोग कराने के लिए हलवाई मंदिर के ठीक सामने खाली पड़ी जगह पर लंबी-लंबी टाट की फट्टियाँ बिछाता है बैठने के लिए और सबके बैठने के बाद पत्तल की थाली और कुल्हड़ भी दे देता है सभी को और इशारा कर देता है कि पूजन होते ही प्रेमानंद साहब और फौजी बाँटेंगे खिचड़ी।

पापा, मम्मी, भैया और भाभियों के साथ संदीप पूजन कर आरती करता है, और पापा के कहने पर शनिदेव के गूँजते जयकारों के बीच शनिदेव को खिचड़ी से भोग कराता है। भगवान् के पैर छूकर बाबा के पैर छुए और पीछे हटता हुआ फोटो लेने के बहाने अपने भतीजों के पास जा पहुँचता है, जो फोटो ले रहे हैं, वीडियो बना रहे हैं चाचा के एप्पल फोन से। घरवाले पूरे विधि-विधान से पूजा-अर्चना करते हैं,

लेकिन संदीप परिवारियों की पूजा-पाठ को ही अपनी भक्ति समझता है तथा दूर से ही ईश्वर को मुसकराकर देख परिवार की रक्षा हेतु प्रार्थना करता है।

पूजा होने के बाद जब पूरा परिवार मंदिर के सामने खड़ा होता है अंतिम फोटो लेने के लिए तब मम्मी संदीप के दाएँ हाथ को थाम हथेली चूमती हुई कहती हैं, "हे भगवान्, हमारे लला की जल्दी-से-जल्दी शादी करवा दो किसी अच्छी लड़की से। सब अपने हिल्ले से हो जाएँ, फिर हम एकदम निश्चिंत हो जाएँ।" क्योंकि बेटा जब से छुट्टी आया है, तब से पहली बार माँ के गले लगा है। मम्मी की बात सुनतें ही दोनों भाभियाँ हँसती हैं और पापा भगवान् को प्रणाम कर चल देते हैं पंगत की ओर।

"संदीप, रोहित, सुमित''आओ बँटवाओ सब लोग जल्दी। बालकों (दोनों नातियों से जो फोन से तसवीरें लेने में व्यस्त हैं।) तुम दोनों पानी परसो सभी को।" प्रेमानंद ने तेज आवाज में कहा अपने बेटों से जैसे मानो वो कट रहे हों भोजन वितरण करने से। असल में वो कट नहीं रहे हैं, बल्कि प्रेमानंद की आदत है पूजा-पाठ में अपने बच्चों को अपने साथ लगाए रहने के लिए टोकने की, क्योंकि उन्हें लगता है ईश्वर प्रार्थना और दान-पुण्य के कामों में कहीं पीछे न रह जाएँ हमारे बच्चे आशीर्वाद लेने से। जबकि कहीं मेहनत का काम हो या खेती-किसानी का काम या मकान का काम, तो वहाँ पर प्रेमानंद कभी अपने बच्चों को हाथ तक नहीं लगाने देते।

उधर माँ माया देवी अपने बच्चों को पापा के साथ दान-पुण्य करते देख बहुत खुश हो रही हैं। जवान संपन्न बेटे जब अपने पिता के साथ उनके निर्देशन में चलें तो इससे ज्यादा और क्या खुशी हो सकती है माँ को! पिता जिसने सारी उम्र अपनी कमाई जिन बच्चों की शिक्षा में लगा दी, शौक में लगा दी, वो आज अपने बच्चों को सभ्य समाज और प्रतिष्ठा के साथ सफर करते हुए अपने साथ लगा देख, जिस परंपरा को उन्होंने अपने जीवन में उतारा उस परंपरा को स्वीकारते हुए देख बहुत खुश हो रहे हैं।

शादी के बाद अकसर बच्चे अपने माँ-बाप की मेहनत और त्याग को भूल, उन्हें और उनके काम को ही नजरअंदाज करने लगते हैं। और इसी बात को जानते हुए प्रेमानंद जब अपने परिवार में देखते हैं कि दो बच्चों की शादी होने के बाद भी सबकुछ वैसा ही है तो वो अपनी बहुओं पर भी गर्व महसूस करते हैं, और जहाँ भी जाते हैं वहाँ अपने बेटों, बेटी, दामाद और बहुओं की खूब तारीफ करते हैं। वर्तमान में किसी भी माँ-बाप के लिए उनके बुढ़ापे पर बच्चों द्वारा इससे बड़ा तोहफा और

कुछ नहीं हो सकता, जब बच्चे अपने माँ-बाप के निर्देशन में ही अपनी खुशियाँ समझें।

"हाँ भाईसाहब, बस आ रहे हैं दस मिनट रुको आप, भंडारा समाप्त हो गया है, बस इन हलवाइयों को पैसे दे दें, फिर सब साथ ही आ रहे हैं।" कान में फोन लगाए किसी से बात करते हुए हाथों में सौ-सौ के नोट गिन हलवाइयों को दे रहे हैं प्रेमानंद डाक बाबू मंदिर के गेट पर। परिवार के सभी सदस्य कार में बैठ गए हैं, जो सुमित मँझला बेटा चला रहा है। फोन पर बात करते ही गाड़ी की तरफ बढ़ते हैं अंतिम बार बाहर से ही मंदिर को प्रणाम करते हुए कि उधर से आवाज आती है।

"भाईसाहब, हम बाहर ही खड़े हैं घर के, अंदर सिर्फ कुत्ता भौंक रहा है तुम्हारा, लेकिन मालूम नहीं पड़ रहा कोई।"

"अरे, हम लोग यहीं गाँव में शनिदेव मंदिर आए हैं, संदीप छुट्टी से आए हैं न इसलिए। तो उनके साथ ही आ रहे हैं। लो बैठ गए गाड़ी में बस 5 मिनट और रुको वहीं।" प्रेमानंद फोन काटते-काटते गाड़ी में बैठ गए। परिवार के सभी सदस्य अंदर से ही देख पापा की मंदिर वाली आदतों पर चर्चा कर खूब हँस रहे हैं। कार की बीच वाली सीट पर बीच में संदीप की मम्मी और इधर-उधर भाभियाँ बैठी हैं। पीछे रोहित, संदीप, दोनों भतीजे और आगे सुमित और पापा।

"कौन है ? आ गए क्या वो लोग ?" चलती हुई गाड़ी में अपना पल्लू सँभालते हुए पूछती हैं माया।

"हाँ भाई, छंगे और लड़की के पिता आ गए हैं बाहर ही खड़े हैं घर के।" गमछे से मुँह पोंछते हुए मुसकराकर बोले डाक बाबू। संदीप शादी करने के लिए मान गया है और शादी वाले दरवाजे पर हैं, इसकी खुशी पिता के चेहरे पर साफ महसूस हो रही है।

ससुर को मुसकराता देख संदीप की बड़ी भाभी सुनीता बोलती हैं, "अब कर ही लो पापा हाँ, हमें तो लड़की अच्छी लग रही है।" शायद पीछे बैठे देवर संदीप को चिढ़ाने के लिए बोलीं।

"क्या यार शादी! हमें अभी दो साल और नहीं करनी बस इसलिए आप मना ही कर दो उनसे।" संदीप शादी अभी करना नहीं चाहता है, वो अपना ध्यान अभी सिर्फ अपनी नई पुस्तक और घूमने पर लगाए रखना चाहता है। हालाँकि घरवाले काफी समय से समझा रहे थे, लेकिन इस बार मन बना बैठे हैं, क्योंकि

लड़की अच्छी पढ़ी-लिखी मिल गई है। इसलिए संदीप की न करने वाली बातों को नजरअंदाज कर दे रहे हैं।

"जे इधर-उधर दूसरन की बरातन में जाय-जाय के नाच रहे हो, ऐसे कब तक नाचोगे? देखो···संजेश और शानू ने करी न करी! बेऊ तो बालक हैं। शादी करो और निच्चू, फिर कहीं घूमो और कुछ भी लिखो।" मम्मी जैसे ही अपने चेहरे पर मुसकान लाकर समझाती हैं कि दोनों भाभियाँ और बच्चे खूब हँसते हैं, क्योंकि सब जानते हैं आज तय हो ही जाएगी।

"तभी हमें भी बुग्गी पर बैठने को मिले दूल्हा के संग, ऐं अम्मा!" दोनों भतीजे पीछे की सीट पर खड़े होकर अम्मा की सीट पर लटके-लटके खूब हँस रहे हैं यह कहते हुए। लेकिन संदीप भाभी के समझाने के बाद चुप है, पर मुसकरा रहा है आज का अपना भविष्य जानकर, कहीं-न-कहीं यह सब जानते हैं कि यह लड़की संदीप को भी पसंद है और वह अपना भविष्य सोच रहा है।

लेकिन संदीप को शांत देख प्रेमानंद गुस्से में बोले, "अरे ठीक है, तुम्हें ठीक लगे तो कर लेना वरना मना कर देना। कोई जबरदस्ती थोड़ी कर देगा!" दबी आवाज में नाराजगी साफ महसूस हुई, लेकिन अभी-अभी ड्यूटी से आए बेटे पर नाराज होना भी नहीं चाहते हैं। प्रेमानंद की बात सुन मायादेवी शांत हो गईं, रोहित ने संदीप को भी हाथ मार इशारा कर शांत बैठे रहने को कहा। बच्चे और बड़े एक पल के लिए मन में बातों को दबाकर बैठ खिड़की से बाहर झाँकने लगे कि छोटे भतीजे ने कार के माहौल को बिगड़ते देख अपना सवाल किया, वो छोटा है, लेकिन सेंसेटिव है—

"चाचा, कितने दिन की छुट्टी पर आए हो आप? हमारे जन्मदिन तक तो रुकोगे न?" दोनों भतीजे और भानजे संदीप को बहुत प्यार करते हैं, संदीप उनके साथ बच्चों की तरह बनकर खेलता जो है, घुमाने ले जाता है और शैतानियाँ जो करता है, जिससे छोटे-छोटे बच्चे बहुत खुश होते हैं। इसलिए जन्मदिन पर चाचा होंगे तो पूरा केक मुँह पर मलेंगे, अच्छा लगेगा।

"जरूर, हम तो रुकेंगे-ही-रुकेंगे, इसलिए तो आए ही हैं।" गाड़ी में पीछे पास बैठे भतीजों के सवालों पर मुसकराकर जवाब देता है, क्योंकि वह जान चुका है बच्चे मस्ती को लेकर पूछ रहे हैं। वो एक-दूसरे की तरफ देख आगे और कुछ बातें करते कि अचानक कार में ब्रेक लग जाते हैं।

प्रेमानंद गाड़ी से उतर बाहर खड़े मेहमानों का अभिवादन कर मकान का गेट

खोलते हैं और घर के बाकी सभी लोग उतरते हुए दरवाजे की तरफ बढ़ते हैं। घर आए मेहमान अपनी मोटरसाइकिल के पास खड़े होकर सभी को प्रणाम करते हैं इस इंतजार में कि सभी अंदर जाएँ तो वो भी बैठक में पहुँचें और बात शुरू हो।

"संदीप, तुम अंदर आओ हमने पकड़ लिया है इसे, वरना तुम्हारे पूरे कपड़े सना देगा ये।" दरवाजा खुलते ही घर का कुत्ता रोमियो संदीप को देख खुलने के लिए खुशी से झूम उठा, वो फुदक-फुदककर संदीप से मिलना चाहता है अपने पंजों को संदीप के ऊपर छापकर प्रेम जताने के लिए। लेकिन हर बार की तरह प्रेमानंद ने उसे पकड़ लिया गले के पट्टे से, संदीप बहुत खुश हो रहा है आँखों से मुसकराते रोमियो को देख।

"छोड़ दो पापा उसे।" कहते-कहते अपना बैग साइड रखा और रोमियो को गले लगा लिया। रोमियो संदीप का मुँह चाट अपनी शिकायतें कर रहा है। यह देख पापा, मम्मी, भाभी और बच्चे खूब हँस रहे हैं और मेहमान अभी भी बाहर खड़े हैं इंतजार में कि घर की महिलाएँ अंदर चली जाएँ, तब आगे बढ़ें अंदर जाने के लिए।

कुछ देर बाद मम्मी-पापा के बार-बार कहने पर संदीप रोमियो के सिर पर हाथ फेरते हुए हटा तो पापा ने कहा, "हाथ धुल लो साबुन से लला और कपड़ा बदल लो, ये साला आज नाली में घूम रहा था सुबह।" पापा की बात सुन मुसकराता हुआ संदीप नल की तरफ चला गया, मम्मी और भाभी अंदर चली गईं। मेहमान धीमे कदमों को बढ़ाते हुए दरवाजे तक आ गए। प्रेमानंद ने सभी से मुसकराते हुए हाथ मिलाया और बैठक में ले आते हैं। मेहमानों के चेहरे पर मुसकराहटें संदीप और रोमियो के आपसी प्रेम को लेकर गौरव की हैं, जो वो प्रेमानंद को दिखा उनके बेटे की तारीफ करने के उद्‌देश्य से अभी भी चेहरे पर रखे हुए हैं।

"जानवर बहुत प्यार करते हैं अपने मालिक से चाहे वो कितने ही दिन बाद घर लौटें, भूलते नहीं हैं।" सोफे के सामने दरवाजे के किनारे पड़े काठ के तखत पर अपने जूते निकाल कोट सँभालते हुए कहते हैं छंगेलाल। उनकी बात सुन साथ आए दोनों रिश्तेदार भी हाँ कहते हुए हामी भरते हैं और इंतजार करते हैं कि उनके मतलब की बात शुरू हो। छंगेलाल मझिया के रूप में लड़की वालों के साथ आए हैं। लड़की वाले सिर्फ दो लोग हैं।

घर आए मेहमान बैठक में बैठते ही दीवारों पर लगी तसवीरों को निहार रहे थे। जिन्हें देख प्रेमानंद ने बेटे की तारीफ में बैठक में ही रखी वो सभी पुस्तकें उठा मेहमानों के सामने टेबल पर रखते हुए कहा, "ये सब फोटो संदीप के ही हैं

भाईसाहब। डी.एम., एस.पी. की चिट्ठियाँ हैं। उन्होंने सम्मानित किया है बेटे को, वो रखी हैं पुस्तकें कई इन्होंने ही लिखी हैं। एक तो बरेली के मेयर उमेश गौतम पर ही लिखी है।" शादी की बात शुरू होने से पहले बेटे की उस आदत से परिचय कराने की कोशिश कर रहे हैं प्रेमानंद, जिस आदत पर पूरे परिवार को गर्व है—'लेखन'।

"हमने इन्हें पहले ही बता दी थी। संदीप को पूरा शहर जानता है। देखना आज आए हैं संदीप! अब पूरे महीना कहीं इनसे, कहीं उनसे मिलते ही रहेंगे।" छंगे ने मेज से स्माइल पुस्तक उठा, साथ आए दोनों मेहमानों को बड़े गौरव से बताया। हालाँकि मझिया का तो काम ही होता है एक पक्ष की अच्छी बातें दूसरे पक्ष को बताकर अपने द्वारा बताए रिश्ते को बेहतर दरशाना।

"अच्छा भाईसाहब, आपके बारे में बताएँ।" घर आए दोनों मेहमान अभी तक अपनी तरफ से कुछ बोले नहीं थे, यह भाँप प्रेमानंद इधर-उधर की बातों से हट छंगे की तरफ देख पूछते हैं मेहमानों के बारे में। तब तक अंदर से घर का मँझला बेटा चार गिलासों में पानी और मिठाई लेकर आ जाता है, जिसे टेबल पर रख चला गया।

"आप हैं रमेशजी, आप उत्तर प्रदेश पुलिस में इंस्पेक्टर से रिटायर हैं (जो नीले रंग का सफारी सूट पहने हैं), और आप हैं इनके इकलौते साले साहब विनोदजी। रमेश भाईसाहब की ही बेटी के लिए आए हैं, जिनके कागज और फोटो तो भेज ही दिए हैं आपको! इनकी दो ही बेटी हैं, बड़ी बेटी एम.एस-सी. और टेट है।" तखत पर पालथी मार दोनों हाथ बगल में दबाए बैठे छंगेलाल ने पूरा परिचय करा दिया, उतना जितना वो समझते हैं बात शुरू करने के लिए।

"बहुत अच्छा, बहुत बढ़िया परिवार है भाई आपका! अच्छा आपकी आखिरी पोस्टिंग कहाँ पर थी''' ?" प्रेमानंद ने पूछा।

"हम बिथरी थाने से रिटायर हुए हैं वर्ष 2017 में।" धीमे-धीमे घूँट से पानी पीकर गिलास मेज पर रखते हुए बोले रमेश। विनोद घूमकर अलमीरा में रखी पुस्तकों पर नजर डाल रहे हैं।

"हमारे बहनोई साहब भी हैं इंस्पेक्टर, वो भी बिथरी में रहे हैं, जे.पी. यादव।" रमेश की तरफ देख एक नई पहचान निकालने की कोशिश करते हैं प्रेमानंद। जे.पी. यादव का नाम सुन वो मुसकराए, उनके मुसकराते चेहरे पर शायद कुछ स्मृतियाँ उभर आई हैं। वो बड़ी उत्सुकता से बोले, "बहुत अच्छी तरह से जानते हैं, वो हमसे चार साल जूनियर हैं। हम दोनों लोग सहारनपुर एक साथ रहे हैं, तब वो मुंशी हुआ करते थे।"

"लो एक और पहचान निकल आई, हा-हा-हा।" रमेश के मुसकराते मन की सुन विनोद की तरफ देख बोले छंगे।

"अच्छा भाईसाहब, अब आप यह बताएँ कि हम लोग आप लोगों के द्वार पर बैठने लायक हैं कि नहीं।" मुसकराते हुए हाथ जोड़ चेहरे पर मुख्य बात पर लौटने का भाव लिये अपनी बात रखते हैं विनोद, ताकि सामने से आने वाले इशारों को समझ सकें।

"अरे, कैसी बात कर रहे हैं भाईसाहब! आपका घर है ये।" प्रेमानंद भी मुसकराए।

"नहीं, देखो हमारा कहने का मतलब है कि हमने बालक भी देख लिया, घर-बार सब देख लिया। हमारी तरफ से तो हाँ है, लेकिन अब आप भी बता दें तो फिर कम-से-कम बात आगे बढ़े।" विनोद रमेश के मन की बात को आगे रख समय गुजरता देख मुद्दे की बातों पर आकर रिश्ते का भविष्य तलाशने की कोशिश करते हैं। विनोद की बात सुन हाँ में हाँ मिलाते हुए छंगे चेहरे पर मुसकान रख प्रेमानंद की तरफ देखते हैं कि तब तक संदीप चाय की प्लेट और नमकीन ले अंदर आ जाता है और सभी को प्रणाम कर एक-एक कप उठाकर सभी की तरफ बढ़ाता है।

"हाँ अच्छा···" प्रेमानंद विनोद की बात पर बोलने की कोशिश करते हैं कि बीच में तखत पर बैठे छंगे विनोद और रमेश की तरफ देख बोल पड़े, "लो अब बच्चा सामने है आपके, आओ लला इधर बैठो।" वो दोनों ही लोग संदीप पर अपनी नजरें गड़ाए बेटी के लिए मानो निरीक्षण कर रहे हैं।

"लला···नमकीन दो भाईसाहब को।" प्रेमानंद ने संदीप से कहा। और जैसे ही संदीप उठा कि अंदर से भतीजे की आवाज आती है, "चाचा, फोन आ रहा है किसी का।" यह सुन संदीप सभी को मुसकराते हुए एक-एक चम्मच नमकीन देकर अंदर की ओर चला जाता है।

आपको बताऊँ तो हमारे समाज में लड़का और लड़की दिखाने की परंपराओं में काफी अंतर है, एक यह कि लड़का आप कितनी भी बार देख सकते हैं, लेकिन लड़की सामने से देखने के लिए एक भरोसा देना पड़ता है कि यदि ऐसे दिखाएँगे मतलब सामने से, तब मना करने का कोई या तो बड़ा रीजन हो, तब तो ठीक वरना यों ही मना करना लड़की के भविष्य को खेल नहीं बनाया जाएगा, ये-ये शर्तें होंगी। या फिर किसी के घर या मंदिर में दिखाएँगे तो कुछ और शर्तें होंगी!

अच्छा यह सब हमारे समाज में क्यों शुरू हुआ? उसे तथ्यात्मक समझते चलिए। वैसे तो सोचें कि लड़के आप कहीं दिखा दो और लड़कियाँ पराए घर में ही दिखाई जाएँ, तब देखेंगे और रिश्ते के लिए हाँ करेंगे! ये बातें चुभती सी हैं कि क्या वाकई हमारा समाज स्त्री के जीवन में परायी या पराए नाम को जोड़ अड़चनें हमेशा पैदा करता रहेगा?

लेकिन यदि समाज में इस विचारधारा को पनपने की वजह पर जाएँ तो यह लड़की पक्ष के द्वारा लड़के के पक्ष को दिया जाने वाला वह भरोसा है, जिसमें स्त्री की मान-मर्यादा का पक्ष लेते नजर आते हैं दोनों परिवार। हालाँकि स्त्री के व्यक्तिगत सम्मान पर समाज द्वारा यह एक गहरा प्रहार है, जिसे समाज को ही खत्म करना चाहिए अपने भरोसे के द्वारा कि नहीं, हम लड़की को उसके आँगन में ही देखेंगे दूसरे घरों में नहीं। इससे स्त्री के उस आत्मविश्वास को बल मिलेगा, जिसमें वह समझ पाएगी कि ससुराल वाले उसे किसी समझौते की वजह से नहीं, बल्कि बहू के रूप में सम्मान के साथ घर लाए हैं। साथ ही उसे अपने पिता के चेहरे पर बेटी के गौरव को महसूस कर खुद को खुश रखने का गौरव मिलेगा।

लेकिन हमारा समाज ऐसा नहीं करता है, वो दहेज प्रथा में न फँसे उसके लिए यही सीधा तरीका अपनाता है, जो साफ-साफ दरशाता है कि यह शादी नहीं, बल्कि समझौता है। समाज द्वारा बहुत आसानी से कबूल किया गया यह समझौता बहुत बड़ा विषय है स्त्री सम्मान को आहत करने का, लेकिन इसे खत्म किया जा सकता है! वो भी स्त्री के द्वारा ही, दोनों पक्षों की माताएँ यदि यह तय करें कि नहीं लड़की अपने ही घर पर दिखाई जाएगी। वो तय करें कि शादी आमदनी या दौलत के समझौते पर तय नहीं की जाएगी। और जो भी फैसला होगा उसका दुरुपयोग भी नहीं होगा। आस-पास की स्त्रियाँ तय करें कि जिस तरह से लड़कों के रिश्ते उनकी किसी कमी की वजह से यदि तय नहीं होते हैं तो उनके सम्मान पर सवाल नहीं उठते, उसी तरह से लड़की को देखने के बाद यदि किसी तरह रिश्ता नहीं जुड़ता है तो उसके जीवन पर भी इल्जाम न उछालें।

यह सबकुछ हमारी परंपराओं में लाना कोई मुश्किल नहीं है, लेकिन न जाने क्यों समाज खुद, बल्कि स्त्रियाँ भी इसको स्वयं में शामिल नहीं करती हैं। खैर, यह परिवार इस मुद्दे पर एक बदलाव वाली सोच लाता है'''।

"भाईसाहब, हम आपके बेटे, बल्कि पूरे परिवार से खुश हैं। अब आप लोग

भी अपनी राय बता देते तो···!" रमेश प्रेमानंद से बोले, वो जानना चाहते हैं उनके परिवार की पसंद।

रमेश मन की जिज्ञासा रख ही रहे होते हैं कि बीच में छंगे बोल पड़ते हैं, "देखो जीजाजी, ये कहना चाहते हैं कि लला अभी छुट्टी पर है एक महीने की और इस महीने में अच्छे-अच्छे दिन में बहुत सालगें भी हैं। तो यदि आप सब लोगों ने फोटो देखा है और राजी हैं, पसंद है लड़की तो ये अपने बालकों के साथ हमारे यहाँ आए हुए हैं, वहाँ भी नजर डाल सकते हैं, ताकि बात शुरू हो अपनी आगे की···।"

छंगे की बात सुन प्रेमानंद हलकी खरास खाँसते हुए बोले, "देखो भाईसाहब···, हमने तीन शादियाँ कीं। अपनी बेटी की भी और अपने दोनों बेटों की भी। भगवान् ने जो दिया वो सब आप देख रहे हैं और छंगे भाईसाहब तो जानते ही हैं आप पता भी कर सकते हैं। एक रुपए की माँग-जाँच नहीं की, जैसा दिया, जैसा खिलाया हम-हमारा परिवार उसी में संतुष्ट रहे। और वैसे ही हमारे दामाद का घर और दामाद। रही बात देखने की तो हमारी पत्नी ने हमेशा यही कहा कि जो भी शादी-ब्याह के काम करेंगे वो घर से करेंगे, अब जब हम अपने घर से करेंगे, अपने घर में लड़का दिखाया तो लड़की भी आपके घर ही देखेंगे।"

प्रेमानंद की बात सुन रमेश मुसकराकर साँस भरते हैं कुछ बोलने के लिए कि प्रेमानंद फिर बोले, "और हाँ, रही बात विश्वास की तो आप भी कभी नहीं चाहेंगे आपका नाम खराब हो और न हम चाहेंगे। हाँ, जिस तरह आपको विश्वास है कि हम आपके साथ हैं, उसी तरह हमें भी आप पर पूरा विश्वास है। आपको जितना बस हो करना, क्योंकि हम जानते ही हैं कि आपकी दो बेटियाँ हैं तो अपने हिसाब से तो सबकुछ करेंगे-ही-करेंगे···"

"ठीक है, तो आप जैसा बताएँ, जब बताएँ आ जाएँ।" विनोद ने प्रेमानंद की बातों से संतुष्ट होकर मुसकराते हुए कहा। कहीं-न-कहीं यह चेहरे पर मुसकान बेटी के रिश्ते की 'हाँ' का संदेश लेकर उभर रही है।

विनोद की बात और सभी के चेहरों पर खिली मुसकान देख प्रेमानंद इस बात से खुश हैं कि उनकी बातों ने सभी को अपनी तरफ से संतुष्ट कर दिया है। और लॉबी में खेल रहे छोटे नाती की तरफ देख पत्नी मायादेवी को बुलाने का इशारा करते हुए कहा, "क्यों!···अरे सुनती हो क्या? छोटे लला! अपनी अम्मा को भेजना।"

प्रेमानंद अपने बच्चों की शादी जैसे बड़े फैसले पर जितना हक एक पिता का मानते हैं, उतना ही बच्चों की माँ का भी। और यह सम्मान डाक बाबू ने अपनी पत्नी को हमेशा दिया।

नाती लॉबी से कमरे में अंदर अम्मा को बुलाने जाता है तो अम्मा अपनी दोनों बहुओं और बेटों के साथ लड़की की तसवीर लिये बातचीत कर रही होती हैं कि कब बात इस रिश्ते की 'हाँ' तक पहुँचे और घर में गीतों की शुरुआत हो। माँ और भाभी तो यहाँ तक गणित लगा चुकी हैं कि शादी होती है तो इस एक महीने में कब और क्या करना है!

नाती अंदर कमरे में आकर कहता है "अम्मा, बाबा बुला रहे हैं," मायादेवी मुसकराकर अपनी बहुओं की तरफ देख अपना पल्लू सँभालती हुई चारपाई से नीचे उतरती हैं और चेहरे पर हाथ फेर साड़ी सँभालती हुई पहुँच जाती हैं बैठक में। विनोद और रमेश हाथ जोड़कर नमस्कार करते हैं तो छंगे पैर छूकर। प्रेमानंद अपनी पत्नी के लिए कुरसी छोड़ छंगे के बराबर में तखत पर बैठ जाते हैं, वो चुपचाप बैठ जाती हैं आगे की बात सुनने के लिए, ताकि होने वाली बहू को लेकर अपने विचार रख सकें—

"बताओ जिज्जी, तुम्हें लड़की पसंद है कि नहीं पहले ये बताओ?" घर आए मेहमानों और अपनी पत्नी को सम्मान देने वाले प्रेमानंद के सामने छंगेलाल ने मुसकराकर पूछा। उनके प्रश्न में सम्मान का वह भाव साफ महसूस हो रहा है, जैसे कि मायादेवी की 'हाँ' से ही रिश्ते की 'हाँ' पर मोहर लगेगी। शादी के वक्त लड़का या लड़की की माँ को सभी के द्वारा दिया गया सम्मान, समझाता है कि परिवार में खिड़की के रूप में माँ का किरदार कितना महत्त्वपूर्ण है! ऐसे परिवार ही समाज को संतुलित रखने में महत्त्वपूर्ण भूमिका निभाते हैं।

"लड़की पसंद है, लड़की तो सब ही अच्छी होती हैं और वैसे भी आपकी लड़की बहुत सुंदर है, हमारे बेटे को पसंद है। पढ़ाई-लिखाई भी हमारी बेटी-बहुओं की तरह ठीक है। लेकिन पहले आप लोग भी तो भाई संतुष्ट हुए लेओ, क्योंकि लड़की वालों को पहले संतुष्ट होनो जरूरी है भाई।" मायादेवी के चेहरे पर छाई खुशी में रमेश को अपनी बेटी की तारीफें महसूस हो रही हैं, वो भी खुश हैं अब उम्मीदों के साथ।

"ये तो देखो भइया, हमें पहले से ही मालूम हो कि जीजा ने हाँ कही है तो जिज्जी ने पहले ही हाँ कर दी होगी, क्योंकि जीजा जिज्जी से बाहर थोड़ी हैं''!"

छंगेलाल की बात सुनते ही सभी एक साथ कहकहाने लगते हैं पति-पत्नी के प्रेम और सम्मान की पहचान कराते हुए। लड़की के पिता को लड़की के होने वाले सास-ससुर की एक आदत समझाते हुए, घर की सभ्यता का इशारा करते हैं छंगेलाल।

"हम लोग आपके परिवार और बालक से बहुत खुश हैं, बस आपकी अब हाँ मिल गई है तो अब सब ठीक लग रहा है।" रमेश बहुत खुश हैं, अपनी बड़ी बेटी के लिए रिश्ता ढूँढ़ ही लिये हैं आखिर। एक लड़की के पिता की सबसे पहली बड़ी खुशी यही तो है कि वो अपने सामने अपनी पसंद का एक अच्छा परिवार बेटी को ढूँढ़कर दे सकें। अच्छा है या नहीं यह नहीं पता, लेकिन अपनी नजरों में एक पिता ने पहली सफलता तो पा ही ली है।

रमेश की बात सुन प्रेमानंद ने मुसकराते हुए अपनी पत्नी की तरफ देखा। प्रेमानंद और मायादेवी भी इस रिश्ते से खुश हैं, क्योंकि एक फौजी के लिए इतनी पढ़ी-लिखी और संस्कारी परिवार की इतनी खुबसूरत लड़की का रिश्ता पहली बार आया है। रमेश इसी खुशी में मायादेवी से कहते हैं, "भाईसाहब कह रहे हैं कि इसी महीने में शादी हो जाए तो सही रहेगा?"

"जाई महीना में? बहुत काम होत हैं!" मायादेवी मुसकराती हुई सहमति से भरा सवाल करती हैं। बेटे की शादी तय हो चुकी है लगभग, माँ-बाप के चेहरे उत्सुकता से खिल गए हैं सभी बात करने के लिए।

"जिज्जी, आजकल 15 दिन में ब्याह हो जाते हैं, चट मँगनी पट ब्याह। आपका तो वैसे भी व्यवहार बहुत अच्छा है, फोन पर ही आ जाएँगे रिश्तेदार।" छंगे ने जवाब दिया तो प्रेमानंद तारीफ सुन खुश हुए।

रमेश पूछते हैं, "कब तक हैं संदीप छुट्टी पर।" प्रेमानंद कुछ बोलते उससे पहले ही विनोद याद दिलाते हुए बोलते हैं, "बता तो रहे हैं पूरे एक महीने की छुट्टी पर हैं, आज ही तो आए हैं।"

"तो ऐसा सही रहेगा भाईसाहब कि जिस दिन आप देखने आओ उस दिन ही गोद-भराई कर देना और अगले 10-12 दिन में शादी की कोई तारीख रख लेंगे। लगन और शादी एक ही तारीख में रख लेते हैं, इससे बेटा और बेटी को समय भी मिल जाएगा…।" रमेश ने प्रस्ताव रखा।

रमेश की बात सुन छंगे भी अपनी सहमति देते हैं, "और क्या…! उजयारो पाख है और सब दिन भी ठीक हैं।"

छंगे और रमेश की बात सुन प्रेमानंद फिर हो चुकी पुरानी बातों पर लौटते हैं, अपनी पत्नी के विचार लड़की देखने वाली बात पर सुनने के लिए। हालाँकि वो जानते हैं कि क्या जवाब देंगी मायादेवी, लेकिन फिर भी पत्नी से कहते हैं, "भाईसाहब कह रहे हैं कि छंगे भाईसाहब के घर आई है आज लड़की तो वहाँ देख लो यदि देखना चाहते हो, हमने तो कह दी कि देखेंगे तो आपके घर, कहीं और क्यों देखेंगे!"

प्रेमानंद की बात सुन उनके ही विचारों को दोहराती हुई छंगे की तरफ देख बोलीं मायादेवी, "क्यों? भैया के घर क्यों देख लें? अपने घर नहीं बुलाना चाहते हो क्या?"

"नहीं-नहीं, बिल्कुल आओ, यह तो सौभाग्य है हमारा।" होने वाली समधिन की बात सुन रमेश ने अपनी खुशी जाहिर की।

मायादवी घर की मालकिन हैं, उनकी सहमति ने सबकुछ साफ कर दिया। रमेश, विनोद, छंगे, प्रेमानंद सभी के चेहरे आपसी रिश्तों से बँध खुश हैं।

लगभग सभी चाय पी चुके हैं और प्लेट की नमकीन अब कोई नहीं ले रहा है, यह देख प्रेमानंद चल रही बातों से हट लॉबी की तरफ देख बोले, "संदीप··संदीप, ये कप-प्लेट उठा ले जाओ बेटा।"

"अच्छा तो अब आप बता दो इन्हें कि कौन सो दिन ठीक रहायगो बालकी को देखने के लिए? और कितने लोग आओगे? उसी हिसाब से ये अपनी तैयारी करें।" रमेश और विनोद की तरफ देख उनके मन की बात छंगे ने मायादेवी के सामने रखी।

"देखो, यदि अभी संदीप की इन्हीं छुट्टियों में शादी करनी है तो सबकुछ जल्दी ही करना पड़ेगा।" मायादेवी छंगे से पूछती हैं। उधर संदीप चुपचाप एक ही ट्रे में सभी कप और प्लेट रख ले जाता है।

छंगे बड़ी उत्सुकता से जवाब देते हैं, "हाँ-हाँ बिल्कुल, हम लोग तो यही सोच रहे हैं कि इन्हीं छुट्टियों में हो जाए।"

"परसों है सोमवार और एकादशी भी है, परसों ही हमारी समझ से सबसे सही रहेगा, ताकि इन्हीं 15-20 दिन में शादी भी निपट जाए।" मायादेवी प्रेमानंद की तरफ देख शायद आपस की पहले हो चुकी सहमति को सबके सामने रखती हुई कहती हैं। पत्नी की बात सुन प्रेमानंद रमेश की तरफ देखते हैं कि कहीं उन्हें परसों का दिन सुनकर जल्दबाजी तो नहीं लगी! इसलिए वो तुरंत बोल पड़ते हैं—

"ऐसा करो भाईसाहब, परसों ही ठीक रहेगा। देखो आप ज्यादा कुछ परसों करना मत। हम ग्यारह लोग ही आएँगे, बस आप अपने पंडितजी को बुला लेना उसी दिन सब तय कर लेंगे, क्योंकि सबकुछ जल्दी हो जाएगा तो लड़का-लड़की साथ कहीं घूमने जाना चाहेंगे तो वो समय भी मिल जाएगा उन्हें।"

रमेश और विनोद मायादेवी की बात सुन कुछ चिंतित थे, शायद कुछ तैयारियों को लेकर। लेकिन जब प्रेमानंद ने तैयारियों को लेकर रमेश की चिंताओं को जान निश्चिंत रहने की बात कही तो रमेश भी मायादेवी के प्रस्ताव पर सहमत हो बोले, "नहीं-नहीं, ठीक है भाईसाहब, आप सही कह रहे हैं। परसों थोड़ा बहुत करेंगे ही करेंगे, लेकिन बच्चों को लेकर जरूर सोचना चाहिए। इसलिए सही रहेगा आप परसों ही आ जाएँ हम करते हैं तैयारी। क्यों भाईसाहब?" अंत में विनोद की तरफ देख कहा।

"हाँ-हाँ बिल्कुल, लेकिन ग्यारह लोग क्यों आएँगे? सभी लोग आइए—भाभी, बहुएँ, परिवार के लोग, बच्चे। कम-से-कम 21 तो आइए ही भाईसाहब, अच्छा लगेगा।"

पूरे घर को न्योता देते विनोद को देख मुसकराकर प्रेमानंद कहते हैं, "हाँ, वो देख लेंगे। 13-14 तो हमारे ही परिवार से हो जाते हैं। फिर दामाद-लड़की, साले साहब, पंडितजी। 21 तो हो ही जाएँगे आप मानके चलो।"

हमारे समाज में माता-पिता अपने बच्चों की शादी के लिए पूरे वर्ष तमाम मौसमों से भिड़कर एक छँटा हुआ घर ढूँढ़ना चाहते हैं, ताकि उनका बच्चा एक स्वस्थ और मजबूत समाज खुद का तैयार कर सके। लड़की वाले अपनी लड़की की योग्यता और अपनी हैसियत के साथ-साथ एक ऊँचा रिश्ता ढूँढ़ते हैं, जितना तय कर लेते हैं कि हम इतना खर्च कर लेंगे, उससे दो-ढाई लाख और ज्यादा खर्च करने की सोच मन में रख बेहतर-से-बेहतर घर तलाशते हैं अपने ही आस-पास के समाज में, ताकि लड़की को दुःख न हो नए घर में जाकर। वो चाहते हैं लड़का ठीक-ठाक कमाने वाला हो, जो लड़की के शौक भी पूरे कर सके, लड़के के परिवार का नाम हो, जिससे उनका रुतबा बढ़े और आस-पड़ोस में ही लड़की की ससुराल हो ज्यादा दूर न हो।

इसी तरह लड़के वाले सोचते हैं कि लड़की सुंदर हो, पढ़ी-लिखी हो, परिवार घर में बैठने लायक इज्जत करने वाला हो और उनकी माँग-जाँच वाली इच्छाओं का तीन भाग तो कम-से-कम पूरा कर ही दे। अब जब दोनों की अपनी इन इच्छाओं

का लगभग-लगभग भाग मैच हो जाता है तो शादियाँ तय हो जाती हैं। और अकसर कभी-कभी तो हम देखते हैं कि जहाँ सोचते नहीं, वहाँ रिश्ते मैच हो जाते हैं और लड़का-लड़की एक बंधन में बँध जाते हैं दो समाजों के द्वारा।

लेकिन सोचने वाली बात यह है कि मध्य भारत में जो यह शादी तय करने की एक प्रक्रिया है क्या वह वाकई एक जोड़े को नया भविष्य सौंपने वाली सही प्रक्रिया है ? या फिर अपनी जिम्मेदारी को टाल देने की, निपटा देने की औपचारिकता मात्र है जिसमें भविष्य के बारे में सोचा ही न गया हो!

क्या यह ठीक मान लिया जाए कि समाज में जिस तरह से अपनी अपेक्षाओं को तैयार कर माँ-बाप रिश्ता तलाशते हैं, उससे ही किसी बच्चे का भविष्य सफल और सुखी हो जाएगा ?

हमारी समझ से तो नहीं और नहीं इसलिए, क्योंकि ये जो अपेक्षाएँ हैं, या कहें ये जो रूढ़िवादी विचारधाराएँ हैं, जिन्हें ध्यान में रखकर शादियाँ तय की जाती हैं! ये तो एक घर की समाज के साथ पहले की तरह सम्मान की सामंजस्यताओं को निरंतर रखने के लिए बनाई गई परंपराएँ हैं या कहें कि बन गई हैं समाज में देख दिखावे के अनुरूप। इन विचारधाराओं से तो यह कहीं नहीं साफ होता कि बाबुल की सीधी-सादी लड़की ससुराल में एक आशावादी पति के साथ रहकर खुश रह पाएगी ? या एक खुले मिजाज की लड़की किसी दूसरे खुले मिजाजी लड़के के साथ सामंजस्य बैठा पाएगी ? क्योंकि जब दोनों के माता-पिता शादी तय कर रहे होते हैं तो उन्होंने खानपान की चीजों के अलावा कुछ जाँचा-परखा ही नहीं होता, फिर कैसे तय करेंगे ?

और जानते हैं होता क्या है ? जिस चीज को, जैसे कि घर की इज्जत, रुपया-पैसा, पढ़ाई-लिखाई को आगे रखकर शादियाँ की जाती हैं, वही सोच अकसर लड़का-लड़की में कलेश का कारण बन जाती है कि मेरा ऐसा तेरा ऐसा। वो इसलिए, क्योंकि शादी के वक्त हमारा समाज अपने बच्चों को यह सब समझा भी देता है कि किस वजह से तुम्हारी इसके साथ शादी कर रहे हैं'''।

जबकि सच क्या होता है ? वो सारी विचारधाराएँ, जिन्हें सोचकर शादियाँ की जाती हैं, विदाई के साथ-साथ उन विचारधाराओं का मतलब ही खत्म हो जाता है। विदाई के बाद तो शुरू होती है लड़का और लड़की को वास्तविक रूप में एक-दूसरे को कबूल करने की कशमकश, जिसमें दो आशंकाएँ होती हैं, एक यह कि लड़का और लड़की ने एक-दूसरे को समझ लिया और कबूल कर लिया तो

विवाह सफल और नहीं कबूल कर पाए तो असफल। फिलहाल वर्तमान समय में असफलताएँ हाथ लगने के परिणाम हमारा समाज ज्यादा दे रहा है। हर चौथे घर का केस कचहरी पहुँच रहा है और हर तीसरा घर, घर की इज्जत बचाए रखने के लिए, बस साथ रह ही रहा है।

लेकिन फिर बात आती है कि पहले भी माता-पिता ही शादियाँ तय करते थे! फिर पहले रिश्ते मजबूत कैसे होते थे ? पहले तो रिश्ते टूटने के केस ही नगण्य हुआ करते थे! तो इसका सीधा सा एक जवाब है कि पहले विवाह चट मँगनी पट विवाह वाले नहीं होते थे। पहले लड़का-लड़की भले एक-दूसरे से फोन से बात नहीं करते थे, लेकिन विवाह की एक लंबी प्रक्रिया चलती थी, जिसमें लड़का-लड़की के परिवार वाले एक-दूसरे की आदतों से घुल-मिल जाते थे और अपने बच्चों को उन आदतों से रूबरू कराकर ही गौने में भेजते थे।

आप ऐसा समझ लीजिए कि पहले विवाह आयुर्वेदिक उपचार की भाँति होते थे, जिनके टूटने की गुंजाइश ही खत्म हो जाती थी, लेकिन आज के विवाह में प्लास्टर ऊपर-ऊपर से कर देते हैं दोनों तरफ के समाज मिलकर। लड़का-लड़की की हड्डी अंदर से सही से जुड़ी या नहीं, उसके बारे में कोई चिंता नहीं। जुड़ी तो जुड़ी नहीं तो या टूट जाएगी या फिर बस काम चलाया जाता रहेगा।

लेकिन अब सवाल आता है कि इस भागते समाज में हम पिछले दौर में तो नहीं ही लौट सकते, क्योंकि वर्तमान समाज ने एक रफ्तार पकड़ ली है। फिर ऐसा क्या किया जाए कि जो नए-नए रिश्तों के टूटने की संख्या बढ़ रही है, उन पर लगाम लगाई जा सके ? तो उसका जवाब भी सीधा सा है, कि ठीक है आपके जीवन में रफ्तार है, लेकिन अभी-अभी जो आपने पलस्तर कराया है, जोड़ का, उसे आराम दो अपनी जगह पकड़ने का, अपनी जगह बनाने और एक-दूसरे में मिल जाने का। इल्जामों और बोझ से कहीं दूर रख···।

सोमवार का दिन आ गया, तीन बड़ी-बड़ी चार पहिया गाड़ियों में बच्चे, महिलाएँ और पुरुष मिलाकर कुल 21 लोग रास्ते भर में छोटे-बड़े मंदिरों को इत्मिनान से गाड़ी के हॉर्न के साथ प्रणाम-नमन कर जा पहुँचते हैं सुरेश शर्मा नगर के उस घर के सामने, जहाँ सामने रोड पर एक टेंट की चाँदनी लगी है फूलोंदार परदों के साथ। दरवाजे पर फूल-मालाएँ टँगी हैं और चूने से रोड पर ही लिखा है स्वागतम्···। सभी गाड़ियों से उतरते हैं और कपड़े सँभालते हुए एकत्र हो जाते हैं आपस में एक-दूसरे की तरफ देख मुसकराते और साज-सज्जा

की वाहवाही वाली गुफ्तगू करते हुए। और तैयार हो जाते हैं एक साथ मेहमानों यानी कि लड़की वालों से नमस्कार-प्रणाम करने और उस जगह की ओर जाने के लिए जिस जगह को बड़े ठाठ से सजाया गया है, इन सभी अतिथियों की मेहमाननवाजी के लिए।

प्रेमानंद, उनके तीनों बेटे, दोनों बहुएँ, दामाद-लड़की, साले साहब, पंडितजी, पड़ोसी और बच्चे। यकीन मानिए एक नए समाज की नींव रखने के लिए जिन रिश्तों को लेकर प्रेमानंद पहुँचे हैं इन्हें नवदंपती की नई सामाजिक संरचना हेतु मूल रिश्तों की एक श्रृंखला कहा जाए, जरूरत कहा जाए तो गलत नहीं होगा।

रमेश ने भी कुछ ऐसे ही रिश्तेदारों को बुला लिया है, लेकिन उनके रिश्तेदारों की संख्या कम है, इसलिए उन्होंने पड़ोसियों और पुरोहितों को मुख्य रूप से आज बुलाया है, जो घर के कामों या आए मेहमानों से मिलने-जुलने में दिलचस्प कम दिखाई दे रहे हैं। शायद इसलिए कि रिश्तों की दूरियों में जिम्मेदारी और दिलचस्पी की वो सीमाएँ जानते हैं।

घर की बड़ी सी लॉबी में रिश्तेदारों की संख्या ज्यादा होती देख टेंट के गद्दे डलवाकर घर की चादरों को बिछा तकियों को लगाकर एक अच्छी जगह तैयार की गई है, जिसमें एक तरफ लड़की वाले बैठेंगे और एक तरफ लड़के वाले। प्रेमानंद पहले से ही तय करके आए हैं कि जैसे ही लड़की को हम सभी देखेंगे तो गोद-भराई का काम भी हाथोहाथ कर देंगे, जिसका सामान जैसे कि साड़ियाँ, फल, अँगूठी और कुछ तोहफे सीनरी साथ लाए हैं।

चप्पल-जूते बाहर निकाल लॉबी में घुसते ही एक तरफ पुरुष और बच्चे व सामने की तरफ जो भी चार-पाँच महिलाएँ आई हैं, वो बैठ गई हैं। सर्दी ज्यादा है, इसलिए पूरी लॉबी में दो अलग-अलग दिशा में रमेश ने हीटरों को लगाया हुआ है। रमेश की पत्नी लता सभी महिलाओं से गले मिल मायादेवी के पास बैठ गई हैं तो विनोद प्रेमानंद के पास बैठ रास्ते और अपने मोहल्ले की बातचीत में व्यस्त हैं।

नीले रंग का सफारी सूट, बालों में काली डाई लगाए रमेश अंदर वाले कमरे से निकल प्रेमानंद के पास बैठते हुए रसोई के पास खड़ी छोटी बेटी को इशारा करते हैं, "प्रिया बेटा! पानी पिलवाओ सभी को।"

प्रिया पापा का इशारा सुनते ही पानी के गिलासों की ट्रे उठा लेती है। रमेश पास बैठे प्रेमानंद से मुसकराते हुए पूछते हैं, "मुझे लगा न कि आप लोग 11 बजे तक आ जाएँगे, क्योंकि आप कह रहे थे न कि शायद चार बजे बहन के यहाँ जाना है।"

इधर रमेश ने प्रेमानंद से सवाल किया तो उधर महिलाएँ अपनी बातों में मगन हैं, बच्चे घर की साज-सज्जा पर निगाहें दौड़ा रहे हैं अपने घर की तुलना करते-करते आपस में फुसफुसाते हुए। संदीप, भाइयों और जीजाजी के साथ अपने होने वाली ससुराल की बातों को सभी के चेहरे पर महसूस कर मन-ही-मन मुसकरा रहा है। प्रिया रसोई की तरफ पीठ कर बैठे संदीप और जीजू सुनील की ही तरफ सबसे पहले ट्रे बढ़ाती हुई पानी पूछती है, संदीप की नजरें मुसकराते मन को लिए प्रिया से मिलीं तो प्रिया ने मुसकराकर अपने होने वाले जीजू को स्वीकार कर लिया हो मानो, कुछ ऐसे भाव दरशाए। अगले ही कुछ पलों में प्रिया पहुँच गई प्रेमानंद के सामने। प्रेमानंद ने ट्रे से गिलास उठाकर प्रिया को आशीर्वाद दिया और रमेश के सवाल का जवाब देते हुए बोले, "आने को तो थे, लेकिन फिर हमारे साले साहब को कुछ काम लग गया फरीदपुर में। तो वहाँ एक घंटा लेट हो गए।"

"हाँ...चलो कोई नहीं, वैसे भी सर्दियों में थोड़ा आगे-पीछे हो ही जाता है। प्रिया बेटा, जाओ अब लेकर आओ बिटिया को। नाश्ता-पानी चलता ही रहेगा।" रमेश बात तो प्रेमानंद से कर रहे थे, लेकिन उनकी नज़रें सभी पर थीं, जैसे मानो वो सभी का खयाल रखने के लिए सजग हों। शायद इसलिए उन्होंने महिलाओं की फुसफुसाहट सुन छोटी बिटिया को मुसकराकर इशारा किया।

"हाँ और क्या! खान-पियन तो चलत ही रहाएगो। काम आगे बढ़ाओ भाई।" रमेश की लड़की बुलाने वाली बात का इशारा भाँपते हुए संदीप के पास बैठे पंडितजी प्रेमानंद की तरफ देख बोले। बीच-बीच में हर कोई मौका देख बोलकर अपनी उपस्थिति लगा देना चाहता है।

रमेश और पंडितजी की बात सुन वो सभी लोग केंद्रित होकर बैठ गए लॉबी के केंद्र की तरफ मुँह करके, जो आगे-पीछे आड़े-तिरछे बैठ गप्पें भाँज रहे थे। लॉबी के केंद्र में एक अलग चादर बिछा लड़की के बैठने का स्थान बनाया गया है। सभी के चेहरों पर लड़की को देखने की लालसाएँ उभरने लगीं। वो उस अंदर वाले कमरे से निकलकर आएगी।

पक्ष लड़की का हो या लड़के वालों का, जिस चेहरे का इंतजार है, वह अगली कुछ रस्मों के बाद अपने खुद के घर को पराया होने के लिए छोड़ संदीप के साथ जीवन जीने चली जाएगी। इसलिए लॉबी में लड़की के कदम पड़ने से पहले ही खुशी और गमों के चेहरे अपनी-अपनी भावनाओं में साफ-साफ उभरने लगे हैं। कोई चिंतन के साथ उदास हो रहा है तो कोई उत्साहित।

अच्छा! विवाह की यह सबसे पहली रस्म भी न कितनी शीतल और मोहक होती है कि आगे की रस्में जो भी होंगी, वो आत्मबंधन की होंगी। लेकिन ये जो रस्म है, वो बंधन की नहीं, बल्कि आत्म-मिलन की है।

हमारा साथी कैसा होगा ? कैसा दिखता होगा ? ऐसे सवालों को दूर कर जो भी है उसमें सर्वश्रेष्ठ देखकर कबूल कर लेने की है कि हाँ आगे की सारी रस्में, सारा जीवन सफर हम इनके साथ जी लेंगे। जैसे ही धीमे कदमों से लड़की नजरें झुकाए लड़के के सामने आती है, लड़के को यह अधिकार देती है कि आप पहले हमें पसंद कर लीजिए हम तो आपको कर ही लेंगे, तब उस पहले सम्मान और अदा में घिरा लड़का अपनी सभी पूर्व इच्छाओं, अपेक्षाओं और प्रश्नों को दूर कर दिल से एक ही आवाज मन-ही-मन निकालता है मुसकरातें हुए कि मुझे तुम पसंद हो प्रिय। लड़की उस आवाज को महसूस कर फिर नजरें उठाती है उसे दोहराती हुई अपनी मुसकान के साथ लड़के की नजरों में मिल जाने के लिए कि आप भी हमें पसंद हैं प्रिय।

यकीन मानिए, यह वो पल होता है, जिस पल में पहली बार लड़की के पिता को सबसे तेज झटका लगता है, लड़की का हाथ अपने हाथ से छूट जाने के डर का। यह वो पल होता है, जिसमें एक पिता, जिसने एक-एक पल की मेहनत से अपनी जिस गुड़िया को सजाया हुआ होता है, अपनी उसी बिटिया से अपना अधिकार छँटते हुए, रेत जैसा फिसलते हुए महसूस करता है। वो अपनी खाली और ढीली पड़ती हुई मुट्ठी को अपने स्थान पर बैठे-बैठे बार-बार कठोर करने की कोशिश तो करता है, लेकिन पसीज चुकी हथेली इशारा कर देती है कि तू अब बिछड़ रहा है अपनी लाड़ली से।

यह सबकुछ उस पूरी इंतजार करती भीड़ में अकेले रमेश महसूस कर ही रहे थे कि घर के सबसे अंदर वाले कमरे का दरवाजा खुलता है। दरवाजे से जैसे ही नीला लहँगा, पीला टॉप और नीली चुनरी डाले प्रिया पूरा दरवाजा खोलती हुई बाहर की तरफ आती है, सभी की नजरें उस दरवाजे की तरफ घूम जाती हैं। कमरे के ठीक सामने रसोई की तरफ जिधर संदीप बैठा है, लड़की को प्रिया और पड़ोस की सहेली द्वारा लाया जाता है।

मेहरूम रंग का लहँगा पहने, बँधे बालों के जूड़े में गुलाब लगाए, गालों पर गुलाबी फैलाए, होंठों पर हलकी लाल चादर की मुसकान सजाए, आँखों पर पतला लंबा काजल चढ़ाए, माथे पर छोटी काली बिंदी लगाए, नजरों को झुकाए एक लड़की आकर खड़ी हो जाती है। अकसर हमने देखा है कि लड़की जब ऐसे सफर

पर जाती है तो उसकी बहन और सहेलियाँ लड़की का हाथ पकड़ घर से लड़के के पास तक लाती हैं। जानते हैं कितना त्याग और विश्वास छुपा होता है इस दृश्य में? आइए बताते हैं···

एक पिता अपनी बेटी को घर से बाहर नहीं निकाल सकता, एक बेटी खुद अपने घर को नहीं छोड़ सकती, क्योंकि दोनों के प्रेम में इतनी शक्ति होती है कि खुद कभी हिम्मत ही नहीं कर पाते। इसलिए अपने साथ की सहेलियाँ-बहनें सहारा बनकर साथ देती हैं कि चलो मैं तुम्हें उनके पास तक छोड़कर आती हूँ, जिसे तुम्हारे पिता ने चुना है, जिसने तुम्हारे पिता को विश्वास दिलाया है कि वह तुम्हारे जीवन का साथी बनेगा।

सिया जैसे ही बीच लॉबी में पड़े एक ऊँचे स्टूल पर बैठाई जाती है, संदीप की भाभियाँ-बहन संदीप की तरफ देखती हैं। हर कोई इस पूरे माहौल के एक-एक पल को बड़े प्रेम से नजरें बचाते, नजरें छुपाते, नजरें मिलाते खुद में कैद कर रहा है।

"लली पैर छुओ···" सिया की तरफ नजदीक खिसक बेटी की पीठ पर हलका हाथ रख माँ दूसरे घर जाने के लिए बेटी को पहली शिक्षा देती हैं। सिया का मन इस लम्हे में पहुँच हलका हो गया है, उसे थोड़ी और हिम्मत चाहिए। भला हो भी क्यों न···! उसके माता-पिता के सामने अपनी सुंदरता, अपनी शालीनता की परीक्षा जो देनी पड़ रही है। सिया के चेहरे पर घबराहट जैसे भाव देख रमेश खुद को हिम्मत देते हुए बिटिया से बोले, "बेटा पैर छुओ, सभी को प्रणाम करो।"

सिया के माता-पिता को देख पास बैठीं मायादेवी जमीन पर हाथ लगा उठीं और दो कदम में पहुँच गईं सिया के पास। वो खुद माँ हैं, इसलिए माँ भाव और सिया के अंदर से उठते उदासी के भाव को पहचान गई थीं।

सिया ने होने वाली मम्मी के जैसे ही पैर छुए, मायादेवी झुककर दोनों गालों पर अपनी हथेली लगा माथे को चूमते हुए कहती हैं, "सफेद गुलाब सी है बिटिया, सदैव खुश रहो।" और हाथ में चाँदी का सिक्का रख आशीर्वाद देती हैं।

मम्मी के बाद पापा, फिर बड़ी बहन-भाई, बच्चे सबने सिया के पास जाकर अपनी-अपनी तरह से एक दो बात की और आशीर्वाद दिया, फोटो खिंचाए। जैसे-जैसे परिवार के सदस्य नजदीक पहुँचे आशीर्वाद देने और लेने, वैसे-वैसे सिया रमेश और लता के हाथ से फिसलती हुई उनके चेहरे से साफ महसूस हो रही है।

खिंचती तसवीरों में खिलते चेहरों का यह उत्सव आगे बढ़ता गया, रमेश का तेजी से घबराता धड़कता हुआ दिल अपनी वास्तविक धड़कन की ओर चला गया। और अंत में नंबर आता है संदीप का··।

प्रेमानंद ने अंत में संदीप को देख कहा, "लला··तुम भी आओ। बगल में बैठो, एक फोटो तो हो जाए।" संदीप को सिया देख मुसकरा रही है, सभी मिलकर संदीप को चिढ़ा रहे हैं और संदीप के चेहरे पर शर्म से भरी मुसकान है। वह मना नहीं कर रहा है, लेकिन शरमा रहा है सभी के सामने पास बैठने से। सिया तिरछी नजरों से बार-बार संदीप से नजरें मिला मुसकरा रही है।

"हा-हा-हा, जा यार संदीप! अब आगे बढ़ सँभाल अपनी मोहब्बत को।" सुनील जीजा ने सिया के चेहरे पर मुसकान लाने के लिए संदीप के कंधे पर हाथ रखते हुए कहा, ताकि सिया नजरें उठा संदीप से मिलाए और संदीप आगे बढ़े।

"प्रिया लली, वो स्टूल भी थोड़ा नजदीक कर दो।" रमेश ने सिया के दाहिनी तरफ पड़े स्टूल और चादर को सिया के थोड़ा नजदीक करने के लिए कहा। जिस पर जाकर सफेद फूलों के छापेदार गुलाबी रंग के कुरते पर पीले रंग की कोटी पहने संदीप बैठ जाता है। एक तरफ बड़ों की मुसकराती नजरें जोड़े को बधाई देना शुरू करती हैं तो उधर पंडितजी के मंत्र सिया के हाथ को संदीप से थाम लेने का इशारा करते हैं। हर कोई इस लमहे को अपने-अपने फोन में कैद कर रहा है।

मुँह-दिखाई से लेकर रिंग सेरेमनी तक लड़की को लाए तोहफों को देने और फिर नाश्ता शुरू करने तक का कार्यक्रम लगातार तीन घंटे तक चलता रहा। दोनों परिवारों के एक-एक सदस्य ने आपस में बातें की, सेल्फियाँ लीं। कुछ तो लगातार पोस्ट कर रहे हैं सोशल मीडिया पर तो कुछ खाने पर ध्यान लगा चुके हैं। कार्यक्रम के बाद प्रिया संदीप और सिया के साथ अपनी सहेलियों को लेकर तरह-तरह से रील बनाने में व्यस्त है।

"भाईसाहब, लड़का-लड़की को थोड़ा अकेले में भेज दो। कम-से-कम कुछ बात करना चाह रहे होंगे तो कर लेंगे··" हाथ में गाजर के हलवे की प्लेट थामे पंडितजी प्रेमानंद के नजदीक आकर बोले। जहाँ रमेश, विनोद, मामा सभी कहकहाते हुए साथ खड़े हैं घर के ठीक सामने रोड पर लगी चाँदनी के नीचे।

पंडितजी की बात सुन प्रेमानंद ने रमेश को असहजता भरी नज़रों से देखा कि रमेश ने मुसकराकर सिर हिलाते हुए बाहर से ही प्रिया को फोन कर संदीप और सिया को ऊपर छत वाले कमरे को दिखा देने का इशारा किया। अंदर सिया और

संदीप के पास बैठी प्रिया पापा से अलग हट बात करती है और फोन करने के बाद मुसकराती हुई फिर नजदीक आती है।

"दीदी, पापा का फोन था। कह रहे थे कि जीजू को अपना कमरा तो दिखा दो ऊपर वाला।" प्रिया जोर से हँसती हुई गले लग जाती है अकेले बात करने का इशारा कर मजाक-मजाक में। और खुद संदीप के दोनों भतीजों-भानजी को अपने रूम में ले जाती है छत पर बहाने बनाकर।

"मामा, मैं भी आऊँ?" संदीप से भानजा लक्ष्य भी छत पर घूमने की इजाजत माँगता है, पीछे से इठलाकर टोकते हुए। संदीप भानजे को पलटकर देख मुसकराते हुए इजाजत दे भी देता है यह कहते हुए कि, "ठीक है, लेकिन भागना नहीं छत और जीने पर।"

प्रिया छत पर पहुँच बच्चों के खेल में शामिल होकर उन्हें अपने साथ व्यस्त कर लेती है, संदीप और सिया घर की छत के पिछले छज्जे की तरफ जाकर खड़े हो जाते हैं हलकी गुनगुनाती धूप में। सभी महिलाएँ सिया के कमरे में बैठी होती हैं और अन्य पुरुष घर के बाहर खड़े हैं रास्ते पर। अच्छा ऐसा नहीं है कि बच्चे कुछ समझे नहीं, बड़ा भतीजा और भानजा खूब हँसते भी हैं संदीप की तरफ देख, लेकिन संदीप सिया को यह सब देख हँसते हुए खुद भी मुसकराता हुआ चला जाता है छत पर। आजकल के बच्चे किसी चीज से अनजान थोड़ी हैं...।

सबसे दूर होकर पहली बार नजदीक खड़ी सिया से नजरें छुपा मुसकराता हुआ संदीप पहल करता है बात करने की, "इंतजार कर रही थीं हमारे आने का?" यह सवाल सिर्फ सिया के बुदबुदाते होंठों से निकलते शब्दों में प्रेम ढूँढ़ने के लिए किया।

"हम अकेले ही नहीं, सभी कर रहे थे। और आप इतना जानते थे तो फिर लेट क्यों हुए? पता है, दूसरी बार चाय गरम करनी पड़ी प्रिया को।" चेहरे पर पड़ती सीधी धूप में आँखें हलकी बंद कर नजरों से नजरें मिला दुपट्टे के छोर को उँगलियों में लपेटते हुए प्रेम के शब्दों को काट संदीप को सताने की कोशिश करती है। वो जानती है संदीप क्या चाहते हैं सुनना बस इसलिए।

"प्रिया काफी मेहनती है न! मुझे लगता है तुम पर गई है एकदम।" बच्चों को पकड़ बार-बार दूर ले जाती प्रिया की तरफ निगाह घुमाकर बोला संदीप।

"हाँ बिल्कुल, इतना तो बहुत अच्छी तरह से जानती है कि अभी फिलहाल हमें अकेला छोड़ दिया जाए। लेकिन एक नंबर की आलसी है, वो तो जब से आपके यहाँ से रिश्ता फिक्स हुआ है, तब से इसने काम करना सीखना शुरू किया है।"

संदीप और सिया आपस में बात करने में लगभग खुलते जा रहे हैं, अभी सिया के घर हैं, इसलिए सिया हर सवाल में घर की सभी आदतों को बतला देना चाहती है अपने पति से। जैसे मानो वो चाहती है कि मैं जिस लड़के के दिल में रहूँ, उस दिल में हमारे घर की सब आदतें, सारे लमहे सजाए हुए रखे रहें। पति मायके को प्रेम करे, पत्नी को इस बात से ज्यादा संतुष्टि और खुशी भला कौन सी बात दे सकती है!

"अच्छा, एक बात पूछें सिया?" छज्जे से टिके संदीप ने सिया की तरफ घूमकर पूछा।

"जी।"

"हमारी शादी कब है?"

सवाल सुनते ही थोड़ा आश्चर्य से मुसकराती है सिया, जैसे शायद उसे या तो प्रश्न ही न समझ आया हो या फिर वो प्रश्न को समझने की कोशिश कर रही हो।

"ये मैं कैसे बता पाऊँगी? पंडितजी बताएँगे।"

"पंडित तो वो तिथि बताएँगे, जिस दिन समाज मानना शुरू कर लेगा कि हमारी शादी पूर्ण हो गई, लेकिन हमारी शादी तो हम दोनों को तय करनी है कि कितना समय लेगी। तुम्हें पता है! यह जो सजावट आज हुई या विवाह के दिन होगी, ये सब सजावटें, खान-पान, दावतें, दिखावा इसलिए की जाएँगी, ताकि उस दिन से समाज मान लेगा हमारी शादी हो गई, जिसका इतना कोई मतलब भी नहीं है हमारी जिंदगी से। हम दोनों के परिवार समाज को यकीन दिलाने में ही अपने-अपने दिखावे में लाखों खर्च कर देंगे, लेकिन एक भी बार कोई यह नहीं बताएगा कि हम दोनों कितना इस शादी के बंधन में एक-दूसरे के हुए हैं?"

संदीप बोले जा रहा है सिया की बँधी जुल्फों से उड़ते एक-दो बाल पर निगाह बाँधे हुए तो सिया चुपचाप संदीप की बातों में उस सच को भाँप रही है, यह महसूस कर नजरें बचाती हुई कि संदीप दहेज को बोझ समझते हैं शायद? वह शायद सकारात्मक हो रही है संदीप के प्रति।

"जानती हो सिया! मैं एक सैनिक हूँ, एक महीने की छुट्टी पर आया हूँ। यानी कि शादी के दो-चार दिन बाद ही चला जाऊँगा और फिर दो-चार महीने में तुम्हारे पास आऊँगा। जो लोग शादी करके बाहर नहीं जाते, साथ रहते हैं, घूमने जाते हैं उनकी अपेक्षा मैं तुम्हारे साथ कम रहूँगा। और हो सकता है इस वजह से हम दोनों को मिलने में या मुझे तुम्हारे लिए सरल बनने में वक्त लगे। क्या तुम इस सफर को

सहजता से कबूल कर पाओगी?" संदीप सवाल करते-करते सिया के चेहरे पर उभरने वाले भाव में जवाब भी तलाश रहा है।

सिया ने बिना देरी किए ऐसे जवाब दिया, जैसे वो जानती हो कि मैं क्या पूछूँगा और इसलिए शायद जवाब पहले से तैयार करके बैठी हो, "जानते हैं संदीपजी, मुझे कभी पापा से कुछ माँगना नहीं पड़ा। जब भी किसी चीज की जरूरत होती थी या है भी तो पापा खुद समझ जाते हैं, और दिला ही देते हैं। अब जब आप अभी से इतना कुछ समझ रहे हैं, इतना कुछ महसूस कर रहे हैं तो मुझे नहीं लगता कि आपमें मुझे शामिल होने में वक्त लगेगा। पापा-मम्मी समाज में हमारे सम्मान को बढ़ाने के लिए इतना कर रहे हैं, आप हमें प्रेम देने के लिए इतना सोच रहे हैं, फिर मुझे क्या चिंता किसी चीज की!"

सिया की बात सुनते-समझते संदीप के चेहरे पर खुशी के भाव उभर आए, जैसे कि उसे ऐसी ही लड़की की तलाश थी। वह समझ चुका है कि सिया उसे हमेशा समझ लेगी। एक पति को पत्नी में और क्या चाहिए, जब पत्नी पति की भावनाओं को समझने लगे। सही मायने में यही तो विवाह है।

"दीदी, मम्मी कह रही हैं कि बात हो गई हो तो नीचे आ जाओ। फोटो क्लिक कराने हैं दीदी लोगों को आपके साथ।" सभी बच्चों को नीचे भगा दूर से ही आवाज लगाती है।

प्रिया की बात सुनते ही जेब से एक घड़ी निकालता है संदीप, जिसमें सिर्फ टैग लगा है, लेकिन बॉक्स नहीं, "ये आपके लिए लाया था, सोचा अलग से दूँगा।" संदीप शरमाते हुए मुसकराकर बोला।

"अरे! इसकी क्या जरूरत थी? कितना कुछ तो दे दिया है आपने। और बताओ अब मैं क्या दूँगी?" संदीप की तरफ दाहिने हाथ की कलाई बढ़ाते हुए कहती है, संदीप अपने हाथों से पहनाता है।

"दोस्तों ने समझाकर भेजा कि अलग से कुछ देना, कुछ समझ नहीं आया क्या दूँ तो यही ले आया।"

"पर मेरा भी तो हक बनता है न कि कुछ तो रिटर्न करूँ।"

"तुम बस अपना नंबर दे दो।" जोर से हँस पड़ते हैं दोनों और चल देते हैं साथ-साथ।

प्रिया के पीछे-पीछे दोनों सीढ़ियों से नीचे पहुँचते हैं तो देखते हैं सभी लोग लॉबी में खड़े हैं अंतिम विदाई के लिए। लता छोटे-छोटे बच्चों को 500-500 रुपए

देकर दक्षिणा दे रही हैं और रमेश सभी के पैर छूकर हाथ जोड़ कुछ देर और रुकने की मुसकराते हुए अर्जी कर रहे हैं।

जैसे ही रमेश प्रेमानंद के पैर छूने आते हैं, प्रेमानंद हाथ जोड़कर उनका आभार व्यक्त करते हुए बोले, "आपका घर-परिवार बहुत अच्छा है भाईसाहब, ऐसा ही घर हम चाहते थे। बिटिया भी बहुत संस्कारी है।" यह सुन रमेश बहुत खुश हुए और हाथ जोड़ मिलते सम्मान का अभिवादन करने लगे।

रमेश के पास खड़े विनोद अपने जीजा के चेहरे पर बच्ची और परिवार की होती तारीफ और जुड़ते रिश्ते की भावुकता महसूस कर प्रेमानंद से बोले, "भाईसाहब और हम बहुत भागे सिया के रिश्ते के लिए, सैकड़ों मंदिरों में मन्नतें माँगी। आज देखो, कितना अच्छा परिवार मिला है एकदम मिलनसार, यह सब ईश्वर की ही तो कृपा है!"

"मामी बहुत अच्छी हैं हमारी।" बड़ों की बातचीत ध्यान से सुनती छोटी भानजी प्रिया की गोद से अचानक बोलती है, सभी लोग सुनकर जोर से हँस पड़ते हैं और बच्ची की तारीफ में मशगूल हो जाते हैं। सिया संदीप की तरफ देख एक बार फिर लॉबी के दरवाजे से झाँककर इशारों से ही धन्यवाद कहती है पापा की तारीफ और सम्मान करने के बदले।

"दीदी, आप पंडितजी से छँटवा लेना और फिर हमें बता देना, हम भी पूछ लेंगे, फिर वैसा ही तय कर लेंगे।" मायादेवी ने लता से गले मिलते हुए कहा, दोनों एक-दूसरे का हाथ पकड़ मुसकरा रही हैं।

मम्मी की बात सुन पास में ही खड़ा उनका बड़ा बेटा रोहित याद दिलाते हुए कहता है, "बता तो दी पंडितजी ने 15 दिन बाद की ही पड़ रही है तारीख। बस 15 दिन में ही निपटानी है शादी।"

"सही तो है यार, यही तारीख ठीक लगी। कम-से-कम दोनों को समय भी मिल जाएगा साथ रहने और घूमने को।" माँ-बेटे और होने वाली समधिन की बात में प्रेमानंद के दामाद सुनील ने अपनी बात रख सभी को हँसने पर मजबूर कर दिया। वो वहाँ सबके मान हैं, इसलिए हर कोई हँसता है।

पंडितजी सुनील के कंधे पर हाथ रख इशारा करते हैं चलने का। लॉबी से लगभग सभी बाहर निकल जाते हैं, पीछे संदीप और सिया रह जाते हैं—

"जीजाजी, यह गिफ्ट हमारी तरफ से आपके लिए, लेकिन घर जाकर खोलना।" प्रिया ने मुसकराकर प्यार जताते हुए सम्मान से कहा। संदीप ने मुसकराती

सिया के सामने हाथ में थामा और शर्मिंदगी भरी नजरों से कहा, "यह तो जुल्म कर दिया हम पर, बताओ बदले में अब हम क्या दें?"

"बहुत मौके मिलेंगे आपको लूटने के जीजाजी, फिलहाल तो ये बस इसलिए कि हमारी दीदी का हमेशा खयाल रखना।" प्रिया ने सिया के गाल पर किस करते हुए दरवाजे पर रुककर मुसकराते हुए अनुमति दी अकेले चले जाने की। बाकी लोग बाहर जा चुके हैं। संदीप ने आखिरी बार पलटकर सिया को देखा और इशारों में अनुमति माँग चला आया बाहर।

गाँव में विवाह किसी परिवार का नहीं, बल्कि पूरे गाँव का उत्सव होता है, पूरे गाँव के हर घर से सदस्य तैयार होते हैं विवाह में शामिल होने के लिए। पुरुष बरात के साथ जाते हैं तो स्त्रियाँ शादी वाले घर में पूरी रात संगीतमय रहती हैं। फलाने के घर विवाह है यह सभी को पहले से पता रहता है, विवाह की तारीख से 7-8 दिन पहले से ही विवाहोत्सव मनाया जाना शुरू हो जाता है। अलग-अलग दिन का एक अलग नाम देकर। छेई-तेल के नाम से मिट्टी के चूल्हे बनाने की एक परंपरा मनाई जाती है, यह मिट्टी उस तालाब से लाई जाती है, जिस तालाब में गाँव के एक-तिहाई घरों का पानी जाकर एकत्र होता है, उस संदेश के साथ कि जिस नए घर को बसाने का उत्सव मनाया जा रहा है, उसे घर-घर की मिट्टी अपना आशीर्वाद देती है। तालाब की उस मिट्टी से मोहल्ले की सुहागिनें अपने हाथों से ग्यारह चूल्हे बनाती हैं, जो इस बात का संदेश होते हैं कि घर में आने वाली बहू जब तक घर की संस्कृति और परंपराओं से घुलेगी-मिलेगी, तब तक इन चूल्हों पर वो घर की रसोई सजाएगी, जो प्रेम, अपनत्व और परिवार की एकात्मक शक्ति से नई-नवेली बहू को जोड़ेंगे। खेतों को जीवित रखने के लिए, खेतों को हरा-भरा रखने के लिए किसान जिस हल का उपयोग करता है, उस हल को आँगन में गाड़कर पूजन किया जाता है, उस संदेश के साथ कि 'हमारा बेटा एक जीवन की शुरुआत करने जा रहा है, उसकी जिंदगी में आप सदा हरियाली रखना।'

चूँकि लड़की को किसी दूसरे घर जाना होता है, इसलिए उसे यह आशीर्वाद गाँव के पाँच हलों को एकत्र कर दिया जाता है यह संदेश देते हुए कि बेटी, तुझे दूसरे घर में जाकर दो-दो घरों की मर्यादा, सम्मान और स्वाभिमान की जिम्मेदारियाँ सँभालनी होंगी।

गाँव की बनी ये परंपराएँ भले ही आज सिर्फ उत्सव के नाम पर मनाई जाती हों, लेकिन ग्रामीण परिवार आज भी मानते हैं। जिस दिन दूल्हे को सजाकर दूसरे

घर भेजा जाता है लक्ष्मीरूपी पत्नी को लाने के लिए तो गाँव को एक परंपरा में बाँधे रखने वाले कुछ पुरोहितों को इसकी जिम्मेदारी दी जाती है कि पूरे गाँव और रिश्तेवालों के साथ-साथ तुम्हें हर पल लड़के के साथ रहना है, जो नए सफर में कदम रखने जा रहा है, ताकि दोनों तरफ के सामाजिक लोगों की मौजूदगी में लड़का एक मंडप के नीचे, जो सूर्य और ग्रहों का रूप लिये होता है, अपनी नई जिंदगी में हमेशा साथ रहने के फेरे ले सके। हवन की अग्नि, जो सूर्य का नेतृत्व करती है, सिंचाई के हल जो धरा और लक्ष्मी के साथ ग्रहों का नेतृत्व करते हैं, पुरोहित जो ईश्वर के रूप में गुरुओं का नेतृत्व करते हैं तथा परिवार के साथ मौजूद दोनों परिवारों के सगे-संबंधियों का जो हुजूम मौजूद होता है वह पूरे समाज का नेतृत्व करता है, इन सभी के सामने सभी का आशीर्वाद लेकर सभी को साक्षी मानकर लड़का-लड़की स्वयं को यह विश्वास दिलाते हैं कि हम अब हमेशा सुख और दुःख में साथ रहेंगे, साथ निभाएँगे।

आज के समय में देखें तो विवाह के एक-एक पल के महत्त्व से लोग अनजान हो गए हैं, न तो वो छेई-तेल की परंपरा से अवगत हैं और न मेहँदी की रस्म से, न भाँवरों की रस्म में शामिल होते हैं और न ही विदाई के वक्त आशीर्वाद देने के लिए मिलते हैं। विदाई के वक्त दूल्हे की अकेली गाड़ी जाती देख ऐसा लगता है कि उसे समाज ने शुरुआत में ही आईना दिखा दिया हो कि तू सिर्फ अकेला है"।

खैर, प्रेमानंद ने भुता के मकान को छोड़ गाँव के मकान से पूरे ब्याह के कार्यक्रम को करने की योजना बनाई, गाँव के घर से जाने वाले लोगों के लिए कई बड़ी गाड़ियों का इंतजाम किया। गाँव के आस-पड़ोस के मंदिरों के पुजारियों और पुरोहितों के लिए एक अलग गाड़ी की, घर की कुछ स्त्रियों के लिए, जो बरात में जाएँगी, एक अलग गाड़ी की व्यवस्था की गई।

घर से एक बड़े मौर को संदीप के सिर पर पहना दूल्हे के रूप में सजाया गया। बहनों-भाभियों और घर की दूसरी औरतों के गीत-संगीत की धुन के साथ जीजा ने संदीप की उँगली पकड़कर गाँव के देवस्थल पर पहले मत्था टिकवाया उसके बाद मम्मी को कुएँ पर बैठाकर उस नीर की परिक्रमा लगवाई, जिस नीर से गाँव के स्वास्थ्य का विश्वास बँधा है। बहन ने धन के सिक्कों को गाड़ी के आगे से पीछे की ओर उछाल भाई को इजाजत दी धनलक्ष्मी ब्याह कर घर साथ लाने की।

बरात का लंबा काफिला रास्ते भर के देवस्थलों को प्रणाम कर रात के नौ बजे पहुँचता है शहर के उस भागते रोड पर जो सिया के घर से कुछ ही दूरी पर एक

बड़े से बरात घर को जाने वाला है। आतिशबाजी, धूम-धड़ाके वाले बैंड बाजों के साथ घर से आईं कुछ स्त्रियाँ और दोस्त आनदंमय होते हैं, थिरकते-गाते-बजाते हैं अपने राजकुमार को नई दुनिया में कदम रखने की बधाई देने के लिए। घंटे-दो घंटे में बरात भोजन कर जयमाला हॉल में बैठ जाती है तो उधर संदीप भी दरवज्जे और लगन की रस्मों को निभाकर जयमाला के मंच पर दोस्तों के द्वारा बैठा दिया जाता है।

अब यदि ध्यान दें तो विवाह महोत्सव में वर्तमान पद्धति से मनाई जाने वाली जयमाला परंपरा हमारी पुरानी संस्कृति में नई जुड़ने वाली परंपरा है, जिसको पूरे विवाह में सबसे ज्यादा महत्त्व दिया जाता है। चूँकि दूसरी परंपराएँ यदि देखें तो किसी-न-किसी संदेशात्मक भाव को ध्यान में रखकर बनाई गई थीं, जबकि वर्तमान में इस परंपरा के प्रमुख महत्त्व को देखें तो सिर्फ तसवीरों में कैद कर यादें सँजोकर पोस्ट करने वाली परंपरा है ये, जिसमें स्टेज पर जाने के लिए खुद को लोग सजाकर पहुँचते हैं सिर्फ स्वयं के लिए। जबकि प्राचीन समय में जयमाला भाँवरों के समय का संस्कार था।

एक महँगी शेरवानी और राजाओं वाली पगड़ी पहने, जिसमें मोरपंख भी लगा है, गले में मोतियों की मालाएँ डाले और बाएँ हाथ में तलवार पकड़े संदीप सैकड़ों अपनों के सामने दोस्तों की चुलबुली बातों के साथ मुसकराते हुए मन में किसी का इंतजार लिये बैठा है। एक तरफ डी.जे., एक तरफ दोस्त और एक तरफ बड़े-बुजुर्गों के मुसकराते चेहरों के सामने उसे काफी देर तक अपनी होने वाली पत्नी के साथ बैठना है, जिसके साथ कैमरामैन जैसा कहेगा, वैसी तसवीरों के लिए मुद्राएँ भी बनानी हैं। संदीप अंदर-ही-अंदर खुशी के साथ-साथ काफी घबरा भी रहा है कि पता नहीं वह ये दो घंटे कैसे काटेगा? और इसी चिंता में खुद से सवाल करते और खुद को समझाते-समझाते वो घड़ी आ जाती है, जब स्टेज के बाईं तरफ जीने से उतरती लड़कियों की तरफ सभी की नजरें घूम जाती हैं, सभी कैमरे चले जाते हैं…। एक पल के लिए संदीप उस भीड़ में राजा जैसा होकर भी अकेला हो जाता है।

एक तरफ कैमरे के फ्लैश से विचलित होती नजरों को नीचे झुकाए सिया अपनी दोस्तों और प्रिया के सहारे मंच की ओर बढ़ रही है तो वहीं डी.जे. पर 'बहारों फूल बरसाओ मेरा महबूब आया है' गीत सिया को पलकें उठा संदीप से नजरें मिलाने के लिए प्रेरित कर रहा है। सामने से कैमरामैन गिंबल नचाते हुए अचानक हटता है कि फूल तेजी से बरसने शुरू हो जाते हैं। सिया जैसे ही नजर ऊपर उठाती है मंच पर चढ़ने के लिए, संदीप सिया का हाथ पकड़ लेने के लिए अपना मेहँदी से

सजा दाहिना हाथ आगे बढ़ा देता है। प्रिया ने अपना हाथ छोड़ा कि सिया ने अपनी हाथ की उँगलियाँ संदीप को थमा दीं''! किसी ने जोर से कहा कि अभी कोई नहीं जाएगा मंच पर तो सिया को मानो ऐसा लगा कि उसके होने वाले पति ने सारी दुनिया के तनाव और उलझन से उसे दूर कर अपने पास सँभाल लिया हो एक सजे हुए मंच पर, जिस पर अब वो रानी है। दोनों के कानों में पूरी भीड़ की चिल्लाती आवाज भी सुनाई नहीं दे रही है, कुछ इतने खो गए हैं इस पल में। वो इस पूरे पल के अहसास को अपने आपमें ही विश्वास दिला रहे हैं कि अब मैं अपने पति के साथ खड़ी हूँ और अब मैं अपनी पत्नी के साथ खड़ा हूँ।

कैमरामैन ने जब नजदीक आकर संदीप की बाँह छूकर कैमरे की तरफ देखने को कहा, तब एक-दूसरे से नजरों को हटा दोनों उस भीड़ की तरफ देखते हैं, जो पहली बार उन दोनों को साथ मुसकराते देख फूलों की पँखुड़ियाँ उछाल रहे हैं, तालियाँ बजाते हुए फोटो क्लिक करते हुए बधाई दे रहे हैं।

जयमाला कार्यक्रम की एक खास बात है, इस कार्यक्रम में बड़े-बुजुर्ग शुरुआत में दूर अपनी जगह पर बैठ देखते रहते हैं। लड़का-लड़की के माता-पिता होते हैं आगे, लेकिन वो भी सिर्फ मुसकराकर अपने बच्चों के लिए दूर से ही ईश्वर से प्रार्थना कर रहे होते हैं। लेकिन पूरे कार्यक्रम को कैसे करना है, जिससे फोटो वीडियो बढ़िया आएँगे, उसके लिए दोनों पक्षों के युवा आगे आकर अपने-अपने को निर्देशित करने में व्यस्त रहते हैं।

"लल्ला ,बहू जैसे ही जयमाला डाले तो सिर झुकाए दियो'', यहाँ सिर उठाउन को कोई फायदा नाय है हाँ, क्योंकि वैसे भी पूरी जिंदगी कहाँ उठाए पाओगे फिर तुम!" सामने भीड़ से सुनील जीजाजी जोर से चिल्लाए।

(जीजा की मजाक भरी बातों पर पूरा महकमा जोर से हँस पड़ा। मुसकराते हुए संदीप ने मुसकराती सिया की नजरों में अपने प्रेम को टटोलना शुरू कर दिया।)

"संदीप, अब पहनाओ चलो, खिंचते रहेंगे फोटो।" गुजरते समय को देख दीदी ने नीचे से ही इशारा किया।

वीडियोग्राफी कर रहे युवक के नजदीक से जैसे ही दीदी की आवाज संदीप के कानों में आई, उसका ध्यान स्वत: शोर से हटकर सिया से बात करने आ गया नजरों-ही-नजरों में। पूरे शोर की आवाज जैसे मानो दिमाग ने कम कर दी हो। संदीप ने सिया को जयमाला जैसे ही पहनाई, सिया ने गरदन झुकाकर होंठों पर खिली मुसकान से अपने पति को 'लव यू' कह दिया। बढ़ते शोर को नजरअंदाज

कर अपनी पत्नी को अपना साथ देने जैसा भाव देते हुए संदीप ने सिर झुकाया और सिया ने हलकी सी एड़ी उठा वधुमाला संदीप को पहना दी।

असल में वर-वधु मालाओं में सजे फूलों का एक बहुत अच्छा संदेश होता है, जिसमें दो भावनाएँ छुपी होती हैं। एक यह कि दोनों एक-दूसरे को अपने जीवन की सुगंधित खुशियों का आभार एक-दूसरे को भेंट करते हैं और दूसरा यह कि दोनों एक-दूसरे को वह डोर सँभालने के लिए विश्वास के साथ सौंपते हैं, जिसमें उनके भविष्य की खुशियों के पुष्प रोपे हुए होते हैं।

कैमरामैन दोनों को वहीं उस सिंहासन पर बैठ जाने का इशारा करता है, जहाँ बाएँ पत्नी और दाएँ पति बैठकर सभी बड़ों के आशीर्वाद लेकर स्वयं व एक-दूसरे को यह विश्वास दिलाते हैं कि वो हमेशा एक-दूसरे के साथ रहेंगे।

देखिए, पूरा विवाह विश्वास और आशीर्वाद की तमाम रस्मों से पूरा होता है, जिसमें हर रस्म जीवन से जुड़ी अलग-अलग स्थितियों के भाव समेटे हुई होती है। लेकिन वर्तमान के विवाह में 80 प्रतिशत बराती जयमाला के बाद ही चले जाते हैं, यहाँ तक कि विवाह की साज-सज्जा, जो विवाह में एक अलग तरह की खुशियों का भाव देती है, उसे तक हटाना शुरू कर दिया जाता है। एक तरफ विवाह स्थल में लगे टेंटों की उधेड़बुन शुरू हो जाती है तो वहीं दूसरी तरफ लड़का-लड़की किराए के रसोइयों द्वारा बनी ठंडी हो चुकी सब्जी-पूड़ी साथ बैठकर खाते हैं, जो पहले गाँव में परिवार की महिलाएँ अपने हाथ से बनाकर दिया करती थीं, जिसका भी अपना एक अलग महत्त्व होता है। परिवार की एकता का, परिवार के प्रेम का।

खैर, रेत की घड़ी में रेत के ऊपर से नीचे एक तरफ आ जाने के साथ-साथ जैसे-जैसे वक्त आगे बढ़ रहा है, दोनों परिवारों में अलग-अलग भावनाएँ तेजी से बढ़ती जा रही हैं। सिया संदीप का हाथ पकड़ जैसे-जैसे भाँवरों के फेरे पूरे कर रही है लड़के का दिल, मन और घर स्त्रीमय होता चला जा रहा है। लेकिन रमेश को न जाने क्यों इस खुशी के पल में खाली होता दिल और मन कचोट रहा है! उनके दिल की घबराहट बार-बार कह रही है कि जब वो घर जाएँगे और अपने घर में घुसेंगे तो उस घर की दीवारें उनसे पूछेंगी कि कल शाम जो हमारी लाड़ली बिटिया को सजाकर ले गए थे उसे कहाँ छोड़ आए… ? तो फिर वो क्या जवाब देंगे… ? मन-ही-मन उनके दिल से आँसुओं का गुबार उठता तो अपनी पत्नी की तरफ एक झलक देख गरदन के नीचे से ही मानो घूँट बना पी जाते।

घर की दोनों बच्चियों के ठहाके मारकर खिलखिलाने वाली यादें जब अब शांत होंगी तो कितना कचोटेंगी शामें, यह सोच-सोच बार-बार अपना ध्यान भटका फेरों पर ले आते।

जैसे ही फेरे पूरे हुए और कन्यादान के लिए पंडितजी ने आवाज लगाई, रमेश के पैर आगे बढ़ने के लिए मानो काँपने लगे। कहने को पूरा जीवन दारोगा बनकर जिया है, लेकिन जब पंडितजी के मंत्रों ने इशारा किया कि 'अपनी बेटी का हाथ अपने दामाद को थमा उनके पैर छू लीजिए' तो रमेश इस बार अपने आँसुओं को रोक नहीं पाए। एक तरफ सिया की पलकें भीग चुकी हैं पिता के बारे में सोचते-सोचते तो माँ खुद को कठोर कर रमेश की पीठ पर हाथ रख स्थिति को समझाने का इशारा कर रही हैं। पंडितजी के साथ जितने भी बैठे हैं सभी एकदम से शांत हैं, कैमरामैन एक-एक आँसू को कैमरे की यादों में समेट इन प्यारे पलों को सहेज रहा है।

"संदीप भैया, थोड़ा मुसकराओ यार! अब भाभीजी आपकी हो गई हैं। अंकलजी प्लीज स्माइल।" जैसे ही फोटो क्लिक हुआ, दोनों बच्चों के पीछे खड़े रमेश आँखों को गमछे से पोंछते हुए कदम पीछे हटा चल दिए साइड में बैठ जाने के लिए कि सिया ने तिरछी नजर से पापा को सिसकते देख प्रिया को इशारा किया सँभाल लेने के लिए''।

वक्त गुजरा और वक्त आया कि भय की सीमा को खत्म कर पिता को हिम्मत दी जाए। कहने को तो विदाई का वक्त माँ-बाप की आत्मा तक को हिला देता है, भला हँसते-मुसकराते कोई अपनी नन्ही गुड़िया को खुद से दूर कर पाया है क्या! जब भी किसी लड़की की शादी होती है, तब उसके माँ-बाप को दिल में सबसे ज्यादा घबराहट उस पल को लेकर होती है, जिस पल में वो बेटी की विदाई के वक्त खुद को सँभालने के बारे में साचते हैं कि कैसे सँभालेंगे खुद को'' ? लेकिन जब विदाई का वक्त आ जाता है, फिर धीरे-धीरे गुजरता समय किस्मत और समाज की प्रक्रिया का पाठ पिता को समझाकर शांत कर ही लेता है यह कहते हुए कि 'बिटिया को आशीर्वाद दो, ताकि वो हमेशा खुश रहे।'

बरात में बचे लोग भी अपनी गाड़ियों में बैठ गए हैं, लड़के की गाड़ी एकदम से बरात के दरवाजे पर लगा दी गई है। गाड़ी की डिक्की में बहू के सूटकेस, घर का सूप और अन्य रस्मों का सामान रखा जा रहा है। घर में कोई बेटा है नहीं इसलिए प्रिया को कहा गया कि जब सिया बैठ जाएगी तो गाड़ी को रोकने की रस्म निभा

देना। प्रेमानंद, उनके दामाद, विनोद, साले और पंडितजी कुछ लोगों के साथ गाड़ी के बराबर में खड़े हैं। रमेश एकदम दरवाजे पर अकेले बेचैन खुद को सँभालते हुए इधर-उधर के विचारों के साथ चेहरे पर बार-बार हाथ फेर रहे हैं। हर कोई जानता है इन आँसुओं को इसलिए कोई सांत्वना देना इतनी जरूरी नहीं समझ रहा। खुशी के आँसुओं को कभी दबाकर नहीं रखना चाहिए, शायद इसलिए। अंदर से औरतों के रोने की आवाज कैमरामैन के साथ-साथ बढ़ती चली आ रही है¨, कभी प्रिया, कभी मम्मी तो कभी किसी और के कंधे पर चलती-चलती सिर रखकर रो तो रही है सिया, लेकिन खुद को समझा नहीं पा रही है कि वो खुद को इस घर से दूर खुश रख भी पाएगी या नहीं¨।

"दीदी, दीदी, सुनो न, कभी भी कुछ भी कोई भी बात हो प्लीज मुझे जरूर बताना," प्रिया ने अपना प्रेम जताते और सिसकते हुए सिया को गले लगा लिया। दुनिया जानती है लड़की को उसकी ससुराल में अपनी जिंदगी को बेहतर बनाने के लिए क्या-क्या नहीं सहना पड़ता! और जब जानते हैं तो उसके मायके वाले हमेशा कहते हैं कि कुछ भी हो, हमें जरूर बताना। सिया प्रिया की बात सुनकर खूब रोती है, प्रिया कभी अपने आँसू पोंछती है तो कभी दीदी के।

"लला, बेटा एक बात कहनी थी बुरा मत मानना।" गाड़ी के दरवाजे के बाहर रमेश संदीप के सामने लाल आँखें और आँसुओं से चिपचिपाते गालों को लेकर हाथ जोड़ खड़े हो जाते हैं आवाज के रुदन को सँभालते हुए। संदीप जान चुका है उनके भाव सो जुड़े हाथों को अपने हाथों से पकड़ आँखों से निकलते आँसुओं को अपने रूमाल से पोंछने लगता है।

"हमारी बेटी बहुत लाड़-प्यार से रही है हमारे घर, उसे बहुत सी समझ नहीं है। कोई गलती हो जाए उससे तो डाँटना मत, समझा दोगे तो जरूर समझ जाएगी।" पिता को डर भी है और विश्वास भी है अपनी बेटी पर, रिश्ते पर, ईश्वर पर, वक्त पर।

हाथ जोड़े खड़े अपने ससुर की छटपटाती आत्मा को गले लगाकर एक हिम्मत देने की कोशिश करते हुए कहा संदीप ने, "आपने अपने विश्वास की जिम्मेदारी सौंपी है हमें पापाजी, और सियाजी तो अब हमारी पत्नी हैं पापाजी। आपसे एक गुजारिश मेरी है, आप अब खुद ऐसा सोचकर परेशान मत होना कि सिया आपके घर से चली गई है। मैं आपका बेटा हूँ¨। जब भी कहेंगे, जैसे कहेंगे आपके पास जरूर आऊँगा¨।"

लड़की के पिता की दूसरी ताकत होता है उसका दामाद, जिस पर अपनी बेटी से ज्यादा हक जताने का विश्वास खुद में रखता है। संदीप की बातों ने मानो आँसुओं को भारी कर दिया, गले को कठोर कर आँसुओं को पोंछ मुसकराते हुए सिया को विश्वास देने चल पड़ते हैं रमेश कि बेटा तुम जहाँ भी रहोगी, हम तुम्हारे साथ हमेशा रहेंगे। इस विश्वास के साथ पिता बेटी को गले लगाकर दिल भरकर सिसकने की आज आज्ञा दे देना चाहते हैं, क्योंकि यही एक पल होता है, जिसके बाद मायके में यदि लड़की रोई तो उसके माता-पिता को सबसे बड़ा आघात लगता है। इसलिए वो आज ही सभी आँसुओं को निकाल फेंक देना चाहती है पापा के कंधों पर, यह विश्वास दिलाने के लिए कि उनकी बेटी उनके सम्मान और विश्वास को कभी गिरने और टूटने नहीं देगी। पिता बेटी को, बेटी पिता को जी भरकर अपनी-अपनी सिसकियों से खुश होने का भरोसा दिलाते हैं।

कितना सुखद और दुःखद लमहा होता है न यह! जब बेटी रोकर पिता को विश्वास दिलाती है सब ठीक रहेगा, यह सोचकर कि उसके पापा उसके जाने के बाद ज्यादा दुःखी न हों, तो पिता अपने आँसुओं को रोककर बेटी के सामने झूठी मुसकान लाने की कोशिश करते हैं यह सोचकर कि जो बेटी उनका इतना खयाल रखती थी, वह अपने पापा की चिंता छोड़ खुशी से रह सके।

"देखा, मेरी सिया एक सीता जैसी लग रही है न! अब सिर्फ प्रिया बेटा अकेले उस कमरे में रहा करेगी बेटा।" मुसकराकर गले लगाते ही फूट-फूटकर रो पड़े रमेश, पापा और दीदी को बिलखता देख प्रिया माँ के गले लग रोए तो जा रही है, लेकिन कह नहीं पा रही है कि दीदी को रोक लो। क्या लड़की का पक्ष हो क्या लड़के वालों का, क्या गाड़ी का ड्राइवर हो, क्या कैमरामैन और पुरोहित! बाप-बेटी की बिलखती सिसकियों ने सबको रुला दिया। कोई नहीं कह पा रहा है कि 'वक्त गुजर रहा है अब विदा करो बेटी को।'

पापा सिया को सीने से लगा चुप कराते हुए गाड़ी तक लाते हैं तो उधर प्रिया मन को उदास लिए गाड़ी के आगे खड़ी हो जाती है कोहरे भरी सड़क की किटकिटाती सर्दी को नजरअंदाज कर। सिया का हाथ पकड़ संदीप गाड़ी में बैठाता है और जैसे ही खुद बैठने के लिए बढ़ता है कि उसकी नजर प्रिया पर पड़ती है। रस्म को निभाती एक बेटी को देख संदीप जेब की पर्स से निकाल पाँच-पाँच सौ के कुछ नोट प्रिया की तरफ बढ़ाता है''।

"पकल लो लल्ली," न संदीप ने गिनकर दिए और न प्रिया ने पैसे थामकर

गिने, मुट्ठी बाँधती हुई दुलहन सी बैठी अपनी दीदी के पास आई और बोली, "जीजाजी, हमारी दी बहुत सीधी हैं, कहीं अकेले बाहर नहीं गई हैं, उन्हें कभी अकेला मत छोड़िएगा।"

संदीप प्रिया की भीगी लाल आँखों को देख मुसकराकर भरोसा दिलाने की कोशिश करते हुए कहता है, "प्रिया, तुम्हें कभी भी दीदी की याद आए या मिलना चाहो तो अपनी दीदी के पास बिना किसी से पूछे कभी भी चली आना।" मुँह लटकाए जीजाजी की बातों का सम्मान करती हुई धीरे से बोलती है, "जी।"

गाड़ी से पीछे हटती प्रिया को उदास देख संदीप अंदर से ही कहता है, "बाबूजी और माताजी का खयाल रखना, परसों जाने से पहले भेज देंगे दीदी को घर वापस।" और गाड़ी में बैठे-बैठे सभी के जुड़े हाथों और सिसकती नजरों को मुसकराकर विश्वास दिलाता हुआ विदा कर ले आता है।

विदाई के बाद लड़की का परिवार पिछले दिनों की भागदौड़ से हुई थकान और विदाई से हुई नम आँखों को लिये बिखरे सामान को समेटने में लग जाता है। कुछ तो उदास लटके चेहरों को लेकर चुपचाप ऐसे लगे हैं, जैसे उनका खयाल रखने वाली, बिखरे सामान को अकेले समेटकर रखने वाली, सभी को खुश रखने वाली घर की लाड़ली सभी को छोड़कर चली गई हो। क्या थकान की नींद और क्या सूने हुए घर की चीखें··· ! क्या बची हुई मिठाई की मिठास और क्या घर के सारे खिलौने। एक-दो रिश्तेदार जो बचे रह जाते हैं वो कोशिश करते हैं पिता को समझाने की कि 'बहुत अच्छा परिवार है भाईसाहब, मेल-मिलाप वाले लोग हैं। आपने तो अपनी बिटिया के लिए बहुत अच्छा घर ढूँढ़ा है, भगवान् सभी को ऐसा ही समधियाना दे।' रिश्तेदारों के प्रेम और सांत्वना से भरे ऐसे बोल पिता को मजबूत तो करते हैं, लेकिन मन को बहला नहीं पाते। बस लंबी-लंबी साँसें लेकर घर के सभी सदस्य खुद को सँभालना शुरू कर देते हैं विधान को समझकर आगे बढ़ने के लिए···।

उधर सुबह से ही तैयारियाँ शुरू हो जाती हैं बहू के स्वागत के लिए। सुहागिनें, जिन्होंने आने वाली बहू के लिए चूल्हे बनाए, गीत गाए, उन्हें क्षेत्रीय सादा भोजन करा दिया जाता है, ताकि वो एक नई ऊर्जा के लिए तैयार हो जाएँ आने वाली घर की नई दुलहन के गुणगान करने के लिए, उसके स्वागत में छंद और गीत गाकर उसे प्रेममय कर देने के लिए।

दुलहन को गाड़ी से उतारने के लिए ड्राइवर ने पूरे हजार रुपए लिये। घर की ननदों ने मिलकर भैया की जेब से पर्स ही निकाल ली यह कहकर कि "भाभी तो

तुम्हें मिल गईं, लेकिन धन हमें दे दो भइया।" हा···हा···हा। घर में घुसते ही सिया को घर की औरतों ने कब्जे में ले लिया और संदीप को बिठा दिया मंडप पर तमाम रीतों के बंधन खुलवाने के लिए। एक तरफ संदीप के यार-दोस्त घर में आकर संदीप के साथ अटखेलियाँ खेल रहे हैं तो उधर बहू के चेहरे को देखने के लिए गाँव की औरतों का ताँता जुड़ने लगा है। कोई पैर छूने पर 100 का नोट थमा रहा है तो कोई 500 तो कोई साड़ी या चाँदी का सिक्का। मम्मी और दीदी सिया का सभी से परिचय करवा रही हैं, दोनों भाभियाँ छंदों और गीतों पर आँगन में क्या शानदार नृत्य कर रही हैं, संदीप भूखा है, लेकिन मिलेगा खाना सभी रस्मों के बाद।

कभी गालियों के गीत गाकर परिवार के पुरुषों को छेड़ने की परंपरा हुई मौर तालाब पर 'सिराने' के नाम पर तो वापस आती औरतों को बच्चा गैंग ने 'रतवा' खेल के नाम पर पानी से ही भिगो डाला। विवाहोत्सव संस्कृति की सबसे आखिरी रस्म के रूप में होता है यह खेल, जिसमें पूरा परिवार और मोहल्ला शामिल होता है और उसके बाद जीवन शुरू होता है परिवार में आए नए दंपती का अकेले साथ रहने और जीने का, जिसमें हर मोड़ पर परिवार एक-एक बार ही तौर-तरीके बताएगा।

शाम को आखिरी गीतों के रूप में मोहल्ले की सभी स्त्रियों को बुलाया जाता है सम्मान के साथ, जिनके हाथ में मिठाई का डिब्बा देकर घर की खुशियों से जोड़ गुणगान कराए जाएँगे, सम्मान बढ़ेगा और गिले-शिकवे दूर होकर फिर से नए प्रेम पनपेंगे। एक तरफ गीत चल रहे हैं तो दूसरी तरफ संदीप को इशारा किया गया कि 'चाची बुला रही हैं।' संदीप आँगन में गीत गाती औरतों से नजरें बचा अपने कमरे की तरफ बढ़ा और धीरे से किवाड़ों को धक्का देकर खोलता है···।

"कितनी देर से बेचारी इंतजार कर रही हैं बैठी-बैठी हमारी देवरानी और तुम वहाँ गप्प लड़ा रहे हो, जाओ अब बाद में आना।" छोटी भाभी, जो अंदर कमरे में पहले से थीं, संदीप के आते ही बोलीं। सफेद कुरता पहने संदीप दरवाजे पर ही रुक गया भाभी को देख। सिया बेड पर बैठी-बैठी भाभी से कुछ बात कर रही थी, भाभी कटोरी में सिया को कुछ देने आई थीं···। भाई की बात सुन बिना कुछ कहे मुसकराकर वापस जाने के लिए मुड़ता ही है कि भाभी जोर से हँसती हुई बेड से उतर कहती हैं, "आओ लो सँभालो, हम जा रहे।" सिया मुसकराकर संदीप की तरफ देखती है, संदीप बेड की तरफ आता है और भाभी दरवाजा घुमा बाहर चली जाती हैं।

"क्या कह रही थीं भाभी ?" कूदकर बेड पर सीधे लेट जाता है एकदम पीछे की तरफ बेड से धोक लगा।

"यही कि हमारे देवर फौजी हैं, इसलिए तुम्हारे पास जल्दी भेज दिए हैं। वरना सारी रात अपने संग नचाती।" बेड से उतरकर धीरे से दरवाजे की कुंडी लगा वापस संदीप के पास आकर बेड पर बैठ जाती है मुसकराती हुई विदाई वाली ही साड़ी में।

"ओह, मतलब यहाँ भी फौजी होने का फायदा मिल गया! अच्छा यह बताओ, तुमने कुछ खाया भी है या नहीं ? या ऐसे ही सबके पैर छूती रहीं… ?"

"पता है संदीप, मैं पहली बार किसी गाँव में आई हूँ, गाँव कैसा होगा, वहाँ का नेचर, लोग कैसे होंगे। इतना नहीं पता था। लेकिन यहाँ के लोग इतने अच्छे हैं कि बहुत अच्छा लगा यार सच्ची।" सिया पहले ही दिन खुलकर अपने दिल की कह रही है, इसका मतलब यह नहीं कि कोई उसे शहर की लड़की होने पर एक यह अवगुण समझे, वह संदीप के परिवारियों से कुछ घंटों में जो भी ले पाई है उसको बता देना चाहती है अपने पति को पहली ही रात में।

"अच्छा! बचे रहना। गाँव की औरतें चुगलखोर भी होती हैं।" एकदम चेहरे से चेहरा सटा सिया के मन के भाव गहराई से जानने की कोशिश करने लगा, जिसमें वह चाहता है कि सिया के मुँह से उसके घर की तारीफ निकले।

"ऐसा नहीं है, चुगलखोर तो शहरों में भी होते हैं। पता है! बड़ी बुआ बहुत मजाकिया हैं, कह रही हैं कि संदीप को बहुत तगड़ा माल मिला है।" मुँह पर हाथ रख जोर से हँसती है सिया।

"वो तो है ही, बहुत हॉट हो मेरी जान तुम। आई लव यू माई पत्नी।" गालों पर उँगली फेरते हुए सिया के अहसासों को जगाने की कोशिश करने लगा संदीप।

"सुनो न, एक-दो सप्ताह की छुट्टी और बढ़वा लेते यार तो घूम आते कहीं साथ तुम्हारे! मेरा मतलब एक-दो मंदिर आस-पास के कहीं।" संदीप की छुट्टियाँ खत्म होने वाली हैं चार दिन बाद, नई-नई शादी के बाद पति दूर जाए तो पत्नी को तो यह बात सभी अहसासों में काँटे की तरह चुभती ही रहती है न, सो बोल पड़ी।

"सिया जो पॉसिबल न हो उसे मन में लाकर अपनी बेचैनी नहीं बढ़ानी चाहिए। और फिर होली पर आऊँगा न, नए साल की एक महीने की छुट्टी पर, फिर घूमेंगे तुम्हारे साथ। अब हटो मुझे ये नथनी निकालने दो, वरना तुम्हें किस करते हुए कबाब में हड्डी बनेगी।" दोनों हाथों से सिया को बाँहों में लेने की कोशिश कर होंठों को होंठों की तरफ ले जाने की कोशिश करता हुआ संदीप आँख बंद कर लेता है।

"अच्छा रुको बाबा, मैं खुद निकालती हूँ सब।" संदीप की बाँहों में रहकर ही अपने गहने उतार बेड पर रखने लगी सिया, संदीप घूरकर एक पल देखता है और धीरे से बोलता है, "कितना रोमैंटिक है न तुम्हारा 'खुद उतारती हूँ' कहना।"

"संदीप, बस दो मिनट फिर करना यार, नहीं तो सारे कपड़े खराब हो जाएँगे।" नथनी, गजरा, चूड़ी गले का हार उतार साड़ी के पल्लू को ऊपर से उतार संदीप के गले में अपनी बाँहों का घर बना गले में डाल आँखें बंद कर लेती है बेड पर लेटती हुई सिया।

□

हिमांगी

शादी के बाद किसी भी पति-पत्नी के लिए सबसे खुशी के पल होते हैं, जब उन्हें यह अहसास होने लगे कि वो माँ-बाप बनने वाले हैं। पति-पत्नी के प्रेम का अंकुर जहाँ कोख में फूटने लगता है, वहीं दोनों के दिलों में, दोनों की जीवन-शैली और व्यवहार में एक अलग तरह का बदलाव आना शुरू हो जाता है। दर्शन और विज्ञान भले माने या न माने कि शरीर में आत्मा होती है या नहीं, लेकिन जब कोई लड़का-लड़की पति-पत्नी के रूप में एक संतान को जन्म देते हैं, तब यह महसूस किया जा सकता है कि आत्मा होती भी है और उससे ही भावनाएँ जुड़ी होती हैं। इस खंड में सिया और संदीप के जीवन में जो बदलाव आते हैं, जो एक नई शैली और सोच जन्म लेती है। उसका दर्शन कराऊँगा आप सभी को। संतान होना किसी व्यक्ति विशेष के लिए कितना बड़ा वरदान है, यह अहसास कराने की कोशिश करूँगा सिया-संदीप के जीवन से··

आई है कोख में नई दुनिया हमारे··,
जिसकी आहटों में खुद को देखा करूँगी··,
छूकर हँसाऊँगी, गोद में ही सुलाऊँगी··,
सारी दुनिया को उसमें ही देखा करूँगी··,
उसके गीले बिस्तर पर लेटना एक जुनून सा होगा··,
दाँतों से जब काटेगी स्तन वो दुखना भी एक सुकून सा होगा,
माँ·· ओ माँ·· कहकर बुलाएगी गुड़िया जब,
उस तुतलाती आवाज में खुद को सुनना भी कानून सा होगा,
आई है कोख में नई दुनिया हमारे··,
जिसकी आहटों में खुद को देखा करूँगी··,

संदीप और सिया की शादी हुए पूरे नौ महीने होने जा रहे हैं, सिया को फरवरी में ही पता लग गया था कि वो प्रेग्नेंट है। संदीप ने इस वर्ष की आखिरी छुट्टी उसी दिन के लिए बचाकर रखी है। संदीप की पोस्टिंग इन दिनों रायपुर में है। जब से घर में नए सदस्य के आने की खबरें फैलीं, तब से घर की खुशियों में ही संदीप का मन टँगा रहता है, पहले मम्मी और सिया दिन में दो बार कॉल करती थीं, तब कहीं संदीप समय निकाल पाता था बात करने के लिए। लेकिन अब उलटा हो गया है। यानी सिया का ध्यान काम और अपने खयाल से हट नहीं पाता कि संदीप कॉल कर देता है हर दूसरे-तीसरे घंटे में घर की आवाज में खुशियाँ महसूस करने के लिए, और उन खुशियों में अपनी हाजिरी देने के लिए।

शाम के आठ बज चुके हैं, सात बजे ड्यूटी से उतरने के बाद हाथ-मुँह धुलकर फ्रेश होने वाली प्रक्रिया पूरी कर फोन उठा लिया है हाथ में। पहले संदीप ड्यूटी के दौरान हमेशा फोन साथ रखता था, लेकिन अब बात दिन में कई बार करनी होती है अकेले में तो जैसे ही समय मिलता है इधर-उधर के काम निपटाने के वक्त फोन बिस्तर पर चार्जिंग में लगा देता है, ताकि साथियों से दूर अकेले में अपनी पत्नी से हर तरह की बात कर सके। क्योंकि फौज में सब घुले-मिले, मुँहफट टाइप होते हैं। पहले सुनते रहेंगे बात क्या-क्या हो रही है, लेकिन बाद में फोन कटते ही तरह-तरह की बातों से खूब मस्ती करेंगे, फौज की ये मजाकें उनके दिन भर की चौपालों की सबसे महत्त्वपूर्ण बातें हैं, जिससे एक-दूसरे के परिवारों को भी जान जाते हैं और जी-तोड़ ठहाके मार-मारकर कहकहाते हुए लोट-पोट भी होते रहते हैं···।

"अरे वाह, आजकल तो बड़े टाइम से कॉल कर देते हैं मिस्टर! क्या सी.ओ. सर ने फ्री छोड़ रखा है?" हँसने की आवाज आती है बातों के साथ, सिया जानती तो है इस नए प्रेम को लेकिन चाहती है अपने पति से सुनना···।

टीन शेड के बरामदे में लगे लोहे के एंगल से बने पिलर पर खड़े-खड़े कंधा टिकाए, सामने नीम के पेड़ पर पड़ती बल्ब की रोशनी में घोंसले को देख लंबी साँसें भरते हुए बोलता है संदीप, उस घोंसले में नए-नए दो पक्षी आकर ठहरने लगे हैं, शायद नई संतानों को जन्म देने के लिए, जिनके भावों से खुद के भावों को तलाशने की कोशिश कर रहा है वो, "अरे नहीं यार···! अब दिन-ब-दिन अलग सी बेचैनी बढ़ती जा रही है।"

"क्यों?" उधर से आवाज आती है।

"ऐसा लगता है कि छुट्टी मिले जल्दी और तुम्हारे पास आ जाऊँ। एक-एक पल मैं तुम्हारे साथ रहूँ, तुममें बड़े होते अपने बाप बनने के भाव को महसूस करूँ। तुम्हारी कोख से कान लगा अपने बच्चे से बात करूँ।"

आवाज में नमी बढ़ ही रही थी कि सिया ने बीच में ही टोकते हुए कहा, "तुम कितने सैंटी हो न! बहुत जल्दी इमोशनल हो जाते हो यार! अभी से ऐसे करोगे फिर घर आकर वापस कैसे जा पाओगे बोलो?"

सिया की बातों के साथ चूड़ियों की आवाज आ रही है, जैसे वो कुछ काम कर रही हो। संदीप ने खुद को सँभाल जानने की कोशिश की, "तुम कुछ काम कर रही हो क्या? मना किया है न डॉक्टर ने? डेट सामने आकर खड़ी हो गई है और तुम्हें चैन से बैठा भी नहीं जा रहा यार।" गुस्से में बड़बड़ाया संदीप।

"अरे बाबा, कपड़े दीदी उतारकर बेड पर रख गई थीं, मैं बाथरूम से आई देखा तो इन्हें तह करके कबर्ड में रख रही हूँ। वैसे तो दीदी ही रख जाती हैं, हमें तो हिलने भी नहीं देते ये लोग। अब थोड़ा बहुत तो करूँगी न यार! और वैसे भी ज्यादा आराम करूँगी तो ये महाशय पेट में ही आलसी हो जाएँगे।" पति की भावनाओं में प्रेम का गुस्सा समझ अपनी मीठी बोली से समझाने की कोशिश करती है सिया।

"यार, तो 10-12 दिन के लिए प्रिया को बुला लेतीं, तुम्हें थोड़ा सहज हो जाता।"

"नहीं यार, दोनों दीदी हमें बिल्कुल काम नहीं करने देतीं, कोई दिक्कत नहीं है यार, क्यों परेशान हो रहे हो। वैसे मम्मी ने कहा था भेज दूँ, लेकिन मैंने ही मना कर दिया, पापा की तबीयत थोड़ी खराब रहती है आजकल तो ठीक नहीं लगता यार। अच्छा छोड़ो, यह बताओ अब टिकट कन्फर्म हुआ या अभी नहीं?" सिया ने पति के सवाल पर दोनों परिवारों की तारीफ कर पति को दिलासा देते हुए अपना सवाल किया, जिसकी चिंता उसे हर बार छुट्टियों में रहती है, घर आते और जाते वक्त।

"अरे, नहीं हुआ कन्फर्म यार, फ्लाइट का करा लिया उसे कैंसिल कराकर।"

"इसलिए कहती हूँ, जब ट्रेन तुम्हारी कभी कन्फर्म नहीं होती तो फ्लाइट का ही कराया करो।"

"ठीक है यार, अच्छा यह बताओ कि तुम्हें कैसा लगता है? मेरा मतलब हाथ-पैर चलाती है क्या?" संदीप मुसकराता हुआ ध्यान दुबारा अपने होने वाले बाप के भाव की ओर लाता है।

पति के मन की क्यूरोसिटी भाँपती हुई दबी आवाज में हँसती है, क्योंकि घर के

सदस्य शायद आस-पास बरामदे में ही हैं, "हा''हा''हा'', अब ये तो हमें नहीं पता कि लड़का है कि लड़की, लेकिन हाँ कभी-कभी रात को जब सोती हूँ तो लगता है कि कुछ इधर-उधर हिल रहा है।" फोन कान से चिपकाए मुसकराते हुए इधर-उधर से ध्यान हटा एकदम मानो फोन में मग्न हो गया संदीप।

"कितना अच्छा लगता होगा न उन्हें, जो पति अपने सामने से ये सब देखते होंगे यार! मुझे साली पहले छुट्टी ही नहीं मिली।" उदास मन से शब्दों में अफसोस लादते हुए बोला।

"कोई बात नहीं यार, क्यों परेशान हो रहे हो! परसों तक तो आ ही जाओगे न, तब सुन लेना। दो ही दिन की तो बात है। वैसे भी जो पास होते हैं, वो इतना नहीं सोच पाते," एक लंबी साँस लेती हुई आवाज आई, खुद बिस्तर पर लेट गई होगी शायद।

"वैसे एक बात बताएँ, जल्दी से फ्री हो जाओ यार, अब फिर कुछ करते हैं। बहुत दिन हो गए खुद को सँभाले हुए।" इधर-उधर नजरें घुमा बीवी की साँसें सुन अंदर के रोमांस को बातों में घोलने की कोशिश शुरू करता है।

"ऐसा है तुम ये बातें अभी तो करो मत यार, मम्मी आने वाली हैं दलिया लेकर। और बेटा अबकी जो भी करेंगे हमारी मर्जी से, देख रहे हो कितनी मोटी हो गई हूँ!"

"हमारे पड़ोसी दोस्त पता है क्या कहते हैं?"

"क्या?"

"बीवी एक बच्चे के बाद और ज्यादा रोमैंटिक हो जाती है''? हॉट एंड सेक्सी।"

"अच्छा! यही सब सिखाते रहते हैं क्या तुम्हारे दोस्त?" पीछे से किसी की आवाज आती है। "जी मम्मी।"

"लो यह दलिया खा लो अभी, थोड़ी देर में दूध ले आऊँगी। अभी गरम है दूध।" कमरे में ही आकर शायद बैठ जाती हैं मम्मी।

"बहुत है मम्मी दलिया, दूध बच्चों को दे देना मुझे मत लाना।" पास में बेड पर बैठी सास को जेठानी के बच्चों को दूध देने की बात कहती ही है कि फोन से सुन रहा संदीप बीच में बोल पड़ता है।

"अरे, तो पी लेना न मम्मी कह रही हैं तो! क्यों मना कर रही हो?"

"ठीक है पी लूँगी, खुश!" अचानक बोलता देख सास आश्चर्य से बहू के कानों की तरफ नजर दौड़ाती हैं।

"दिन भर लीड कान में, नुकसान देयगो जे। कौन संदीप है··· ?" सिया मुसकराती है, "तुम काट देओ अब, बोलो सुबह करैगो।"

"ठीक है, अच्छा काट दो, मैं मम्मी से थोड़ी देर में बात करूँगा उनके फोन पर।" मम्मी की आवाज सुन फोन काट देता है।

संदीप अभी-अभी ड्यूटी से उतरा है, इसलिए उससे किसी ने कुछ कहा नहीं है काम करने के लिए, वरना कैंप में उसके रूम में जितने भी हैं चार-पाँच लोग! सभी लगे हैं आज रात की पार्टी की सब्जी बनाने में। संदीप से यह पार्टी ली गई है, नियम यह है कि जो व्यक्ति किसी तरह के कार्यक्रम को मनाने के लिए छुट्टी पर जा रहा है, वो पहले यहाँ पार्टी देकर जाएगा अपने नाम से, पैसे भले छुट्टी से लौटने के बाद में दे देगा आकर। हालाँकि कमरे में संदीप को मिलाकर 7 लोग हैं, लेकिन एक ड्यूटी पर होने की वजह से अभी सिर्फ 6 हैं, जिनमें सुरेंद्र राजस्थान से, मोहित उत्तर प्रदेश से, सच्चिदानंद बिहार से, किशन मणिपुर से, पंकज लखनऊ से और मनोहर मांडवी यहीं छत्तीसगढ़ से। कुछ नॉन मीटर हैं तो कुछ को पार्टी में मीट और बियर-सियर ही चाहिए। इसलिए तय हुआ है कि जो मीट खाते हैं वो अपना तो मीट बनाएँगे ही चिकन या मटन, लेकिन नॉन मीटर के लिए पनीर-आलू भी बनाएँगे। सुरेंद्र ने हीटर पर पहले पनीर तला और बनाया उसके बाद अपने लिए चिकन। सुरेंद्र बना लेता है अच्छा पकवान, राजस्थानी राजपूत जो ठहरा, लेकिन बाकियों ने प्याज काटा, लहसुन छीला, आलू काटे और एक-दो मैस से पानी की बोतलें और सभी के लिए ताजी रोटी और चावल लाए। मनोहर एक वोदका, एक रम और एक स्प्राइट की बोतल लाया।

"अरे भाई, आ जा, सब तेरे इंतजार में बैठे हैं।" पंकज ने कहा, सभी एक चारपाई का बिस्तर फोल्ड कर बीच में एक थाली में नमकीन, प्याज और गिलासों में दारू और कोल्डड्रिंक लगाकर चारों तरफ बैठ गए हैं।

पंकज की खिंचाई करती मुसकराती नजरों को देख संदीप ने अपना फोन चार्जिंग पर लगाया और एक कोने में कुरसी लगा बैठते हुए बोला, "अरे, वो घर से फोन आ गया। कोई नहीं, बाद में कर लूँगा।"

"अरे, कोई बात नहीं, लौंडा बाप बन रहा है तो खुशी तो होगी ही।" सुरेंद्र ने सबसे पहले चम्मच से नमकीन संदीप की तरफ बढ़ाते हुए कहा।

"अरे, बेचारा नहीं है ये, बहुत दिन से खुद को सँभाले-सँभाले घूम रहा है। सोच रहा है बहुरिया जल्दी से खाली हो तो फिर लोड कर दूँ जाकर।" सच्चिदानंद

की बात सुन सभी ने जोर से कहकहाती हँसी के साथ नमकीन मुँह में डाल हाथ जमीन पर झाड़ते हुए खिंचाई शुरू कर दी। संदीप बस सभी को देख मुसकरा रहा है नमकीन चबाते हुए।

सभी को शांत कर संदीप की तरफ देख सुरेंद्र बोला, "अच्छा सुनो-सुनो, सही बताना! देखो, अभी नशा नहीं किया हूँ, बस हाथ में है गिलास, कुछ गलत नहीं पूछ रहा हूँ। यह बताओ भाभी जब प्रेग्नेंट थीं तो साली को घर बुलाया कि नहीं?" संदीप तो बेचारा कुछ नहीं बोल पाया, बाकी फिर ठहाके मारकर हँस पड़े।

"अरे नहीं यार, संदीप ऐसा आदमी नहीं है। वो तो शादी तक नहीं कर रहा था। संत है संत।"

"अरे साला! तुमको फिर कुछ नहीं पता है पंकज बाबू। वो इसलिए नहीं कर रहा था, क्योंकि तब तो ये कहीं भी मुँह मार लेता था न। बहुत गर्लफ्रेंड थीं इसकी। तुम इसको सीधा न समझो, समझे। बहुत रंगीला आदमी है ये। साली को छोड़ा होगा इसने? तुम्हें लग रहा है?" सच्चिदानंद चिढ़ाने की पूरी कोशिश कर रहा है, लेकिन संदीप बस मुसकराकर हँस देता है सभी की बात सुन। वह जानता है कि क्या ही मना करना आनंद के पलों में।

"अरे नहीं यार, आज तो उसका खा रहे हो आज तो न पोल खोलो वे।" पंकज ग्राही है, मतलब लखनऊ से तो साइड लेकर बात को खींचने में पूरी मदद कर रहा है।

"संदीप भाई, जब छुट्टी से आना तो जो भी बच्चा हो उसका जन्म प्रमाण-पत्र बनवा लाना, फिर कहीं भूल जाओ। तब ही तुम्हें पी.एल. छुट्टी मिलेगी और नॉमिनेशन फॉर्म भी भरना होगा⋯।" दारू का घूँट लेते-लेते मोहित ने समझाया।

"अभी तो इसने अपनी बीवी का फॉर्म ही नहीं भरा, बच्चे का पहले भर देगा क्या⋯?" सुरेंद्र ने संदीप के आलसपन का जिक्र कर फिर सभी को हँसने पर मजबूर कर दिया।

"यह तो बिल्कुल ठीक कहा, संदीप को याद दिला दिया तो ठीक वरना समझ लो भूल गया।" सच्चिदानंद संदीप की तरफ देख मुसकराया।

"देख लेना कहीं बीवी को बाजार में न छोड़ आना, हा⋯हा⋯हा⋯। फिर कहीं घर आकर गालियाँ सुनो।" सब अपनी-अपनी बातों से मजाक कर संदीप को खूब परेशान कर रहे हैं। अच्छा फौज की ऐसी पार्टियों की यही खासियत है कि आपस में तब तक मजाकें कर लोटपोट हँसते रहेंगे, जब तक दूसरे कमरे का पड़ोसी तंग

आकर टोकने न आ जाए, "आज क्या हो गया तुम लोगों को वे··· ? सो जाओ।"

सच्चिदानंद फिर बोला, "अच्छा सुनो संदीप, मैं तुम्हें एक सलाह देता हूँ, जो इस बार जरूर करके आना। एक तो बीवी के साथ ज्वाइंट एकाउंट करा आना, ताकि कभी-कभी नेटवर्क में रहोगे नहीं, पैसे भेज नहीं पाओगे तो वो बहू बेचारी किससे माँगेगी पैसे! बच्चा हो जाएगा तो खर्चा तो बढ़ेगा ही न! इसलिए एक तो ये करा आना और यदि लड़की होती है तो सुकन्या वाली पॉलिसी अभी से शुरू करा देना उसकी। बहुत जरूरी है, हमने अपनी दोनों लड़कियों की करा दी है, अपने आप तीन-तीन हजार कट जाते हैं हर महीने। ठीक है?" हथेली में नमकीन लिये एक-एक दाना चुगते हुए सिर हिलाकर हाँ में हाँ करता हुआ समझने की कोशिश कर रहा है संदीप भविष्य को लेकर।

"और दूसरे बच्चे के लिए दो-चार साल गैप करना, फिर कहीं अभी की तरह फिर से लोड कर आओ।" शादी के बाद ठीक नौवें महीने में बच्चा होने की तारीख सुन सब खूब मजाक बनाते हैं संदीप की, क्योंकि उसने समय नहीं लिया।

"नहीं, उसने ठीक किया, वरना बाद में पता लगता जब ये छुट्टी जाता तो हिसाब पुस्तक ही सही न बैठता। पता लगता सच्चिदानंद मेजर की तरह शादी के दस साल बाद बच्चा हो रहा है। अरे, कम-से-कम अभी हो जाएगा तो रिटायर होकर जब तक जाएगा 20 साल में भी छोड़ के, तब तक पूरी पढ़ाई तो हो जाएगी न बच्चों की।" यह सलाह सुरेंद्र ने दी।

"हाँ, वो तो ठीक है, लेकिन यह इसलिए कह रहे हैं कि अब थोड़ा वेट करे यदि करना हो तो, नहीं तो एक ही ठीक है चाहे जो हो।"

"ठीक है यार···, अब छोड़ो ये सब। खाना उठाओ, भूख लग रही है, दोपहर को भी न खा पाया यार···।" ज्यादा समय होता देख संदीप इशारा करते हुए बोला। वह हँसी-ठहाकों की महफिल में चढ़ते नशा और देते ज्ञान से जल्दी से फ्री होना चाह रहा है, ताकि सब सो जाएँ तो वो फोन पर लगे अपनी पत्नी से। हालाँकि वह जानता है फौज में होने की वजह से जो परेशानियाँ आती हैं, उन सबको ध्यान में रखकर ही सभी अपना अपना मशवरा दे रहे हैं, लेकिन ये सब अभी नहीं सुनना फिलहाल। उसके मन में तो बस एक ही चीज है कि 'हे ईश्वर, मुझे बेटी ही देना।'

पार्टी समाप्त होते-होते रात के दस बज गए, सुबह आठ बजे लखनऊ के लिए फ्लाइट है, इसलिए सोना भी जल्दी है, ताकि सुबह जल्दी उठ सके। इसलिए पार्टी

के बाद उसने कॉल नहीं की, बस एक मैसेज किया व्हाट्सऐप पर अपनी पत्नी को, 'यार सुनो न, मुझे सुबह 6 बजे एयरपोर्ट पहुँचना है। इसलिए मैं सो रहा हूँ, अब कल बात करूँगा सुबह। तुम ऐसा करना आज भी सोने से पहले भोले बाबा को याद करना कि हमें बेटी ही दें, लव यू गुडनाइट···।'

फौजियों के खुशियों के दिनों में सबसे मुख्य होती है वह रात जिसके बाद अगली सुबह वो एक लंबे समय के लिए घर की ओर निकलते हैं। घर के तमाम कामों की लिस्ट मन में सजाए वो पूरी रात करवटें बदलते-बदलते कई छोटी-छोटी नींद ले लेते हैं।

संदीप को तो अपनी पत्नी के साथ खास पलों को जीने की एक अलग ही तलब परेशान कर रही है। पहली बार वो अहसास होंगे, जब वो अपनी पत्नी के साथ उसकी कराहती आवाजों में किसी के इंतजार में खड़ा होगा। उसके मन की घबराहटों को घरवाले समझ खूब समझा रहे होंगे। पल-पल वह इधर-उधर की अनहोनियों वाली बातों को नजरअंदाज कर ईश्वर को मन-ही-मन याद कर सबकुछ सलामती की दुआएँ माँग रहा होगा। उसने पहले से ही तय कर लिया गायनो डॉक्टरों से फोन पर बात कर खर्चों के बारे में और स्वास्थ्य के बारे में। बस उसे यदि कोई अभी सता रहा है तो वह है घर तक पहुँचने के बीच लगने वाला वक्त, जो फिलहाल तो अपनी रफ्तार से ही गुजरेगा। खुशियों से भरे मन और घबराहटों में घिरे दिल को देर रात तक दिलासा देता रहा यू-ट्यूब पर बच्चों के जन्म के समय ली जाने वाली सावधानियों को देखकर। सिया एक अच्छी गायनोकॉलॉजिस्ट की देखरेख में पिछले कई महीनों से है, इसलिए निश्चिंत तो है, लेकिन वह चाहता है कि उसके भाग्य में पहला बच्चा ही उसकी संतान के रूप में हमेशा साथ रहे।

कमरे की लाइट बंद होने के बाद जब वह मच्छरदानी में लेटा-लेटा फोन देख रहा है तो दो-चार मच्छर भिनभिनाते हुए आ-जा रहे हैं। जब से उसको पता लगा है कि वो बाप बनने वाला है, तब से उसने मच्छर मारना तो छोड़िए, मोरटीन तक लगानी बंद कर दी है। यह सबकुछ आप ऐसा समझ लीजिए कि जब ममता पनपती है माँ-बाप में, तो विनम्रता-शालीनता खुद-ब-खुद आ जाती है। या तो इसे डर समझ लीजिए या फिर अपने बच्चे की तरह दूसरी जानों के प्रति एक प्रेम।

इन सबके साथ संदीप कभी जन्म होने के बाद बच्चों की केयरिंग वाली वीडियो देखता रहा तो कभी अपने बचपन की फोटो में अपने माँ-बाप को देखता रहा, और आखिर में कब सो गया कानों में लीड लगाए पता नहीं···।

कितना सुखद और मार्मिक अहसास होता है न! जब एक पत्नी पूरे गर्भावस्था के समय में अधिकांश भाग पति से दूर रहकर अकेले खुद को सँभालती हुई रहे, और पति दूर से ही अपनी पत्नी और आने वाले बच्चे के लिए विलापित जीवन को ऐसे पल-पल काटे, जैसे मानो कोई सजा दी गई हो।

सुबह पाँच बजे का अलार्म भरा था संदीप ने, पैकिंग दिन में मिले समय में ही कर ली थी तो बस उठना है और चल देना है। सुरेंद्र अपनी बाइक से एयरपोर्ट तक छोड़ने जाएगा, इसलिए उसे भी उठना है। अलार्म बोलता कि उससे पहले ही संदीप की आँख खुल गई, फोन में देखा तो पाँच बजने में पाँच मिनट बाकी थे। फोन चार्जिंग पर लगा संदीप बाथरूम गया और अगले 20 मिनट बाद जब रूम में आता है तो देखता है कि सुरेंद्र जाग रहा है।

"यार, तेरा फोन बज़ रहा है, मम्मी की कॉल आ रही है। चार बार आ चुकी है कॉल।" तौलिया से सिर पोंछता कच्छे-बनियान में खड़ा संदीप सुरेंद्र की बात सुनते ही घबरा गया सुबह-सुबह कॉल की बात सुनकर। सुरेंद्र साबुनदानी और तौलिया लेकर शायद बाथरूम की तरफ जा रहा है, उसके मुँह में टूथ-ब्रश भी है। कमरे में और लोगों को सोता देख उसी हालत में फोन लेकर बाहर जाता ही है कि मम्मी का फोन फिर आ जाता है।

"हैलो, मम्मी··· ?" आश्चर्य भरी आवाज के साथ उधर के हालात को समझने की कोशिश करने लगा संदीप, चेहरे और काँपते हाथों पे चिंता भरी घबराहट साफ झलक रही है।

"हैलो···, लला, राधे-राधे।" माँ के मुँह से राधे-राधे सुनते ही शरीर ने एक लंबी साँस ली, जैसे मानो घबराते हुए दिल का बोझ किसी ने अचानक हटा दिया हो।

"राधे-राधे मम्मी! क्या हुआ इतनी सुबह कॉल ?"

"हाँ···, हम लोग अस्पताल में हैं। तुम्हारे लड़की को जन्म भओ है।" माँ की मुसकराती आवाज में लड़की का शब्द कानों में पड़ना मानो घबराहट और डर का गायब हो जाना एक साथ हो गया। वह समझ गया था कि हालात सब ठीक हैं। अब तो बस यह जानने की इच्छा है कि गुड़िया और सिया दोनों कैसे हैं···! संदीप कुछ नहीं बोल पाया कि माँ को धन्यवाद दे या बधाई, माँ फिर बोलीं संदीप को शांत देख, "हैलो, संदीप ?"

"हाँ मम्मी, बहुत-बहुत बधाई मम्मी। कैसे हैं दोनों अभी ? और ये कैसे ? रात तो अच्छे-खासे बात हुई ?"

"हाँ, रात एक बजे इनके दद्द बढ़नो शुरू भओ, सुनीता और हम दोनों और तुम्हारे पापा जल्दी लेकर आए सीधे हिअईं सुनील लला वाली गाड़ी से। भगवान् ने भइया इत्ती टेर सुनी कि अभई ठीक पाँच बचे नॉर्मल डिलवरी से तुम्हारी लक्ष्मी आई गई, बस एक इंजेक्शन लगो।" एकदम साधारण आवाज में मम्मी की बात सुन संदीप बहुत खुश है, मन-ही-मन ईश्वर को सिर्फ मुसकराकर याद कर पा रहा है।

जैसे ही मम्मी ने पाँच बजे का समय बोला वो चौंकते हुए बोला, "मम्मी, ठीक पाँच बजे या थोड़ा आगे-पीछे?"

"ठीक पाँच बजे लला, हम तो जग ही रहे थे। पूरी रात सोइए नाए पाए। चार बजे से हिआँ की नर्स अंदर लय गईं तब से हम घड़ी ही देख रहे हैं बार-बार। वे हमसे पाँच बजे कहन आईं तो जा समझ लेयो कि दो-चार मिनट पहले समझ लेयो। पूरो टाइम मैडम आएँ बाहर तो उनसे पूछें।" माँ की बात सुनते-सुनते अपने जागने वाले समय को याद कर मुसकराते हुए बोला, "दोनों लोग अंदर ही हैं का?"

"न लल्ली को हमें दे गई हैं। सिया भीतर हैं, उन्हें थोड़ी बेहोशी आए गई है, होस आय जयहय देखौ थोड़ी देर में।"

संदीप घबराते हुए पूछता है, "बेहोशी?"

"अरे, वो थोड़ी आय ही जात है, अभय देखो सुमित बाहर हैं तई वीडियो कॉल करेंगे बुलाएके। स्नेहा और सुनील दोनों लोग आए भए हैं न तौ सब बाहर ही हैं।" सभी को सिया के साथ खड़ा महसूस कर संदीप परिवार को लेकर बहुत खुश है।

पीछे से तब तक सुरेंद्र नहा-धोकर आ जाता है एक हाथ में गीले कपड़े और एक में साबुन पकड़ तौलिया लपेटे। संदीप को ज्यों-का-त्यों देख, "संदीप, कहाँ लग गया सुबह-सुबह वे? तैयार हो भाई, आधा घंटा लगता है यहाँ से, फिर कहे देर हो गई। साढ़े पाँच हो गया है।"

"ठीक है, मम्मी, मैं रखता हूँ। फ्लाइट है आठ बजे 6 बजे एयरपोर्ट पहुँचना है।" थोड़ा मुसकराया और कमरे की तरफ बढ़ते हुए बोला, "लल्ली का फोटो भेज देना, ठीक है।" और फोन काट देता है। चेहरे पर एक घबराती हुई मुसकान अभी भी खिली है संदीप के, वह सोच में डूबा हुआ है।

"बेटी का जन्म हुआ है क्या?" कपड़े पहनते हुए संदीप की मुसकराहट को भाँप खिलखिलाते हुए पूछता है। संदीप मुसकराकर शरमाते हुए 'हाँ' बोल देता है।

"अरे वाह, लौंडा बाप बन गया बधाई हो भाई, देखा, कल की पार्टी काम कर गई''।"

बच्ची, बधाई, पार्टी जैसे शब्द जैसे ही कमरे में सोने वालों के पड़े, अर्धनिद्रा में सोता हुआ एक-एक व्यक्ति उठकर बैठ गया अपनी लगी हुई मच्छरदानी के अंदर ही। पहली बार पिता बने संदीप को हाथ मिलाकर सभी ने बधाई दी और भाभी की बातों को लेकर जाते-जाते भी खूब ठिठोलीबाजी की। सुरेंद्र बाइक स्टैंड से बाइक लेने गया तो सिर्फ एक पिट्ठू बैग कंधे पर टाँगे-टाँगे संदीप गेट के पास कैंप वाले मंदिर गया, जहाँ पुजारी पूजा कर रहे हैं। जूता निकाल दरवाजे पर माथा टेक घंटी बजाई और राधा-कृष्ण के सामने खड़े होकर मुसकराते हुए बस एक लाइन ही बोल पाया, "बहुत-बहुत धन्यवाद! खयाल रखना।" भोले बाबा के पास रखे चंदन को खुद लगा आँखों में आए आँसुओं को मुसकराती पलकों से बार-बार चलाकर अंदर सोखते हुए जूते पहन दौड़ता चला आया सुरेंद्र के पास जो गेट पर आ चुका है।

बाइक ने जैसे ही रफ्तार पकड़ी, दोनों इधर-उधर की कुछ देर बात करते हैं और फिर सुरेंद्र कुछ समझाता है। संदीप फिर कुछ बोलता, सुरेंद्र गाड़ी को भगाते-भगाते एयरपोर्ट की तरफ फिर कुछ समझाता…।

"इतना नहीं सोचते मेरे भाई! अभी तो घर जा रहे हो, तब ये हाल है। सोचो, जिस दिन निकलोगे, तब क्या हाल होगा! इसलिए कुछ नहीं सोचना सब ऊपर वाले पर छोड़ दो।"

संदीप एक लंबी साँस लेता है, "यार, मुझे तो यह डर लग रहा है कि बच्ची के जन्म के समय ही उसके पास नहीं था तो कैसे उसकी पूरी जिंदगी की परवरिश कर पाऊँगा यार?" एक लंबी जिंदगी को सोचते, गहरे मन की बात रख खुद को समझाने की कोशिश कर रहा है। यह सब खयालात शायद इसलिए आ रहे हैं उसके मन में, क्योंकि वह अभी तक घर से दूर है। यह घर तक पहुँचने का समय बहुत भारी लग रहा है उसे, जैसे-तैसे तो रात कई नींदों में काटी उसने, लेकिन दो घंटे की उड़ान सोच-सोच मन पर एक बोझ लाद ले रहा है बार-बार कि न जाने मैं कब पहुँचूँगा अपने नए घर में, जिसमें मेरी बेटी मेरा इंतजार कर रही है!

संदीप की बात सुन सुरेंद्र चुप हो गया बाइक के शीशे में उसे कहीं दूर निगाहें डाल चिंता में देख। अगले ही पल दोनों विवेकानंद एयरपोर्ट पहुँच जाते हैं बाइक से, संदीप बाइक से उतरता है और हाथ मिलाकर जैसे ही मुसकराकर धन्यवाद कहता है सुरेंद्र को, वह फिर बोलता है, "पहली बार बाप बनने की खुशी समझ सकता हूँ मैं। तू बस खयाल रख, बाकी तेरी बच्ची तुझसे ज्यादा कितनी समझदार निकलेगी यह तू सोच भी नहीं सकता बेटा। देखना, तू बोल नहीं पाया करेगा और तेरी बच्ची

तेरे मन की बात बोलकर तुझे खुश कर दिया करेगी, बहुत भाग्यशाली है तू, जो लड़की मिल गई तुझे। चल जा देर हो रही है।"

गाड़ी पर बैठे-बैठे सुरेंद्र ने संदीप के चिंतित मन को अपने अनुभवों की एक पुड़िया दे दी। संदीप उसकी बात से इसलिए जरूर खुद को समझाएगा, क्योंकि वह जानता है सुरेंद्र दो बच्चियों का पिता है तो अनुभव ही बता रहा होगा अपना। लेकिन संदीप का दिल अभी कहाँ मानने को तैयार होगा ये बातें, वह तो यह सब सुनकर और अपेक्षाएँ पाल बैठा है इंतजार की, जिन्हें अंदर जाते-जाते सोचकर संदीप मुसकराए जा रहा है।

रास्ते भर की दूरी चाहे जितनी बड़ी लग रही हो, लेकिन आज की यात्रा में जो खुशी है संदीप के मन में है, वह देर तक चेहरे पर मुसकान खिलाए रखने वाली है। जब से एयरपोर्ट के अंदर एंट्री की है और प्लेन में बैठ जाने तक अपने व्हाट्सएप पर आई फोटो को देख सिर्फ मुसकरा रहा है। पहले जो चेकिंग और एयरपोर्ट की लंबी लाइनों से बोर हो जाया करता था, आज बस एक तसवीर के आगे यों ही नजरअंदाज कर समय को काट दे रहा है। जैसे ही प्लेन हवा में अपनी रफ्तार पकड़ता है और एयरहोस्टेस बिक्री का कार्य शुरू करती है, तब निकालता है संदीप फोन और इत्मिनान से देखता है अपनी बच्ची का फोटो जूम करके, जो उसे 'पापा' कहकर बुलाया करेगी।

एक नई तौलिया में लिपटी आँखें बंद किए एक बच्ची। ऐसा लग रहा है कि उसने अपनी मुट्ठी किटकिटाकर बंद कर रखी है। जबरदस्ती आँखों को बंद की हुई है कि मुझे अभी कुछ देखना ही नहीं। माँ की कोख से निकल पहली बार प्रकाश को महसूस कर रही है न इसलिए"। एकदम से लाल पतले होंठ, छोटी सी नाक, लटकते हुए मुलायम से गाल, सिर पर काले और घने बाल। संदीप का मन हो रहा है कि चूम ले तसवीर, लेकिन उसने अपनी बाईं तरफ बैठी आंटी को चोर नजरों से देखा तो वो भी शायद फोन की स्क्रीन की तरफ ही देख रही थीं। संदीप ने साइड बटन को दबा स्क्रीन ऑफ की और नजर घुमाई किसी बहाने से देखने के लिए तो आंटी सो रही थीं"। संदीप ने सोचा हो सकता है वो अब मक्कर कर रही हों, इसलिए दुबारा स्क्रीन नहीं खोली पिता बनने की पहली शर्म को महसूस कर, और फोन को हाथ में पकड़े-पकड़े काम में व्यस्त मुसकराती हुई एयरहोस्टेस को देख सोचने लगा कि एक दिन उसकी गुड़िया भी इन परियों की तरफ उसका नाम रोशन करेगी"।

रास्ते भर मन में उसके भविष्य को लेकर सोचता रहा—कहाँ पढ़ाएगा, कैसे उसके सभी शौक पूरे करेगा, छुट्टी आया करेगा तो अपनी बच्ची के साथ खूब खेला करेगा वगैरह-वगैरह। घर पहुँचते-पहुँचते शाम के 7 बज गए, सुमित भाई आए थे सैटेलाइट बस स्टैंड पर। अभी तक जब भी छुट्टी आता था तो सबसे पहले दीदी के घर रुकता, उसके बाद आता था घर। लेकिन आज सीधे घर आया, वह अपनी गुड़िया से मिलने के लिए एक पल भी कहीं खराब नहीं करना चाहता था शायद।

दरवाजे के बाहर गाड़ी रुकी तो सभी लोग दरवाजे पर ही खड़े मिले, रोमियो मिलने के लिए पागलों की तरह भौंक रहा है। भाभी थाली लिये खड़ी हैं आरती और मिठाई की तो मम्मी गुड़िया को गोद में लिये खड़ी हैं उसके पापा का स्वागत करने के लिए। सभी के पैर छूने के बाद मम्मी ने जैसे ही संदीप की गोद में गुड़िया को दिया तो वह भावुक हो गया। होंठों पर मुसकान, आँखों में हलकी बूँदें। सब देख रहे हैं, संदीप ने अपनी सीधे हाथ की उँगली गुड़िया की ठोड़ी पर छुआते हुए धीरे से कहा…"लल्ली!"

"बिल्कुल तुम्हारो ही चेहरा है।" मम्मी ने मुसकराते हुए कहा।

"हा…हा…हइए…, नाक तौ एकदम संदीप की तरह ही है।" भाभी बोलीं।

"चाचा के बाल गिर गए हैं और लल्ली के बहुत हैं।" भतीजे की बात सुन संदीप मुसकराया तो मम्मी, भाभी, भैया और पापा भी जोर से हँसे।

"चलो, अंदर चलो बैठक में संदीप। यहाँ खड़े रहोगे तो जे सालो गेट तोड़ देएगो खींच-खींच साँकर।" पापा रोमियो की तरफ देख बोले। वो मेन गेट में स्टील की चैन से बँधा है। संदीप ने आज उससे अभी तक बात नहीं की तो बुरी तरह से उछल रहा है तब से।

"अपनी सिया से भी मिल लो जाकर, कमरा में लेटी हैं।" भाभी ने अंदर आते हुए कहा, वह जानती हैं पति-पत्नी के प्रेम को, फिर संदीप तो बहुत दिनों बाद आया है।

बैठक में सोफे पर बैठते हुए मम्मी बोलीं, "अभई तो आए हैं एक घंटा पहले छुट्टी कराए के। जाओ अंदर लल्ली को भी वहीं लिटाए दियो। अभय ज्यादा इधर-उधर नाय सही है।"

सभी की बात सुन मुसकराते हुए गुड़िया की तरफ देखते निहारते, बार-बार रुई से हलके गालों पर उँगली छुआते, बाप बनने के अहसास को खुद में विश्वास

दिलाते हुए जा पहुँचा अपने कमरे में। सिया मैक्सी पहने लेटी है बेड पर और बेड पर ही दूसरे किनारे पर बैठी है प्रिया। संदीप को देखते ही सिया बेड पर अपनी कोहनी से जोर देकर उठने की कोशिश करती है पति के सम्मान में, संदीप सिया की तरफ बढ़ता है तो प्रिया 'जीजू नमस्ते' कहते हुए बाहर की तरफ चल देती है पति-पत्नी को अकेला छोड़ देने के भाव समझकर''।

"अरे, लेटी रहो न।" बेड पर सिया के पास बैठते हुए संदीप उसका हाथ पकड़ते हुए बोला। बेटी को संदीप की गोद में देख सिया संदीप की तरफ मुसकराती हुई देखती है और धीरे से कराहती आवाज में कहती है, "इधर आओ न बढ़कर, पैर छू लेती हूँ आपके।" सिया हलका सा झुक दोनों पैर छू बेड पर टिककर बैठ जाती है।

"सॉरी यार''!" मुसकराते हुए बोला, कहना बहुत कुछ चाह रहा है, लेकिन कहाँ से शुरू करे, इस उलझन में कुछ नहीं सूझा तो बस यही दो शब्द बोल शांत हो गया।

"क्यों''? लाओ इसे लिटा देती हूँ इधर, आप पानी पियो।" प्रिया एक ट्रे में पानी का गिलास लेकर आती है।

"ऐसे समय पर मुझे तुम्हारे साथ होना चाहिए था।" सिया हाथ छुड़ा थोड़ा पीछे हटती है जगह बनाने के लिए दोनों के बीच में, संदीप वहीं लिटा देता है और गिलास पकड़ लेता है।

प्रिया पानी देकर दरवाजे से बाहर चली जाती है, "पता है! आप यदि हमारे साथ होते तो शायद मैं जितना डर रही थी, उतना नहीं डरती। लेकिन आपके साथ न होने से मैं पता है क्या सोच रही थी? जैसे-जैसे दर्द बढ़ रहा था, वैसे-वैसे मुझे ऐसा लग रहा था कि मानो मुझसे हमारी बच्ची कह रही हो कि मम्मी बस थोड़ी देर और फिर हम दोनों पापा से साथ मिलेंगे।" सिया की बात सुन संदीप मुसकराता हुआ सो रही बच्ची के सिर की तरफ हाथ रख माथे पर होंठ दूर ही रख चूम लेने की कोशिश करता है।

"तुम न बिल्कुल पागल हो, कुछ भी बोलती हो''।"

"और क्या करूँ! तुम जितने सेंटी हो जाते हो न, अगर मैं भी उतना ही होने लगी तो फिर तुम्हें सँभालेगा कौन बेटा! हा''हा''हा। इसलिए रहती हूँ पागल।"

"बहुत दर्द हुआ होगा न!" प्यार भरी नजरों से देख उन पलों को चेहरे से महसूस करने की कोशिश करता है, जिन पलों से वह अकेले लड़ी होगी।

"हाँ···" हलकी सी आँखें बंद कर इशारा किया, "एक पल को तो लग रहा था कि मैं अपनी बच्ची को देख ही नहीं पाऊँगी इतना दर्द हुआ था।"

"कुछ भी बोल देती हो!"

"वाकई संदीप, लेकिन फिर मैं कब बेहोश हो गई पता ही नहीं चला। जब होश आया तो देखा कि बच्ची पास में लेटी थी। मम्मी बता रही थीं कि तुम्हारी बच्ची ही तुम्हें बचा लाई, वरना तुम्हारी चीख से तो सब घबरा गए थे।" संदीप की दोनों आँखें भर आईं आँसुओं से सिया को अकेले इस मुश्किल में महसूस कर।

"सिया, हम दूसरा बच्चा नहीं करेंगे यार! हम अपनी इसी गुड़िया के साथ जीवन जिएँगे और तुम आगे कुछ बोलोगी नहीं।" बेड से उठ सिया के माथे को चूम सिरहाने की तरफ बैठ बाँहों में लेते हुए भारी गले से बोला। वह अंदर-ही-अंदर आँसुओं को रोक रहा है अब सिया से छुपाने के लिए।

सिया अपने पति की भावुकता पहचान खुद को सँभालती हुई बोलती है हँसी दिलाने के लिए, "अच्छा! हमने तो कहा था कि तीन-चार साल ऐसे ही मजे लेते हैं, तुम्हें ही जल्दी पड़ी थी।" कंधे से सिर उठा संदीप के गालों को चुटकी से खींचते हुए बोलती है।

"अच्छा बेटा, आनंद तो तुमने भी लिये थे। खैर, कोई नहीं, मम्मी-पापा को, प्रिया को, दोनों परिवारों को हम दोनों ने तोहफा दे दिया न! अब करेंगे जी भरकर मस्ती।" सिया के दाहिने गाल को अपने बाएँ हाथ की हथेली में भरकर नजरों से नजर मिलाकर किस लेने जैसे होंठ बनाते हुए बोला।

"अच्छा, बिल्कुल नहीं, अब मैं अपनी बच्ची का खयाल रखूँगी बस। और हम दोनों के बीच में लेटेगी हमारी लड़की हाँ।" संदीप से दूर हट अपनी बच्ची की तरफ, खुद को बढ़ते दर्द की वजह से बेड पर लेटकर सीधा करती है। सिया कराहते हुए इस अंदाज में बोली, जैसे पति को चिढ़ाने की कोशिश कर रही हो।

"आई लव यू मेरी जान···। बस मन करता है अब तो कि तुम दोनों को ही देखता रहूँ।" बेड से उठकर स्टूल पर बैठ जाता है, ताकि सिया आराम से लेट सके।

"जीजू, मम्मी बुला रही हैं बैठक में चाय के लिए। सभी लोग वहीं बैठे हैं। प्रिया शरमा रही है दीदी के घर, इसलिए बहुत कुछ बोल नहीं पा रही है बस मुसकराकर भाव छुपा लेती है। पहली बार रुकी है न इसलिए।

"जाओ अब आप पहले कुछ खा लो।" संदीप से कहते-कहते दरवाजे पर खड़ी प्रिया को देख बोली सिया, "थाली भी लगा देना इनकी छुटकी।"

हमने अकसर लोगों से यह कहते सुना है कि शादी के बाद जीवन बदल जाता है, वह शायद इसलिए, क्योंकि पहले अपने जीवन में व्यस्त रहने वाला व्यक्ति बाद में अपने नए परिवार में व्यस्त हो जाता है, जिसकी प्रत्येक शाखा समाज से जुड़ी हुई होती है और समाज उन सभी शाखाओं का एक निश्चित समयांतराल पर आकलन करता रहता है।

लेकिन यह कितने हद तक सत्य बात है कि शादी के बाद जीवन बदल ही जाता है, 'बदल जाता है' कहने का मतलब वह खुद को पहले की तरह न तो सामाजिक रख पाता है और न ही पहले की तरह एकाग्रचित्त रख पाता है। कैसे''? आइए समझते हैं।

शादी से पहले कोई भी पुरुष या स्त्री अपने जिस भी कार्य में व्यस्त रहता है उसमें अपने ध्यान का लगभग पूर्ण हिस्सा देता है, जिससे उसकी व्यक्तिगत सफलता एक क्रम के रूप में बढ़ती रहती है। चाहे उसका बिजनेस हो, लेखन हो, एक्टिंग हो, खेल हो या फिर कोई सामाजिक सेवा। लेकिन जब शादी हो जाती है, तब अपने नए परिवार को अपने परिवार के साथ सामंजस्य बैठाने के लिए तैयार करने में ही कई महीनों या साल तक ध्यान लगाए रहता है, जिससे वह पहले वाले अपने व्यक्तिगत लगाव के प्रति निष्क्रिय हो जाता है, या कहें कि होने लगता है।

यह मैं समाज के सिर्फ मध्यम वर्ग के लोगों के लिए कह रहा हूँ, क्योंकि इन्हें हमेशा आर्थिक और सामाजिक चिंतन से जूझना पड़ता है, इसलिए ऐसा होता है। अच्छा होता क्या है कि कुछ लोग शादी के बाद लगे तो रहते हैं अपने नए घर की देखरेख में, लेकिन अपने पुराने रुझान की तरफ से लगाव कम नहीं होने देते, हाँ ब्रेक जरूर लेते हैं। उनका परिवार यदि साथ देता है तो वह लौट आता है अपने पुराने काम पर, लेकिन यदि दो-चार साल आपसी मनमुटाव चलता रहा तो फिर पहले जैसा कुछ नहीं रहता।

इस कहानी में संदीप के साथ भी कुछ ऐसा ही है। संदीप अपने ब्रेकअप के बाद पिछले सात सालों से लेखन कार्यों में व्यस्त है। उसका उद्देश्य है कि वह आगामी वर्षों में सामाजिक विषयों पर प्रत्येक वर्ष एक पुस्तक समाज के हिस्सों से बटोरकर समाज को देगा, लेकिन घरवालों को लेखन कार्य के साथ-साथ जरूरी लगता है कि वो विवाह भी करे, ताकि समाज उसे कबूल करे। अब यहाँ पर एक तो सवाल यह खड़ा होता है कि शादी करने पर ही समाज कबूल करता है क्या मध्यमवर्गीय परिवारों में? इस सवाल पर तो आप चिंतन करें, हम चलते हैं उस

सवाल पर कि शादी के बाद किसी पुरुष या स्त्री को पहले जैसी लगन के साथ निरंतर रहने में कितनी कीमत चुकानी पड़ती है ?

"संदीप, अब इधर-उधर उल-जलूल खर्चे मत किया कर। इधर-उधर भागता ही रहता है छुट्टियन में, कोई फायदा है उससे ? अब घर रहो और बच्ची पर ध्यान दो, सेविंग करो, ताकि कभी जरूरत पड़े तो काम आए वरना कहीं इंवेस्ट कर दो।" संदीप की बड़ी बहन हैं स्नेहा, घर आई हैं शाम को सिया के साथ ही सीधे हॉस्पिटल से। रसोई में मेवों की क्षेत्रीय खीर 'हरीरा' बनाती हुई समझाती हैं बड़ी बहन होने का कर्तव्य निभाते हुए। संदीप रसोई में ही दीदी की मदद करने के लिए कद्दूकश से गोला छीलने लगा अंदर से आकर। बड़ी भाभी एक तरफ बरतन धुल रही हैं, दूसरी भाभी लॉबी में पोंछा लगा रही हैं। जीजा, दोनों भाई, मम्मी-पापा बैठक में बैठ कहकहा रहे हैं किसी किस्से पर।

"दीदी, लोगों से मिलना और लिखना भी तो इन्वेस्टमेंट ही है। और फिर खर्चा तो होता ही है।"

"हाँ, ठीक है मिलो, लेकिन अब जो जिम्मेदारी मिली है, उसे तो निभाना ही होगा न, लो ये छोटी कटोरी मंदिर में लड्डू गोपालजी के सामने रख देना। और ये वाली सिया को दे आओ खा लेगी थोड़ा तो ताकत आएगी।" लोहे की कड़ाही से दो कटोरियों में कर अलग-अलग हाथों में पकड़ते हुए दीदी की बात सुन मुसकराता हुआ चला आया सीधे मंदिर की तरफ। चप्पल निकाल पहले छोटी कटोरी मंदिर में रखी और फिर दूसरी कटोरी को लेकर सीधे अपने कमरे में।

"अरे···! गुड़िया सो रही है अभी भी," छोटी आँखों के साथ बंद मुट्ठी को लेकर चेहरे पर हलकी मुसकान लिये लेटी अपनी बच्ची को देख बोला। पति को अपने बच्चे को दुलारता देख सिया के चेहरे पर भी मुसकान उभर आई।

"छोटे बच्चों से भगवान् बात किया करते हैं, इसलिए मुसकरा रही है हमारी गुड़िया।" चेहरे पर मुसकान लिये कराहती हुई उठने की कोशिश करती है कि बच्ची चौंककर उठ जाती है। सिया हलका सा उठ बेटी के पैरों की तरफ देख फिर बोली, "अरे, लग रहा सू-सू कर ली लल्ली ने। सुनो, पीछे उस थैले में इसके हगीस रखे हैं, लाओ वो पहना देते हैं अब।"

"अरे, तुम बैठी रहो, दो दिन आराम करो। यह सब मैं कर लूँगा यार!" सिया के हाथ में कटोरी पकड़ा थैले को उठाते हुए बोलता है उत्सुकता के साथ, आज

यह उत्सुकता सिया को इंप्रेस करने की नहीं है, बल्कि अपनी बेटी को अपना एक एक पल देने की है।

"हाँ-हाँ, करो-करो, लेकिन लड़कियाँ अपनी माँ को बाप से ज्यादा चाहती हैं समझे मिस्टर···।" सिया मौका मिलते ही संदीप को छेड़ने लगती है···।

"अच्छा! मतलब तुम उस दिन पापा से चिपक-चिपककर रो रही थीं वह सब ड्रामा था?" बच्ची को हगीस पहनाते हुए पलटकर जवाब दे जोर से हँसा, सिया ने मुँह बनाते हुए पति को प्यार से देखा, उसका मन बच्ची पर अधिक है, ताकि कहीं बच्ची को दुखे न।

"अरे···अरे···! पागल हाथ पकड़ क्यों उठा रहे हो, उखाड़ दोगे क्या? लाओ मुझे दो, बुद्धू हो बिल्कुल। फौजी वाले हाथ से कितनी तेज पकड़ लिया, वो तो हमारी लड़की रोती नहीं बिल्कुल, वरना अब तक घर उठा लिया होता सिर पर।" कटोरी साइड में रख संदीप के हाथ से डायपर छीन खुद पहनाने लगती है दर्द की कराह को मुसकराते चेहरे के भावों से दबाती हुई।

"अरे बाबा, हमको आता नहीं तो सिखा दो यार! बताओगी तब न सीखेंगे।" स्टूल पर बैठ सिया को देखता है, वह बड़े प्यार से हलके हाथों से बच्ची को पुचकारते हुए पहनाती है। बच्ची जग गई है और छत की तरफ देख दाएँ हाथ के अँगूठे को मुँह में लेने की कोशिश कर रही है।

"न रहने दो, आप मत सीखो अभी। थोड़े दिन देखो। जब एक साल की हो जाएगी, तब खूब खिलाना ठीक। अभी बहुत नाजुक है यार शरीर।" डायपर पहनाकर बच्ची के आधे शरीर पर अपनी चुनरी डाल पति को, इठलाती हुई, प्रेम से समझाने की कोशिश करती है। संदीप अपनी पत्नी और बच्ची को सामने देख बहुत खुश है आज।

"लल्ली को बुलाऊँ···?" संदीप अपनी भानजी, जो सिर्फ चार साल की है, को बुलाने की बात कहता है। मामा-भानजी रोज फोन पर बात करते हैं जब वीडियो कॉल पर तो रोज कहती थी, "तुम्हारे बच्चे को मैं अपने पास रख लूँगी मामा, अपने हाथ से खाना खिलाऊँगी।" संदीप दोनों बच्चियों के प्रेम को आज सामने से महसूस करना चाहता है।

"अरे, अभी नहीं यार, लल्ली अभी थोड़ी देर पहले गई है, तब तो सुलाया इसे हमने यार। ये भी नहीं रोती है, जब वो रहती है पास, लेकिन डर लगता है न कि वह तो मान लो बच्ची है, कहीं आँख-ऊँख में उँगली लग जाए तो। अभी सो लेगी थोड़ा तब बाद में बुला लेना।"

"अच्छा, यह बताओ भाभी खुद गई थीं अस्पताल या मम्मी ने कहा था?" यह सवाल संदीप ने दो कारणों की वजह से पूछा, एक तो दूर रहकर वह परिवार की स्थिति समझना चाहता है बहुओं के बीच की तथा दूसरी अपनी पत्नी के विचारों को जानना चाहता है, ताकि वह खुद को परिवार की स्थितियों के लिए संतुष्ट कर सके।

"नहीं, दीदी खुद गई थीं। छोटी वाली दीदी भी कह रही थीं कि मम्मी आप मत जाओ, हम दोनों चले जाते हैं, लेकिन उनकी बच्ची भी छोटी है न, इसलिए मम्मी गईं।" सिया की बातों में परिवार के आपसी प्रेम को महसूस कर संदीप का चेहरा मुसकरा रहा है।

"पता है, पहले मैं शादी नहीं करना चाहता था। सोचता था कि शादी कर लूँगा तो बंधन की जिम्मेदारियों से घिर जाऊँगा। कहीं जा नहीं पाऊँगा, मिल नहीं पाऊँगा, लिख नहीं पाऊँगा। ऐसा लगता था आस-पड़ोस को देखकर कि एक समय आएगा और हम घर की तू-तू, मैं-मैं में घिरकर रह जाएँगे बस।"

सिया संदीप के चेहरे पर उस संतुष्टि को साफ-साफ महसूस कर रही है, जिसके लिए थोड़ी देर पहले उसने प्रश्न किया अपनी पत्नी से। शायद सिया समझ पा रही है कि उसका पति उससे शादी कर अपनी चिंताओं से उभर पा रहा है। सिया यह सब महसूस कर अपने व्यवहार और प्रेम पर गौरवान्वित भी हो रही है। और हो भी क्यों नहीं, उसका पति जो उससे इतना दूर रहता है, वह आज खुश जो है।

चम्मच से थोड़ा-थोड़ा फूँक-फूँककर चाटती सिया मुसकराती हुई पति के मन के भाव चेहरे पर ढूँढ़ यों ही पूछती है, "अच्छा जी! अब क्या सोचते हो आप? मतलब अब क्या लगता है आपको?"

"अब लगता है कि जिन विषयों को बाहर मिलकर, चौपालें लगाकर खोजता था, उन्हें घर में ही महसूस कर अच्छे से लिख सकूँगा। इसमें हमारी पत्नी हमारी मदद करेगी, हमारी बच्ची हमारी मदद करेगी।" संदीप सिया के मुसकराते चेहरे पर नजरें घुमा बार-बार अपनी बच्ची पर ही लाकर रोक लेता है।

"पता नहीं, मैं आपकी मदद कर पाऊँगी या नहीं, लेकिन हाँ मैं कहीं कुछ गलत कर दूँ या तुम्हें गलत लगे तो प्लीज डाँटना नहीं समझाना।" संदीप सिया के शब्दों में उसकी मासूमियत भाँप सिर्फ मुसकरा देता है पलक झपकाकर। वह जानता है कि सिया की उम्र ही क्या है! सिर्फ 21 साल ही न। फिर यदि अपने परिवार के प्रति इतना सम्मान और खुद को उन सभी में शामिल कर लेने की कोशिशों में पहले से माफी माँग ले रही है तो यह भी तो एक अच्छी ही बात है न।

"अरे! सॉरी यार (होंठों को कलाई से पोंछती हुई शरमाती है), मैंने आपसे तो कहा ही नहीं और खुद खा गई। आप भी खाइए न।"

"अच्छा बेटा, भूखी कहीं की हा··हा··हा··। खाओ तुम, मैं बैठक में जा रहा हूँ, सभी लोग बैठे हैं वहाँ तो अच्छा नहीं लगेगा मैं यहाँ खाऊँ।" पत्नी को नीचे रखी बोतल से गिलास में पानी देकर चला जाता है कमरे से बाहर मन को शांत करते हुए। पत्नी की बातों ने जो संतुष्टि दी, उससे चेहरे पर एक अलग ही तेज है। जहाँ समाज में शादी होते ही परिवार टूटने लगते हैं, वहाँ घर की बहुओं के ऐसे विचार ही तो होते हैं, जो घर में एक अलग तरह की संतुष्टि भरी ऊर्जा का प्रसार करते हैं। और जब घर और घर के पुरुष बहुओं के ऐसे आचरणों से प्रफुल्लित होते हैं तो बहुओं का भी ओज निखरता है, कि ये फलाने घर को सजाकर रखने वाली बहुएँ हैं··।

"तुम्हाले पापा भी बहुत-बहुत क्यूट हैं मेली प्याली गुड़िया रानी की तरह।" पति के जाते ही सिया बच्ची को दोनों हाथों से उठा गोद में लिटाकर दुलारती हुई बाएँ स्तन से अपना दूध पिलाने लगती है।

बच्ची होने की खुशी में एक उत्सव का सप्ताह मनाया जाता है परिवार में 'छठी' के कार्यक्रम तक! तब तक घर की रसोई में बहुत कुछ नहीं बनाया जाता घर की औरतों के द्वारा, कहते हैं उस घर में सौर है। न पूजा होगी और न नए कपड़े खरीदे जाएँगे। आस-पास घरों-परिवारों से महिलाएँ खासकर जरूर आती हैं उस नए मेहमान को देखने और बधाई गीत गुनगुनाने। महिलाएँ इसलिए, क्योंकि दुःख या सुख में गृहिणी यदि शामिल न हुई तो गिले-शिकवे होने लगते हैं। हर रोज मोहल्ले की लड़कियाँ और औरतें एकत्र होकर ढोल की तानें कसतीं और झाड़ू की सींक ढोल के एक किनारे पर मार तरह-तरह की संगीत धुनों के साथ महफिलें सजातीं। भाभियाँ बीच में खड़ी होकर नाचतीं तो सिया को, जो घर में अभी भी नई-नवेली है, संदीप का नाम ले-लेकर खूब खिझातीं। पापा और बड़े भइया के साथ मिलकर माँ सुबह-शाम छठी के कार्यक्रम की योजनाएँ बनातीं।

इस पूरे खुशी के माहौल में कुछ तो बहुत खुशी-खुशी शामिल होते हैं, लेकिन कुछ बस इसलिए शामिल होते हैं, ताकि कहने को न रहे। अच्छा ऐसे लोगों को सब जानते हैं कि कौन बेमन से शामिल हो रहा है और कौन मन से! लेकिन जब बात खुशियों की है तो हर कोई पुरानी बातों पर परदा डाल नए सिरे से मेल-मिलाप के पक्ष में ही रहता है।

फौजी को पहली संतान हुई है, लेकिन लड़की है इस वजह से जान-पहचान के दारूबाजों ने अपना हक तो लिया, लेकिन गुंजाइश के साथ। पंडितजी ने छठी की अपनी माँग पहले ही बता दी है कि "बेटा वैसे हम आपसे कोई बड़ी चीज माँगते, लेकिन ज्यादा नाय तो एक छोटो सो की-पैड वालो फोन ही दे दो।" नाई और गाँव की दाई ने अपने-अपने लिए कपड़ों की माँग रखी, तो सभी को देने के लिए घर के पुरुषों ने तो हामी भर दी, लेकिन परिवार की बुजुर्ग महिला के रूप में माँ ने सभी के सामने हामी के साथ शर्तें भी रख दीं। जैसे कि पंडितजी रोज आएँगे, नाई घर-घर जाकर दिन में तीन बार बुलावा देगा और दाई रोज सुबह घर आकर बच्ची की तेल से मालिश करेगी और तलुआ और घांटी दबाएगी, ताकि लड़की की आवाज जल्दी खुल जाए।

सुबह भोर होते ही नन्ही बच्ची की किलकारियों से घर उठता और देर रात तक घर की महिलाओं के गीतों के साथ घर तमाम तैयारियाँ करता। छठी का दिन आया तब तक प्रेमानंद ने फोन से ही सभी को दावत दे दी··· । अच्छा घर में लड़की का जन्म हो या शादी निमंत्रण के लिए ज्यादा गुजारिशें करने की जरूरत नहीं होती। और न ही माँग-जाँच वाले ज्यादा जिद करते हैं। अब यह या तो स्वर्ग का सम्मान समझ लीजिए या फिर घर में लड़की को लेकर कोई कार्यक्रम है तो पिता के साथ हमदर्दी। प्रेमानंद ने जिसको भी फोन कर दावत के लिए कहा, तो सबने ही निमंत्रण स्वीकारते हुए कहा, "अरे, कैसी बात कर रहे हो डाक बाबू! लड़का होतो तौ कुछ कहते भी। लक्ष्मी आई है भइया, आपने कह दिया समझ लो हम आ गए।"

पापा जब भी फोन कान से हटाकर ध्यान वापस घर में लाते तो नन्ही बच्ची को रोता सुन दो-चार बहुओं को और चार-छह अपनी पत्नी को सुना ही देते···" कितनी देर से वा रोए रही है, लेकिन सब अपनी-अपनी धुन में लगे हैं," फिर मम्मी पलटकर कहतीं, "माथे का पल्लू सँभाल।" थोड़ी दबी हुई आवाज में, "अरे, थोड़ो तौ रोवैगिए, बालकन को रोउनोऊ भी ठीक है।"

दादा-दादी, नाना-नानी की नोक-झोंक में बच्चे हँसते तो घर के लड़के-बहुएँ बच्चों को देख मिसमिसाकर हँसते, फिर पूरे घर को हँसता देख पापा-मम्मी चुप हो जाते खुद भी हँसते हुए। घर की बड़ी दोनों बहुओं ने पहले ही तय कर लिया है कि क्या देना है छठी पर अपनी भतीजी के लिए! पापा ने बड़े भाई को टेंट और साज-सज्जा का काम सौंपा है तो मँझले भाई को बरेली से सारा सामान और ताजी सब्जी लाने की जिम्मेदारी सौंपी है।

खैर, छठी का दिन आ गया है। घर में पूजन की पूरी तैयारियाँ हो रही हैं। पापा ने घर के वेलफेयर फंड से कुछ पैसे निकाल बड़े भाई को दिए टेंट और हलवाई का काम सौंपकर और कुछ मँझले को दिए बरेली से नगद सारा सामान लाने के लिए जिसमें सब्जियाँ भी हैं और खुद तो दावत बाँटने पर लगे ही हैं। घर में कार्यक्रम होने से कुछ दिन पहले पापा कहते हैं कि इस बार न बहुत कम लोगों को दावत देंगे, उन्हें तो बिल्कुल नहीं जो हमें नहीं बुलाते। लेकिन जैसे-जैसे कार्यक्रम नजदीक आता जाता है अपनी डायरी के पन्ने छाँटने बैठ जाते हैं कि दावत के लिए आखिर बचा कौन है! घर के लोग हालाँकि इस बात पर खूब मजाक-मजाक में ताने भी मारते हैं, लेकिन यह बात तो अच्छी है न कि कोई बुलाए या न बुलाए पापा अपनी तरफ से सबको बुलाते हैं। इसलिए पापा ने जब भइया को कहा कि हलवाई से पर्चा बनवा लेना 300 लोग हो जाएँगे तो बड़े भाई ने बिना पूछे 600 लोगों के हिसाब से पर्चा बनवा लिया था। तीन गाँव, पूरी रिश्तेदारी फिर तीनों भाइयों और पापा की व्यक्तिगत जान-पहचान और कॉलोनी, इतने ही खिलाओगे तो भी बहुत बैठ रहे हैं। लेकिन बारिश का महीना है तो 600 तो मान ही लो। और फिर पापा तो पोटली भी बाँधते हैं न लोगों को! तो इतने तो होने ही चाहिए।

परिवार के खास-खास रिश्तेदार सुबह 10 बजे तक आ गए। जैसे मामा, दीदी की ननद, दोनों भाभियों के मम्मी-पापा, मौसी, बुआ आदि। घर में भीड़ बढ़नी शुरू हुई। पंडितजी ने लॉबी में चौक पूरना चालू किया, तब तक मोहल्ले और गाँव की भी औरतें आ गईं। अच्छा, ऐसे कामों में औरतों का पहुँचना बहुत जरूरी है, पुरुष चाहें शाम को भोजन के समय ही क्यों न आएँ चलेगा, क्योंकि गिले-शिकवे स्त्रियाँ ही करती हैं। पुरुष तो गिले-शिकवों में हाँ में हाँ मिलाता है। इसलिए जो भी आए यह जरूर कहे ऑपरेटर से कि भाभी कहाँ, भाई कहाँ, मौसी कहाँ, दादी कहाँ उनसे जरूर मिल लेते हैं··हा··हा··हा··।

आहुतियों के अंतिम क्रम में पंडितजी संदीप की तरफ देख बोले, "ऑपरेटर साहब को भी बुलाए लेते लला, एक आहुति वो भी दे देते आके। बाद में अपने देखभाल करते रहते।" घर की लॉबी में मंदिर के सामने हवन हो रहा है। संदीप-सिया पूजन पर बैठे हैं और साथ में मम्मी बैठी हैं। दोनों भाभियाँ कभी रसोई तो कभी गीतों में अपनी उपस्थिति देने में व्यस्त हैं।

पंडितजी की बात सुन दरवाजे की तरफ जाते बड़े भाई से, "भइया, पापा को भेज देना, ठीक है।"

"पंडितजी, लल्ली के नाम से मंत्र ज्यादा बोल दियो कम न रहाएँ।" मायादेवी ने बुजुर्ग पंडितजी से कहा, वे आँखों में चश्मा चढ़ाए हाथ में पकड़ी पुस्तक से मंत्र खोजने में व्यस्त हैं, सिया बुजुर्ग पंडितजी की वजह से आधा पल्लू कर बैठी है, हवन के धुएँ से बार-बार बच्ची सिसकने लगती है तो संदीप उसे खिलौना दिखाकर चुप कराने की कोशिशें करते हुए कहता है, "पंडितजी, थोड़ी जल्दी करो।"

"हाँ, पंडितजी बताओ?" घर में तमाम औरतें बैठी होने की वजह से लॉबी के दरवाजे से बोले प्रेमानंद। पंडितजी ने प्रेमानंद की तरफ देख मंत्रों का उच्चारण करते हुए आहुति देने का इशारा किया।

"अरे पंडितजी तुम न, तुम्हें कितनोऊ देओ, लेकिन तुम्हारी लालच बारी बात जाएगी नाय। अब बताओ बहुअन के बीच में आवें? करो तुम पूजा।" बड़ी तेज झल्लाते हुए पंडितजी से बोले प्रेमानंद कि अपने गीत को रोके लॉबी में बैठी बहुएँ और लड़कियाँ जोर से हँस पड़ीं। जिन्हें सुन पीछे मुड़ बाहर जाते-जाते प्रेमानंद भी हँस पड़े और चले गए बाहर बड़बड़ाते हुए। प्रेमानंद की बात सुन सभी को हँसते देख पंडितजी ने संदीप की तरफ देखा, उनके होंठ अभी भी मंत्र बुदबुदा रहे हैं।

"अरे, उन्हें रहन देओ पंडितजी, आप शुरू रखो। है तो लड़का-बहू।" अपने पति की आवाज सुन मुसकराते संदीप को देख खुद भी मुसकरा आईं मायादेवी। वह जानती जो हैं कि वे नहीं आएँगे औरतों के बीच में।

लॉबी में होते गीतों के शोर के आगे पंडित जोर से नहीं बोल सकते हैं, इसलिए मम्मी की तरफ झुककर पूछा, "आप लोगन ने बालकी को कोई नाम सोचो है क्या?"

"वौ तो आप बताओ पंडितजी, राशि को नाम अच्छो से छाँट के, वैसे तो हमारे लला ने बताओ है वो हम बाद में रखेंगे।" संदीप और सिया दोनों ही बातों को ध्यान से सुनने पर जोर दे रहे हैं, आखिर उनकी बेटी का नामकरण जो है।

"हेमा, हमारी गुड़िया चंद्रदेव की बालकी है, एकदम सोने के समान। इसलिए इसका कर्क राशि का सबसे अच्छा नाम मिला है—हेमा। हेमा बिटिया।"

पंडितजी ने जैसे ही भगवान् के सामने रखी चंदन की कटोरी से उँगली में चंदन लगा बच्ची के माथे पर दाईं ओर लगाया, बच्ची ठंडी उँगली महसूस कर मुसकरा आई। झलक मुसकान की हलकी ही है, लेकिन है तो हँसी न। मम्मी ने गीत गाती औरतों को मुड़कर नाम बताया, "हेमा आई है हमारे घर।" संदीप ने सिया की गोद में बार-बार पलकें झपकाती अपनी बच्ची के गालों पर उँगली छुआई हँसाने के लिए

और गोद में ले लिया। पंडितजी के पैर छुए, 500 की दक्षिणा दी और नए कपड़ों को पहने नई तौलिया को ओढ़े अपनी बेटी को अपनी बाजुओं की गोद में झुलाते हुए बाहर टेंट में काम करा रहे पापा के पास ले गया।

"हमारे यहाँ पुरोहितों-पुजारियों का बहुत सम्मान होता है, होता क्या बल्कि यह पुरोहितों से मिला एक सौभाग्य है हम सभी का जो इतना कुछ कर सकने की समझ आई है। वे हमारे गुरु हैं, इसलिए हम सभी आदररूपी हक जता लेते हैं उनसे, भला हम उन्हें क्या दे सकते हैं! वे हमसे या किसी भी परिवारी से कभी नाराज नहीं होते, बल्कि प्रेमरूपी लाड़ समझकर और आशीर्वाद देते हैं, मार्ग देते हैं।" ऐसा प्रेमानंद हम सभी को हमेशा समझाते आए हैं, बताते आए हैं।

"हेमा आई है पापा हमारे घर।" अंदर से फौजी को आता देख कुरसियों पर बैठे सभी मेहमान उसकी तरफ देखते हैं और संदीप की बात सुन खूब मुसकराते हैं। कुछ हेमा नाम सुनकर बच्ची के स्वागत में तो कुछ बहुत दिन बाद फौजी से मिल रहे हैं, उस मिलने की खुशी में।

प्रेमानंद बच्ची को गोद में लेकर कुरसी पर बैठ उसे दुलारते भी हैं और काम भी करा रहे हैं सुझाव देकर, टोक-टोककर हलवाइयों से। घर के छोटे-छोटे बच्चे प्रेमानंद के पास बच्ची को देखने पहुँच गए हैं, जिसमें छोटा नाती लव और स्नेहा की छोटी बेटी। पूजन दोपहर दो बजे तक निपट जाता है, प्रेमानंद भोजन तीन बजे से शुरू करा देते हैं घर में एकत्र हुई मेहमानों की भीड़ को देखकर। असल में यह इसलिए, क्योंकि किसी भी दावत में तीन तरह के लोग आते हैं निमंत्रण पर जिन्हें ध्यान में रखकर भोजन का कार्यक्रम तीन बजे से शुरू कर अगले पाँच घंटे तक चलाया जाता है।

कुछ लोग ऐसे होते हैं, जो सिर्फ अपनी उपस्थिति दर्ज कराने आते हैं, लेकिन उन्हें बराबर सम्मान के साथ कहीं और भी जाना होता है। इसलिए वो आते हैं और बड़ी आत्मीयता से मिलते हैं, लिफाफा देते हैं, कॉपी पर अपना नाम चढ़वाते हैं और अपने हिस्से की दो पूड़ी चबाकर ऐसे चले जाते हैं, जैसे उनके चले जाने के बाद उत्सव फीका पड़ जाएगा। ऐसे लोगों की वजह से भोजन जल्दी शुरू करना पड़ता है।

कुछ लोग ऐसे होते हैं, जो आस-पास ही घूमते रहते हैं और सोचते हैं कि कब दूसरे खाएँ तब हम खाएँ, जिनके साथ गाँव और आस-पड़ोस के लोग भी खा लेते हैं मौका देखकर। ये लोग भी अपने-अपने लिफाफे दरवाजे के पास बैठे मुंशी को

दे देते हैं। ऐसे लोग टुकड़ों-टुकड़ों में फोटॉन के रूप में आते हैं, जिसकी वजह से भोजन लंबा खिंचता है, न रुकता है और न लगातार चल पाता है। कभी गरम कभी ठंडे के मेल-मिलाप से अकसर हलवाई डाँट खा जाता है मालिक से। लेकिन हाँ ऐसे लोग भोजन करने से पहले और भोजन करने के बाद घर के आगे चौपाल लगाए बैठे रहते हैं, जिससे ऐसा एक भ्रम बना रहता है कि "ओफ्फो···, आज अच्छा किया 600 का भोजन बनवा लिया। कम-से-कम 700 लोग खा गए होंगे दावत, पूरे पाँच घंटा लगातार घान निकलो है कड़ाही से। वे तो हलवाई अच्छे हैं, जो लाज बच गई नाय तो बड़ी बेज्जती होती।"

तीसरे रूप में होते हैं वो कुछ लोग जो सबसे पहले आ गए होते हैं घर में, और यह कहते हुए अंत तक भोजन नहीं करते, "अरे, हम तो घर के ही लोग हैं खा लेंगे। पहले बाहर से आए लोगों को खा लेने दो।" इनमें परिवार के लोग भी होते हैं और रिश्तेदार भी। इसके साथ ही कुछ वो लोग भी इन्हीं में शामिल हो जाते हैं, जो किसी कारणवश देरी से पहुँचे हैं, और यह कहते हुए बड़ी आत्मीयता के साथ परात की निचली पूड़ी खाते हैं कि "बच्ची को देख लिया मन खुश हो गया, और वैसे भी इस घर में तो चाहे आधी रात को आते लेकिन आते जरूर।" ऐसे लोगों को थोड़ा वेटेज भी मिल जाता है कि भाई फलाने देखो देर से आए, लेकिन आए जरूर।

दोपहर तीन बजे से शुरू हुए भोजन के साथ रिश्तेदारों के आवागमन की प्रक्रिया रात 10 बजे तक चलती रही। ठट-ठट, ठट-ठट करता जेनरेटर बिजली आने के बावजूद पूरे चार घंटे चलाया गया सर्दी-गरमी और अँधेरे को दूर कर रिश्तेदारों के बीच नन्ही परी को दुलारने के लिए। घर के सामने एक कोने पर जूठी पत्तलों का अंबार लग गया जिनसे चुन-चुनकर कुत्ते अब अपनी पार्टी मना रहे हैं गुर्राते हुए एक-दूसरे पर। जाने वाले मेहमानों की आखिरी गाड़ी साढ़े ग्यारह बजे विदा होती है, जिन्हें लड्डू और पूरी-छोले-सूखी सब्जी की एक बड़ी पोटली दी गई। सभी के जाने के बाद टेंट के कुछ गद्दों को लॉबी में बिछा गुड़िया को मिले तोहफों को खोल-खोल के पूरे दिन की चर्चा और ठहाकों के लगने की बारी शुरू होती है। मामा को प्रेमानंद ने जबरदस्ती रोका, दोनों भाभियों की मम्मी रुकीं, क्योंकि उनकी बेटियों ने जिद की। साथ-ही-साथ रुकीं सिया की मम्मी और प्रिया। दीदी की दो दिन की छुट्टी है, इसलिए बहुत दिन बाद घर में मौका बना है उन्हें रोकने का तो मम्मी ने जीजा के साथ उन्हें भी रोक लिया है अपनी कसम देकर। मम्मी चाहती हैं

कि दिन भर तो भाग-दौड़ रही तो वो अपनी बिटिया से बात नहीं कर पाईं, इसलिए रात में रुकेंगी तो कर लेंगी बातें।

सिया दोनों जेठानियों और ननद के साथ मंदिर की तरफ बैठी है बच्ची को लेकर, साथ में सभी बच्चे भी बैठे हैं हेमा के साथ खेलने के लिए। पापा, मामा, जीजाजी सब लॉबी के दरवाजे की तरफ बैठे हैं। दोनों भाभियों की मम्मी प्रिया और मम्मी बीच में एक किनारे से बैठी हैं। बीच में सिया के कमरे से लल्ली को मिले तोहफे लाकर रखे गए हैं, जिनमें आधे तो पैक हैं···।

"संदीप यार, कुछ भी कह तेरे लिए एक साल, एक तो डायपर और बेबी किट खरीदने की जरूरत पड़ेगी नहीं। देख रहे हो! आधे से ज्यादा डिब्बा बस हगीस ही हगीस हा···हा···हा···" घर के दामाद की खुशमिजाजी वाली बातों को सुन सब हँस पड़े, संदीप सिया की तरफ एक पलक देखता है और सामने तोहफों के ढेर से डायपरों और किटों को एक तरफ करने लगता है।

"लग रहो है संदीप ने पहले ही बता दी सबको।" रोहित बोला, ठहाके लगातार बने रहते हैं।

"नाय सही तो है, सबने सोची होएगी कि पति तो बाहर रहता है तो बेचारी बहू कहाँ जाएगी खरीदने इसलिए डायपर ही दे देते हैं।" स्नेहा की बात सुन बच्चे भी डायपर चाचा, डायपर मामा कहके संदीप को चिढ़ाकर सभी के साथ ठहाकों में खुद को शामिल कर रहे हैं बिना कुछ समझे···।

"अच्छा तो डायपर ही खरीदने जाएँगी जे···? हद है यार! अरे, कुछ और भी खरीद लाते। लड़की के कपड़े-खिलौना।"

"गिफ्ट तो गिफ्ट है भाई, आजकल छोटे बच्चों को लोग खिलौने न देकर आत्मनिर्भर होने की चीजें देते हैं। डायपर और बेबी किट मिलना इसका एक संदेश है भाई।" प्रेमानंद लेखक की बच्ची को लेकर सभी का ध्यान संदेश की ओर खींचते हैं।

घर की इस चौपाल में महिलाएँ आनंदमय हैं सिर्फ सुनने में। अपने परिवार के बड़ों और पुरुषों को सुनने और उनकी बातों में हाँ में हाँ मिलाकर जिस वातावरण को बनाती हैं घर की स्त्रियाँ, उसी में खुद भी शामिल होना उन्हें बेहतर लगता है। वे मानती हैं कि जब मर्द या बड़े बोल रहे हैं तो बीच में नहीं बोलना चाहिए। हाँ, कभी-कभी रखती हैं अपनी राय लेकिन तब, जब महसूस कर लेती हैं कि सभी की निगाहें उनकी तरफ से भी राय या बात की अपेक्षाएँ कर रही हैं। यह सम्मान समझ लीजिए

या फिर घर की सामाजिक रफ्तार एक दिशा में निरंतर बनी रहे इसलिए स्त्रियों की दूरदर्शिता समझ लीजिए, लेकिन यह संस्कृति की एक खूबसूरत पहचान है।

"सिया! यार सुनो न। सबके लिए चाय बना लाओ यार।" घर की सजी महफिल से अपनी पत्नी को काम पर लगाकर जो उसके मन को दुखाने की कोशिश करता है संदीप, उसमें पहले ही आदेश देते वक्त प्रेम की मिलावट भर पत्नी के चेहरे पर एक मुसकान भेज देता है। सभी के सामने पति के प्रेम भरे इशारों को देख शरमाती हुई उठती है और मुसकराती हुई चली जाती है पल्लू सँभालते हुए रसोई में। सिया को रसोई में जाते देख प्रिया भी उठकर चली जाती है बड़ी बहन की मदद के लिए।

"लौंडा सीख गया है, देख रही हो कैसे इशारों में सबका दिल लूट रहा है!" स्नेहा की तरफ देख संदीप के कंधे पर हाथ रख सुनील छेड़ते हैं, घर के बड़े तो इस बात पर सिर्फ मुसकरा देते हैं, लेकिन बच्चे लोट-पोट हुए जा रहे हैं मिले तोहफों के कवर उतारने की अपनी प्रतियोगिता में लीन होकर।

"लो भाई, पूरे 28 हजार सात सौ 25 रुपए आए हैं नगद जो लोग लिफाफे में देकर गए हैं। इनमें से टेंट वाले को हमने दिए थे और दो हजार तेल के लिए। ऐसे समझ लेओ कि 35 हजार रुपया पूरो आओ है...।" प्रेमानंद जब से बैठे थे लॉबी में उससे पहले ही मामा के साथ मिलकर पैसों को लिफाफों से निकाल गिन रहे हैं।

"सही है, बालकी नाय से डाल देओ बैंक में। या कोई बाकौ चीज लय देओ सोने-चाँदी की।" लड़की को मिली दक्षिणा घर में कोई खत्म नहीं करता। मान-सम्मान का धन समझा जाता है। सभी बात कर ही रहे होते हैं कि सिया ने संदीप की तरफ रसोई से इशारा किया अपनी मम्मी की तरफ निगाहें करते हुए हाथ में थाली पकड़कर...। हालाँकि सिया खुद भी इशारा कर सकती थी अपनी माँ से, लेकिन वह अपनी ससुराल में मायके वालों की फिक्र कर किसी भी तरह की शंका को जन्म देना नहीं चाहती।

"अरे! मम्मीजी, आपने खाना नहीं खाया?" माँ के पास बैठी सास से संदीप ने पूछा।

"कहाँ खाओ? न भाईसाहब ने खाओ, ऐसे ही हलवाई से चाय बनवाए के पीकर चले गए।" मायादेवी ने जवाब दिया।

"क्यों? अरे जे कोई बात थोड़ी हुई!"

"हमऊ पहले नाय खात हे, लेकिन अब जा कौन मानत है। खाए लेतीं, बतावौ सुबेरे से आईं भईं अभई तक नाय खाई''।" मायादेवी ने फिर कहा, उनकी नजरों में अपनी बहू के लिए सम्मान साफ महसूस हो रहा है।

"आप लोगन ने भी नाय खाई होएगी''?" प्रेमानंद अपनी दोनों बड़ी समधिनों की तरफ देख मुसकराकर पूछते हैं, वे भी हँसते हुए ही जवाब देती हैं, "हमने तो दो-दो पूड़ी खा लीं भैया। कब तक भूखे रहते?" उनकी बातें सुन लता मुसकराती हैं और सिया की तरफ देखती हैं।

"तो ये पूड़ी मम्मी घर से बनाकर लाईं थी क्या?" सिया के हाथ में लगी थाली में पूड़ियों को देख संदीप ने आश्चर्य से पूछा।

कोई कुछ बोलता उससे पहले सुनीता उठकर रसोई की तरफ जाती है, "लाओ ये पूड़ी हरके बहनें खा लेंगे। मम्मी के लिए ताजी सेंक देते हैं पाँच मिनट लगेंगे बस।"

अपनी बहुओं के आपसी प्रेम को देख प्रेमानंद मुसकराते चेहरे से लता को देख गौरवमय हो जाते हैं। क्योंकि वह जानते हैं कि जब बहुएँ अपने मायके वालों के सामने आपसी प्रेम को दरशाती हैं तो उनके मायके वाले तो खुश होते ही हैं, साथ ही ससुराल का मान ऊँचा होता है। बड़ी बहू को जाते देख मँझली भी पहुँच जाती है।

हेमा के हाथों की कलाइयों में छोटे-छोटे घुँघुरुओं वाले कंगन से खूब आवाज आ रही है, जिसे सुन हेमा आँखें इधर-उधर चला रही है। नए कपड़ों और तौलिया में लिपटी गुड़िया अपने फौजी पापा की गोद में रो तो नहीं रही है, लेकिन हाथ-पैरों को चलाकर मानो उठ बैठने की कोशिश कर रही है। दीदी स्नेहा प्रिया की मदद से गिफ्टों का पूरा सामान उठाकर धीरे-धीरे संदीप के कमरे में रख देती हैं। संदीप अपनी बच्ची को लेकर घर के बच्चों के साथ आ पहुँचता है अपने कमरे में''। भानजा-भानजी दोनों भतीजे और भतीजी कुछ देर तो संदीप के पास बैठकर बच्ची के साथ खेलते हैं, लेकिन फिर चले जाते हैं। और अब बचता है सिर्फ एक पिता अपनी नन्ही गुड़िया के साथ उस कमरे में जैसे मानो वह कमरा पूरी एक दुनिया हो, जिसमें एक नवजात को एक समझदार इनसान के रूप में तैयार करने की जिम्मेदारी एक पिता पर है। वैसे तो माँ हर परिस्थिति में अपने बच्चे को दुलारती है, सिखाती है तराशती है, लेकिन माँ के साथ-साथ पिता की भावनाएँ और सेवाएँ भी जुड़ी होती हैं''।

हेमा का डायपर भर गया है, रिसाव होने लगा है इधर-उधर से। संदीप को जैसे ही गीला-गीला महसूस हुआ तो पहले तो उसने दरवाजे की तरफ देखा कि बुला लूँ सिया को, लेकिन फिर खुद ही बेड पर लिटाकर बदलने लगता है।

"अले-अले, अले-अले, रुको बाबा। बस दो मिनट पैर रोको मैं पहना देता हूँ ठीक! मम्मी नानी को, दादी को खाना खिला रही है बेटा इसलिए रोना मत। मेरी प्यारी गुड़िया तो बहुत अच्छी है···हाँ···पापा की बात मान ली है हाँ···और और अभी से सारी बात समझती है हाँ···।"

डायपर पहनाकर तौलिया से आधा शरीर ढककर गोद में ले पालथी मारकर बैठ जाता है, बच्ची शायद सोचती है माँ की गोद में है, इसलिए दूध पीने के लिए करवट लेने की कोशिशें करने लगती है, "अरे-अरे, नहीं बाबा। अभी तो आपने दूध पिया था न! अब थोड़ी देर रुको फिर मम्मी आएँगी तो वो ले आएँगी। अभी तो तुम बस इससे खेलो। हाथ में चिड़ियों की आवाज और कई रोशनियों से जलने वाला खिलौना लेकर शांत आँखें खोले लेटी अपनी बेटी की तरफ देख सोचता है, तुमने मुझे पिता होने का अहसास दिया है गुड़िया, तुम नादान कहाँ हो सकती हो! हमारे रूप को, हमारे जीवन को, हमारी साँसों को एक और पीढ़ी में प्रसारित करने की जिम्मेदारी ले ली है तुमने गुड़िया, तभी तो तुम हमारी लक्ष्मी हो। देखो न! कितनी भोली-भाली बनकर सबकुछ जानकर भी एकदम शांत लेटी हो अपने पापा की गोद में, मुझ जैसे पुरुष को यह सौभाग्य देकर। तभी तो तुम शक्ति हो। पता है गुड़िया! आज मैं सोचता हूँ तुम्हें देखकर कि तुम्हारे नाना तुम्हारी मम्मी को विदा करते वक्त इतना क्यों रो रहे थे? तो अब सब समझ आता है कि जो बच्ची जन्म होते ही अपने माँ-बाप की इतनी फिक्र करने लगती है कि कब रोना है, कब हँसना है, कब भूख का इशारा करना है! तो भला उस बच्ची से दूर पिता कैसे रह पाएगा?

बच्चियाँ सब जानती हैं। पहले मैंने अपनी माँ से समझा कि स्त्रियाँ अपने पति के लिए कितना त्याग करती हैं! फिर अपनी बहन से सीखा कि स्त्रियाँ अपने भाइयों के लिए अपने हिस्से की चीजें भी भाइयों में बाँट देती हैं, फिर तुम्हारी मम्मी से सीखा कि स्त्री अपने माँ-बाप की खुशियों के लिए एक अनजान मर्द पर विश्वास कर उसका विश्वास जीत लेने के लिए कितना कुछ गँवा देती है! और आज तुम्हें देख रहा हूँ तो लगता है तुमने तो सारा जीवन ही सिखा दिया।

एक बच्चा अपने माँ-बाप की गोद में आकर कितने सुकून से लेटा है! यह तुम्हारा स्वतंत्र विश्वास ही तो है हम पर कि हम अपने कर्तव्यों को सुनिश्चित कर

सकें अपनी गुड़िया के लिए। और यह शिक्षा भी तो है तुम्हारी हमारे लिए कि हमें भी अपने माता-पिता के प्रति इतना संवेदनशील होना चाहिए, ताकि वो हम पर गर्व कर सकें, जैसे आज हम तुम्हारी समझ पर कर रहे हैं। आज तुम्हें गोद में लेकर यह अच्छी तरह से समझ पाया हूँ कि पुराने लोग क्यों कहते हैं कि बच्चे ईश्वर का रूप होते हैं।

संदीप अपनी बेटी के साथ भावमय होकर एकदम से खोया हुआ है, सिया बाहर का काम निपटाकर लॉबी की लाइट बंद कर कमरे में आती है तो देखती है एक हगीस दरवाजे के पीछे साइड में पड़ा है भरा हुआ, जिसमें से थोड़ा मूत्रमल फर्श पर आ गया है। संदीप को खोया हुआ देख वह धीरे से दरवाजा बंद कर अपने सिर से चुनरी को उतार बेड पर डाल खुले बालों को जूड़े से बाँधने लगती है''।

"अरे यार, ये यहाँ क्यों डाल दिया?" चिड़चिड़ाती हुई आवाज में बोली शायद, यह दिन भर की थकान का कारण होगा।

"हमारी गुड़िया को अच्छा नहीं लग रहा था, कह रही थी पापा चेंज कर दो तो हमने कर दिया।" बच्ची को बेड पर लिटाकर उसके दोनों हाथों को पकड़ कभी गालों को छुआता, कभी अपनी दाढ़ी में छुआ हँसाने की कोशिश कर रहा है दुलारते हुए संदीप।

"अरे यार, देखो सब जमीन पर निकल गया। अब यहाँ साफ करूँ!" मुँह बनाती हुई हाथ से उठाकर कूड़ेदान में डाल आती है और पोंछा साथ लाती है।

"तुमने देखा सिया''? हमारी गुड़िया पूरा हम पर गई है। नाक-होंठ-आँखें।"

पति को खुश देख गुस्सा कहीं गायब हो जाता है मानो, "हाँ-हाँ, बिल्कुल गई है तुम पर। हमारी लड़की गंजी तो नहीं है।" पति की मजाक बनाकर हँसती हुई बेड के ऊपर आ जाती है साड़ी पहने-पहने बच्ची को गोद में लेने के लिए, "लाओ भूखी होगी''।"

"अच्छा, ठीक है बाबा, तुम पर गई है खुश। अच्छा सुनो! आओ न यार। उसने अभी तो पिया था बाबा, 12 बजे पिला देना न।" गोद में बच्ची को लिये बैठी पत्नी के बाईं ओर बैठ पीछे से दोनों कंधों पर अपने हाथ को धीरे से स्पर्श करता हुआ होंठ को कान के नजदीक ले जाता है।

"देख रहे हो, कितनी मोटी हो गई हूँ, शर्म नहीं आती देखकर। अच्छी-खासी थी हॉट सी तो मजा भी आता था। अब तो लगता है बोरी बाँध दी किसी ने कमर

पर।" साड़ी के पल्लू से बच्ची को छुपाए संदीप के इशारे करते अहसासों को नजरअंदाज कर इठलाने की कोशिश करती है।

"पहले से तो ज़्यादा अब हॉट हो मेरी जान। मेरे दिल से पूछो, कह रहा है कि आठ-दस बच्चे और कर दूँ, हा''हा''हा'''।" जोर से खिलखिलाकर बराबर में सिया की तरफ चेहरा कर लेट जाता है।

"हे पागल''धीरे। सब सुनेंगे न तो गुस्सा करेंगे। मम्मी, प्रिया सब लॉबी में ही सो रहे हैं।" संदीप की हँसी में अपनी मुसकान बिखेरते हुए माँ-पत्नी और बहू-बेटी के किरदारों को निभाने में बिल्कुल भी काटा-छाँटी नहीं कर रही है सिया। पहले माँ का कर्तव्य, फिर परिवार की मर्यादा का इशारा और पति की मुसकान के साथ एक पत्नी के जीवन को भलीभाँति जी रही है।

एक तरफ समय के साथ घर की खुशियों का मिष्टान्न खत्म होता है रसोई से, तो दूसरी तरफ संदीप की छुट्टी खत्म होने का वक्त भी आ जाता है। वैसे देखें तो हर तीन महीने बाद फौजी छुट्टी पर आ ही जाते हैं। लेकिन वो एक फौजी हैं, यह बात सोचकर घर चिंतित होकर हर बार मायूसी से घिर जाते हैं। जब तक संदीप कुँवारा था, तब तक छुट्टी से वापस जाते वक्त माँ, दीदी, भाभी मिलकर कुछ मिठाइयाँ-नमकीन बनाकर तैयार कर देती थीं, दीदी पूरे बैग की पैकिंग कर देती थीं। लेकिन इस बार सभी ने मिलकर सिया को सबकुछ सिखा दिया है कि एक फौजी को घर से जाते वक्त क्या-क्या चाहिए? अब तो बस सिया को समझी हुई बातों में पत्नी के प्रेम को शामिल करना है।

संदीप जाने से दो दिन पहले सिया के साथ दहेज की गाड़ी से शॉपिंग के लिए बाजार जाता है, और हर उस चीज को खरीदने पर जोर देता है, जिसकी जरूरत उसकी गैर-मौजूदगी में एक पत्नी को हो सकती है। हालाँकि ज्वाइंट एकाउंट भी करा दिया है, लेकिन घर की बहू थोड़ी न जाएगी मार्केट, या और सभी चीजों के लिए! और हर चीज के लिए दूसरों से कह भी नहीं सकती। बस इसलिए संदीप सिया के लिए तो सिया मॉल में संदीप के लिए सामान खरीदते हैं। एक नई टॉवल, नई चादर, रूमाल का सेट, बॉडी स्प्रे, अपने हीरो की पसंद के बिस्कुट, नमकीन और हीरो के दोस्तों के लिए शहर की सबसे अच्छी सोन पापड़ी।

तैयारियाँ करते-करते वह सुबह भी आ जाती है, जिस सुबह के नौ बजे सैटेलाइट से बस पकड़नी है दिल्ली के लिए। संदीप को घर से सुबह 6 बजे तो निकल ही जाना है, सो सिया सुबह के चार बजे से ही लगी है रसोई में। पहले झाड़ू

लगाई फिर नहाई और पूजा करने के बाद लग जाती है रसोई में चुपचाप दो खुराकें तैयार करने के लिए। संदीप चला जाएगा यह बात तो कई दिनों से एक घबराहट के रूप में उसे घेरे थी, लेकिन आज उसका दिल घड़ी की बढ़ती सुई के साथ ज्यादा ही घबरा रहा है।

पति के लिए भोजन की तैयारी और घबराहट के आगे, बैठक में लेटे मम्मी-पापा के पैर छूना भी भूल गई। बस एक ही रट मन-ही-मन बुदबुदा रही है कि 'आ जाएँगे दो महीने बाद होली पर' खुद को समझाने के लिए। संदीप ने स्नान किया, पूजा की, सुमित भाई ने बरेली तक छोड़ने के लिए जैसे ही गाड़ी निकाली, मानो किसी ने गाड़ी के हॉर्न के साथ सिया के दिल को खटखटाकर कहा हो कि 'रोक ले न संदीप को⋯।'

सिया तेज कदमों के साथ अपनी लाल होती आँखों को परिवारवालों से बचाती हुई अपने कमरे में आती है। सिया की हालत देख मम्मी-पापा तक घबरा रहे हैं। वो तो पहले से ही जानते हैं इस पल को, लेकिन वो इस बात को लेकर घबरा रहे हैं कि हम लोग तो सँभाल लेते हैं खुद को, दूसरे बेटे हैं पास यह सोचकर, लेकिन हमारी बहू आज कैसे खुद को सँभाल रही होगी! मम्मी-पापा इधर-उधर की बातों को कर बार-बार कह रहे हैं, "लला इस बार होली पर आओगे तो बाबा जागेश्वर धाम चलेंगे।" यह शायद घर के माहौल को थोड़ा नियंत्रित करने का उनका प्रयास है।

"लीजिए, दो पूड़ी खा लीजिए, और दो खुराकें बाँध दी हैं, उन्हें रख लीजिए बैग में।" संदीप तैयार होकर जाने वाले कपड़ों में अपनी बेटी को गोद में लेकर खड़ा-खड़ा उससे मानो कुछ बात कर रहा है, अपने माथे पर लगे तिलक पर उँगली लगा बेटी के माथे पर एक बिंदी लगा दी है।

"तुम रो रही हो⋯?" संदीप बेटी को लेकर बेड पर बैठ जाता है, सिया जिन आँसुओं को रोक-रोककर चेहरा लाल कर चुकी थी, संदीप की बात सुन आँसू एक धार में छोड़ देती है। संदीप सिया का हाथ पकड़ बगल में बैठा लेता है और सिया की तरफ घूमकर एक हाथ से बच्ची को गोद में पकड़ता है तो दूसरे से सिया के बहते आँसुओं को पोंछते हुए कहता है, "ऐसे नहीं रोते सिया! यह तो सच है न कि साल में मैं तीन बार तुम्हारे पास आऊँगा और तीन बार तुमसे दूर जाऊँगा? ऐसे रोओगी तो मेरा क्या होगा, बोलो? तुम्हें पता है! फौजी जब छुट्टी से वापस जाते हैं तो पूरा रास्ता बहुत कचोटता है उन्हें। लेकिन वे

खुद को यदि सँभाल पाते हैं तो सिर्फ अपने परिवार को सोचकर। तुम ऐसे परेशान होगी तो सोचो मम्मी-पापा कितने परेशान होंगे? तुम एक फौजी की पत्नी हो सिया, तुम्हें यह एक मौका मिलता है दूसरी सभी पत्नियों से अलग कि तुम पति के ड्यूटी पर चले जाने के बाद घर को मजबूती से सँभालो, फौजी की आत्मा फौजी के प्रेम के रूप में। और तुम तो मेरी चुलबुली हो यार, एक चुटकी में ये सब कर लोगी?" चुलबुली सुनते ही सिया के चेहरे पर मुसकान आ गई, सिर्फ पल भर के लिए। लेकिन यह मुसकान अपने पति की बातों पर होने वाले गर्व की रही होगी।

"हाँ, कर लूँगी मैं संदीप। लेकिन न जाने कितना समय लगेगा मुझे खुद को तैयार करने में!" आँसुओं को पोंछती हुई सिया हाथ में पकड़ी थाली को बेड से उठाकर संदीप की तरफ बढ़ाती हुई कहती है, "लल्ली को उधर लिटा दो, नहीं रोएगी अभी। और खा लो थोड़ा अभी।"

बेड पर हेमा को लिटा नजरें झुकाए खड़ी सिया से बोला, "सुनो, तुम सामने बैठो और तुम खिलाओ मुझे।" सिया सामने स्टूल पर बैठ बड़े सौभाग्य के साथ खिलाने बैठ जाती है, और जैसे ही पहली पूड़ी मेहँदी लगी उँगलियों से तोड़ती है कि संदीप फिर मुसकराता हुआ बोलता है, "पता है! तुम्हारी मेहँदी वाली इन पूड़ियों का प्यार मुझे हर पल जब भी वहाँ रोटी खाऊँगा याद आता रहेगा। जब भी तुम्हें सोचकर रोमैंटिक होने का मन किया करेगा तुम्हारी इन उँगलियों का स्वाद याद कर लिया करूँगा—हा··हा··हा···"

"अच्छा बेटा, तो इसलिए ये प्यार दिखाया जा रहा है, लड़की सब देख रही है समझे!" सब्जी लगा पूड़ी में प्यार से खिलाती और खुद भी संदीप के हाथों से बीच-बीच में खाती जा रही है सिया।

खाते-खाते गुड़िया की तरफ एक झलक देख फिर मुसकराता हुआ निगाहें सिया के चेहरे पर रोकता है लाकर, "हेमा का नया नाम रख दिया है हमने, हिमांगी। हिम के नीर जैसी शीतल, हम दोनों के प्रेम का अंग है हमारी हिमांगी। जो सदा अपने सफर में गतिमान रहेगी।"

"वाह! राशि का नाम भी रहेगा और प्रेम भी। बहुत अच्छा रखा नाम।" पूड़ी के अगले टुकड़े को खिला मुसकराती हुई बोली सिया।

"संदीप, चलो 6 बज गए यार। लाओ बैग दो।" बाहर से बड़े भाई की आवाज आई।

जल्दी-जल्दी खाकर तौलिया में यों ही हाथ पोंछकर पिट्ठू बैग को पीठ पर टाँग बाहर निकलने की कोशिश करता है कि सिया बाँह को पकड़ इशारा करती है गले लगाने के लिए। सिया को गले लगा माथे को चूम, "खयाल रखना अपना और गुड़िया का भी।" कहकर अपनी बेटी को उठा लेता है गोद में बाहर तक साथ ले जाने के लिए। बाहर निकलता है कमरे से तो देखता है पूरा परिवार लॉबी में गुमसुम हालत में मुँह लटकाए खड़ा है इंतजार में। संदीप मंदिर में माथा टेक सबसे पहले मम्मी-पापा के पैर छूता है। माँ संदीप की दोनों हथेलियों को चूम आँखों को साड़ी के पल्लू से पोंछ संदीप की जेब में 500 के दो नोट गले लगाते हुए बड़े प्यार से रखती हैं तो पापा संदीप के कंधे पर अपना हाथ रख कहते हैं, "लला, भगवान् को याद करते रहना वो तुम्हारी रक्षा करेंगे।" भतीजे फोटो खींच रहे हैं इस पल को यादों में समेटने के लिए। संदीप सभी के पैर छूकर घर से बाहर निकलता है गोद में हिमांगी को लेकर और पूरा परिवार पीछे-पीछे शांत मायूस चेहरे को लेकर आता है तो ऐसा लगता है कि मानो कोई चाहता ही नहीं संदीप घर से बाहर जाए सभी को छोड़। रोमियो पूँछ हिलाकर दो पैरों पर खड़े होकर संदीप को दुलारने बढ़ता है तो ऐसा लगता है कि घर को हँसाने वाला, घर को जोड़ने वाला शख्स सभी की मानो हँसी लेकर जा रहा हो''।

"जाओ संदीप, लली को लाओ हमें दे दो।" पापा की बात सुन संदीप जैसे ही अपनी बच्ची के गाल पर किस कर मुसकराता हुआ अपनी तरफ देख रही बेटी को बाय कहता है कि मम्मी-पापा के आँसू छलक आते हैं।

"जाओ बेटा, खयाल रखना।" इस बार पापा के रुदन की आवाज सबको साफ-साफ सुनाई दी''।

"तुम लोग ऐसे न किया करो यार, आ जाऊँगा न। विदेश लंदन थोड़ी जा रहे हैं यार, जो इतने सेंटी हो रहे हो।" खुद को सँभाल सभी को हौसला देने के लिए हँसते हुए नाराजगी जाहिर करने लगता है। वह जानता है कि प्रेम के आँसुओं को रोकना हो तो प्रेम की डाँट लगा दो।

और जब सब कहने लगते हैं कि 'ठीक, जाओ' तब गाड़ी में बैठ सबसे पीछे खड़ी अपनी सिया को निहारता है, जिसने बाय जोर से तो नहीं बोला है, लेकिन अपने दाहिने हाथ को उठाकर इशारा कर रही है विदाई का आँखों में आँसू और चेहरे पर मुसकान लिये।

पति चला गया, पत्नी अकेली रह गई। लेकिन फिर भी पति बाहर जाकर निश्चिंत रह लेता है, वो शायद इसलिए क्योंकि वह जानता है कि माँ–बाप पत्नी का खयाल रख लेंगे। और वो रखते भी हैं पूरी जिम्मेदारी के साथ, लेकिन यहाँ यह जिम्मेदारी माँ–बाप के लिए अकसर तनाव का कारण बन जाती है। जिसे आप अगले दो भागों में बहुत बारीकी से महसूस करेंगे···।

□

बदलते सफर

जीवन परीक्षाओं के योग का सफर है, लेकिन शादी के बाद जब अपने बच्चे होते हैं, तब अपना ही जीवन अपने ही सामने और कठिन परीक्षाएँ लेकर आता है। क्योंकि तब आपके सामने सही-गलत का निर्णय लेने के लिए अपने ही विचारों से कहीं अधिक उलझना पड़ता है। कुछ ऐसा समझ लीजिए कि आप जिधर सोचेंगे, जिधर देखेंगे, उधर सब सही-सही ही नजर आएगा, क्योंकि सामने ऑप्शन में सभी वो अपने ही खड़े होंगे, जिन्होंने आपको जीना सिखाया, समझना सिखाया और जिस जीवन में फँसे हो वह जीवन भी इन्हीं सबने दिया।

शादी होने तक हमें जिंदगी की रफ्तार के साथ प्रतिद्वंद्वी दूसरे लोग मिलते हैं। जिनसे जीतने के लिए मदद के तौर पर, लाइफ लाइन के तौर पर हमारे परिवार वाले साथ खड़े मिलते हैं। लेकिन शादी के बाद जब हम अपना जीवन साथी दूसरे समाज के किसी सदस्य को बना लेते हैं, तब हमारे परिवार के सदस्य ही हमें प्रतिद्वंद्वी के रूप में सामने मिलते हैं, जिनसे न जीतना है और न हारना। लेकिन समानता बनाए रखने के लिए भिड़ते जरूर रहना होता है।

यह हम अपने विचार के रूप में नहीं कह रहे हैं, बल्कि वर्तमान समाज जैसा है वो बता रहे हैं। जबकि ऐसा होना नहीं चाहिए। अब चूँकि समाज की अवधारणा के अनुसार जब हर दूसरे घर में यह सब देखने को मिलता है तो इससे बचना कैसे है सवाल यह है? क्योंकि इस अवधारणा से बच जाएँगे तो परिवार में प्रतियोगिता वाली कोई सोच भी नहीं जनमेगी और फिर घर टूटेंगे भी नहीं, क्योंकि टूटते हुए घर इसी अवधारणा से घिरे होते हैं।

लेकिन सवाल आता है कि ऐसे कौन से कारण हैं कि शादी तक तो हम सोचते रहते हैं कि हम वैसा नहीं करेंगे जैसा समाज कर रहा है! परंतु फिर भी दो-चार

सालों में खुद का आकलन करें तो पाते हैं कि हम भी शिकार हो ही गए हैं, और फिर बँट जाते हैं।

तो इन सभी कारणों को हम इस भाग में समझेंगे और समझेंगे कि ये कारण पनपते कैसे हैं? उसके बाद अगले भाग में समझेंगे कि परिवार इन कारणों से कितनी बुरी तरह प्रभावित होता है और क्या-क्या परिणाम देखने को मिलते हैं… ?

सुबह के आठ बज रहे हैं, सिया रसोई में खाना बना रही है। घर की बड़ी बहू बाथरूम में वॉशिंग मशीन से कपड़े धुल रही है और बीच वाली बहू घर के बाहर की तरफ झाड़ू लगा रही है, जहाँ रोमियो बँधता है। मम्मी पापा बैठक में हैं सिया की बेटी के साथ। आज सुबह होते ही घर का माहौल गरम हो गया है किसी बात को लेकर। एक-दूसरे को चाय देकर पास-पास बैठने वाली रोज की स्थिति से बिल्कुल अलग। गलती किसी की नहीं है बस समय के आगे-पीछे होने के कारणों पर अपना-अपना स्पष्टीकरण देते हुए कुछ अनमन हुई है, और अब सब शांत हैं।

"दीदी चाय पी लीजिए रख आई हूँ।" रसोई से ही बड़ी जेठानी को देख सिया धीमी आवाज में बोली, वो बाथरूम से बालटी में कपड़े लेकर छत की तरफ जा रही हैं, उनके चेहरे पर नाराजगी के भाव हैं।

"तुम पियो हम पी लेंगे बाद में, अभी ब्रश भी नहीं किया।" लॉबी से गुजरती हुई लॉबी के दरवाजे तक पहुँच गईं, क्योंकि छत पर जाने के लिए जीना बाहर से गया है मेन गेट के पास से।

"पी लेओ न, छोटी बहू दो बार कह चुकी है। ऐसे नाराज थोड़ी होत हैं।" मम्मी-पापा बैठक से ही पूरे माहौल को देख परेशान हो रहे हैं, वो चाह रहे हैं कि रोज की तरह तीनों बहुएँ आज भी एक साथ चाय पिएँ। आज अभी तक तीनों ने चाय पी नहीं है, इसलिए छोटी बहू की कोशिश में खुद को शामिल करती हुई सास बोलीं, ताकि शायद मान जाएँ।

"मम्मी, नाराज थोड़ी हैं हम जो आप भी पापा के सामने ऐसे बोल रही हो। हम क्यों होंगे नाराज? उनकी लड़की बीमार है, इतनी तो हम भी समझते हैं फिर क्यों होंगे नाराज!" सभी को सुनाती जीने की सीढ़ियों पर जवाब देती हुई चली गई।

"हाँ-हाँ, ठीक है तो चाय पी लेओ साथ बैठकर। रोज पीती हो कि नाय! आज पी नाय रहीं इसलय लग रहो है कि नाराज हो।" ऊपर जाते देख सास थोड़ा ऊँचे स्वर में बोलीं इस बार।

बड़ी बहू का सास को मिले जवाब और नजरअंदाजी देख प्रेमानंद को शायद गुस्सा आ गया, वो उतनी ही तेज आवाज में बोले, "बहू सुन ले, चलो कोई बात नाय, नहीं पी रहीं तो मत पिएँ, तुम दोनों पी लेओ।" इस बार उन्होंने पापा की आवाज सुन कोई जवाब नहीं दिया।

"अरे, तुम चुप रहओ, वा कोई नाराज थोड़ी है, जो ऐसे कह रहे हो। बाके आज बालक भूखे पेट चले गए इसलय थोड़ी परेशान है। रोहित भी बाई से नाराज होकर चले गए बिना खाए इसलय वा थोड़ी परेशान है।" प्रेमानंद को समझाने की कोशिश करती हैं मायादेवी ताकि माहौल शांत हो जाए, क्योंकि वो जानती हैं तीनों बहुओं में किसी एक का पाठ लेना ही स्थिति बिगाड़ देगा।

मझली बहू बाहर से अंदर लॉबी में आकर, "सिया, फोन बज रहा है तुम्हारा।" बरतनों को धुल समेटती सिया की तरफ देख बोली, सिया ने घड़ी की तरफ देखा कि सवा आठ हुए हैं तो साड़ी के पल्लू में हाथ पोंछती हुई कमरे में आई तेज कदमों से।

"हैलो!" पति का फोन देख अंदर बेड पर बैठ जाती है।

"कहाँ थे बाबा''? देखो पाँचवीं बार फोन किया है। बाथरूम में थीं क्या?"

"नहीं यार, रसोई में थी, फोन अंदर चार्जिंग में लगा दिया था। आपका नाश्ता हो गया?"

"हाँ हो गया, हिमांगी की तबीयत कैसी है अब? मम्मी को फोन किया था थोड़ी देर पहले तो बता रही थीं कि बुखार आ गया उसे?" शायद माँ ने बेटी की स्थिति बता दी होगी, इसलिए धैर्य भरी आवाज में अपनी पत्नी से सुनने के लिए बस पूछ लिया।

"ठीक है अब, सीरप दे दिया था। खाँसती रही रात भर, दूध दिया वो उलट दिया। पूरी रात सो नहीं पाई यार, बहुत चिंता लगी रही, मम्मी उठकर आईं, उन्होंने जायफल वगैरह देने को कहा तो दिया तब सोई कहीं तीन बजे।"

"मौसम बदल रहा है न इसलिए, तुम रात को न सिर्फ अपना दूध पिलाया करो बस। वो शायद हजम नहीं होता होगा!"

"जी ठीक है। आज तो मंगलवार है बेटा, छोले-भटूरे चेप दिए होंगे आपने मैस में न?" चेहरे की मुसकान आवाज में मिला वो अपने पति को इस बात से दूर रखना चाहती है कि उन्हें भनक भी न लगे आज घर में तकरार भी हुई है।

"अरे वाह! तुम्हें तो हमारा मैस मेन्यू भी याद हो गया है, बहुत सही। लेकिन आज दो ही खाए, लेट हो गया तो ठंडे ही मिले यार।" पत्नी की बात सुन खुश

हुआ, लेकिन फिर बड़े रूखे मन से बोलता है, जैसे मानो उसका मन और भी था खाने का।

"सही तो है, ऑयली ज्यादा मत खाया करो। अब दोपहर में रोटी खाना बस।"

"अच्छा, मम्मी कह रही थीं कि कोई बात हो गई है बड़ी भाभी से?" पत्नी से पहले आपस की बातें कर कोशिश कर रहा था संदीप घर की स्थिति समझने की, सबकुछ नॉर्मल मिला तो खुद पूछ लिया।

"नहीं! कहासुनी नहीं। वो क्या है न कि सुबह नाश्ता मैं ही बनाती हूँ, बच्चों का टिफिन भी बाँध देती हूँ। आज तीन बजे सोई तो आँख खुली ही नहीं थी, साढ़े छह बजे उठी रसोई में गई आटा गूँथ ही रही थी कि बस आ गई बच्चों की, तो वो ऐसे ही चले गए सिर्फ चाय-बिस्कुट खाकर। बड़े भैया ने दीदी को डाँट दिया था बस यही बात हुई।"

"क्या यार! अलार्म भरके सोया करो न फिर। मम्मी बता रही थीं कि भैया भी भूखे गए हैं?" संदीप की आवाज में सिया के प्रति नाराजगी उभरती चली आई।

"भरा था यार, लेकिन खुल नहीं पाई आँख। और किसी ने जगाया भी नहीं।" सिया कोशिश कर रही है अपनी स्थिति समझाने की।

"अरे, तुम तीन बजे सोई हो यह तो सिर्फ मम्मी को पता था न, इसलिए उन्होंने नहीं उठाया। अब कोई तुम्हें उठाएगा भी क्या यार?" सिया की बात सुन भड़क गया संदीप, शायद वह समझा कि सिया अपनी गलती दूसरों पर थोप रही है...।

"मैं कह थोड़ी रही हूँ यार किसी से, मैंने तो किसी से नहीं कहा कुछ सच में। वो तो जब भैया-भाभी बात कर रहे थे आपस में तो मम्मी ने कह दिया बीच में मैं 3 बजे सोई। तो भैया बोले बड़ी दीदी से कि तुझे नहीं ही बनानी थी रोटी तो जगा देती, फिर क्यों भाग गई ऊपर काम करने। बस इसी बात को लेकर उन लोगों में हो गई कहासुनी।" धीमे स्वर में बताती है सिया पति को समझाने के लिए, उसके मन में यह भी डर है कि कहीं किसी ने ये बातें करते हुए सुन लिया तो गलत न समझें लोग कि मैं शिकायत कर रही हूँ। इसलिए नाराज होते पति को बार-बार दरवाजे की तरफ देख समझाने की कोशिश कर रही है।

"पता है! भैया कभी डाँटते नहीं हैं भाभी को। आज पहली बार डाँटा होगा, भाभी को कितना बुरा लगा होगा न? एक तो सभी भूखे चले गए ऊपर से गलत न होकर भी सभी के सामने वो गलत साबित हो गईं।"

"सॉरी यार, प्रॉमिस, आगे से जल्दी उठ जाया करूँगी।" पति को नाराज होता देख, घर में अपनी वजह से हालात बिगड़ते देख सिया भावुक हो गई''।

"यार, ऐसे नहीं बोलते, मैं तुम पर प्रेशर नहीं कर रहा हूँ। न गलत हो तुम यह कह रहा हूँ। इमोशनल क्यों हो रही हो? बस इतना कह रहा हूँ कि हम लोगों के लिए उन लोगों ने बहुत किया है तो कहीं मम्मी-पापा के सामने गलत न साबित हो जाएँ वो बस इतना। क्योंकि हर कोई अभी तुम्हारी तरफ ज्यादा होना चाहेगा, वो इसलिए, क्योंकि मैं बाहर हूँ सिया। यही छोटी-छोटी गलतियाँ आपस में मनमुटाव बढ़वा देती हैं यार।"

"सॉरी संदीप, मैं मना लूँगी सभी को।" पति को समझाती हुई अपनी नम आँखों पर उँगलियाँ घुमा खुद को सँभालती है।

"अब आँखें पोंछो और दोनों भाभियों के साथ चाय पियो जाकर। मना लेना ठीक है! और कोई कुछ भी बोले, लेकिन तुम्हें जवाब नहीं देना है बस। सब ठीक हो जाएगा। और हिमांगी कहाँ है बैठक में?"

"जी, मम्मी के पास।" भरे गले की सिसकियों को पति के प्रेम से सँभालती हुई, चेहरे को हथेलियों से पोंछती हुई उठ खड़ी होती है बाहर जाने के लिए। घर में नई है और पति से दूर, इसलिए थोड़ा भावुक जल्दी हो जाती है।

"ठीक है जाओ बाय, लव यू।" फोन काट देता है पत्नी से प्रेम जताते हुए।

दरवाजा खोल जैसे ही चेहरे पर साधारण से भाव रख लॉबी में आती है कि देखती है बड़ी जेठानी रसोई में कपों में चाय डाल रही हैं, छोटी जेठानी मंदिर में अपनी पूजा के आखिरी पड़ाव पर हैं। मम्मी हिमांगी को गोद में लेकर पापा के पास बैठी हैं किन्हीं और की बातों में व्यस्त। शायद घर का माहौल लगभग सभी के शांत रहने से शांत हो गया है। शांत रहने से शांत इसलिए भी हो जाता है, क्योंकि हर कोई एक-दूसरे की स्थिति को समझ जाता है। शायद इसलिए ही कहा गया है कि शांत रहना ही परिवार की नींव को मजबूत रखता है।

"सिया, लो मम्मी-पापा को दे आओ और आओ चाय पीते हैं, तुमने भी सुबह से नहीं पी है।"

सिया अपनी जेठानी के इस महानतम प्रेम से अंदर-ही-अंदर खुशी से फिर भावुक हो गई, जैसे किसी ने उसे माफ कर प्रेम से गुदगुदा गले लगा लिया हो। मम्मी-पापा भी अपनी बहुओं के इस प्रेम को देख अब खुश हैं यह समझते हुए कि हमारी बड़ी बहू कितनी समझदार है न कि खुद बिगड़ते हालातों को सँभाल रही है।

होता क्या है कि जाने या अनजाने में एक वक्त ऐसा आ जाता है कि आप गलत न होकर भी वक्त आपको गलत ठहराने लगता है। आपको बस वक्त की चाल को भाँप खुद को सँभालना है शांत रहकर। और जो सबसे ज्यादा पीड़ित है उस वक्त से, उसको जो कहना है कहने दीजिए; क्योंकि उसका वक्त के अनुसार हक बनता भी है बोलने और अपने स्पष्टीकरण रखने का। बस आप अपना स्पष्टीकरण रख पीड़ित के गुस्से को तर्कों से तौलिए मत। देखना वो खुद वक्त के साथ शांत होगा और आपके साथ आ जाएगा सबकुछ महसूस करते हुए। जैसा कि अभी तक आपने देखा इस कहानी में।

अच्छा यह सब जो हमने ऊपर एक पैरा में कह दिया, यह इतना आसान नहीं है कि एक व्यक्ति कुछ बोले समय गलत आ जाने पर और सब शांत रहें। यह तो परिवार के आपसी तनावों में तनाव का पहला भाग है, जिसकी वजह से एक-दूसरे पर ताने मारने की प्रक्रिया हो ही नहीं पाई। अभी नए-नए परिवार में सफर कर रहे हैं सभी मन में ठाने हुए कि नहीं आपस में टूटना तो है ही नहीं। इसलिए आसान रहा एक-दूसरे को समझना। बातें तब मुश्किल होती हैं, जब किसी बाहरी की मिलावट हो, बच्चे बड़े हो रहे हों और एक-दूसरे पर ताने मारने के लिए एक-दूसरे की गलतियाँ अपनी स्मृतियों में कैद करके रखी हुई हों पहले की छोटी-मोटी लड़ाइयों की उस खास दिन के लिए।

खैर, घर में शाम होते-होते सब ठीक हो गया। सभी ने शाम को भोजन एक साथ कर हँसते-हँसते सभी गलतफहमियों को दूर कर लिया। सुबह एक बार को मम्मी-पापा को जो लगने लगा था कि 'बहुएँ एक-दूसरे के काम को खुद पर बोझ समझने लगी हैं! शायद कहीं इसलिए तो नहीं लड़ रहीं?' पापा-मम्मी के इस संदेह को भी सभी बहुओं ने साथ मिलकर दूर कर दिया। अच्छा यह आसान इसलिए हुआ, क्योंकि इतने बड़े परिवार का यह शुरुआती दौर है।

रात के 10 बज रहे हैं, रोहित पत्नी सुनीता के साथ छत पर टहल रहे हैं खाना खाकर। दिन भर कुरसी पर बैठे रहने की वजह से रात को खाना खाने के बाद छत पर टहलकर खुद को संतुष्ट कर लेते हैं कि 'अपने शरीर के लिए इतना करना तो जरूरी है।' ऐसा करने से एक तरफ जहाँ पत्नी के साथ बातचीत करने का मौका मिल जाता है परिवार और बच्चों से अलग, तो वहीं बच्चों को कमरे में अकेले पढ़ने देने का बहाना भी, ताकि बच्चे माँ-बाप की बातचीत से डिस्टर्ब न होकर सोने से पहले कुछ देर मन लगाकर पढ़ सकें।

"यार, हम लोग न उस रोड वाले प्लॉट पर कपड़ों का काम डालेंगे। फिर कहेंगे संदीप से तू नौकरी छोड़ आ और घर पर ही रह और यहीं काम देख। कम-से-कम फिर अपनी बहू के साथ तो रह लेगा वो भी।" संदीप का बड़ा भाई होने के नाते संदीप और सिया की इतनी तकलीफ तो समझता ही है रोहित कि जब हम दोनों को शाम को छत पर साथ टहलते देखती होगी सिया तो कितनी परेशानी होती होगी उसे···!

"हाँ, वो तो है, लेकिन वो करेंगे ये काम? पूछ लेना फिर कहीं पैसा फँसा दो और दुकान पर कोई बैठने वाला भी न मिले।"

"कह तो रहा था वो कि छोड़ देगा जल्दी नौकरी। छुट्टी से वापस जाने के बाद कुछ दिन तो बहुत परेशान रहता है। कम-से-कम ज्यादा मुनाफा नहीं, लेकिन काम तो चलता रहेगा न उसका घर आकर।"

"इतने पैसे हैं?" पति की नजरों में सुखद भविष्य के सपनों में सबसे पहली जरूरत के बारे में जान खुद को निश्चिंत कर लेने वाला सवाल करती है सुनीता। ताकि वह भी उन सपनों से खुद को चैन दे सके, क्योंकि वह भी एक माँ है···, उसका इस तरह से सोचना भी कोई गलत नहीं।

"हो ही जाएँगे जुगाड़ यार जब एक बार शुरू करेंगे तो। पापा के पास होंगे थोड़े और थोड़े-थोड़े हम लोग भी मिलाएँगे तो भी हो जाएँगे 10 लाख।"

"तुम कहाँ से कर लोगे? तुम पर तो पहले से ही पाँच लाख का लोन चल रहा है। अरे, जब अभी नहीं हैं तो क्यों फालतू में पैर चादर से बाहर निकालने की सोच रहे हो? और देखियो संदीप भी नौकरी न छोड़ेंगे। घर बैठे 50/60 हजार रुपया कहाँ से मिलेंगे बतइयो? घर से जाते वक्त थोड़ी बहुत तकलीफें होती ही हैं। हमें तो नहीं लगता कि दोनों लोग सोचेंगे नौकरी छोड़ने के बारे में।"

"अरे, नहीं छोड़ेगा अच्छा है, प्रदीप सँभाल लेगा काम। और फिर जब चलने लगेगी मार्केट में दुकान तब की तब देखी जाएगी। कम-से-कम एक कमाई का सोर्स तो बनेगा नया। खेती तो होगी नहीं अब, क्योंकि मजदूर मिलना मुश्किल और पापा के सामने हम लोग बिजनेस सेटअप कर लेंगे तो ठीक ही तो है। अभी सभी के बच्चे छोटे हैं तो सब थोड़ा-थोड़ा इन्वेस्ट करेंगे ठीक रहेगा।"

रोहित की दूरदर्शिता सुनीता समझती तो है, लेकिन फिर भी भविष्य की ओर देखने का इशारा करती है, "ठीक है, करो जो करना है।" और मुँह बड़बड़ाती हुई फेर लेती है दूसरी तरफ साथ में टहल रहे पति के ध्यान से।

"अरे··· ! क्या मतलब जो करना? तुम यार समझने की तो कोशिश करती नहीं हो, बस अपनी जिद लेके बैठ जाती हो, जैसे मानो हम कोई नुकसान वाली बात कर रहे हैं।"

"हमें क्या करना, नुकसान करो, खूब करो। हम बस इतना कह रहे हैं कि सबकुछ ठीकठाक चल रहा है न! फिर सैलरी पर क्यों बोझ बढ़ाने की सोच रहे हो यार? फरवरी में बड़े वाले को बोर्डिंग में डालेंगे, यह तय कर चुके हैं न! फिर इधर खर्चा बढ़ा लोगे तो वो कैसे करोगे?"

"यार, अभी कितना है लोन? चार लाख बचा है न··· ! उसे निपटा देंगे···।"

"कैसे?"

अपनी बात पर जोर डालते हुए कहता है रोहित, जैसे कि शायद सुनीता इस बात को नहीं जानती थी, "मर्ज हो जाता है यार, दस लाख निकालेंगे चार निपटा देंगे और छह बच जाएगा, जिसमें एक लल्ला के लिए रोक लेंगे 5 ही लगाएँगे बस। पाँच साल में फिर सब निपट जाएगा यार धीरे-धीरे। सुमित का काम इस बार सुपर टेट में हो जाएगा तो फिर कोई टेंशन ही नहीं···।"

"किस्त कितनी कटेगी··· ?"

"18 या 19 हजार कटेगी बस। अभी 10 कट रही है फिर 8–9 और सही।"

बीस सुनते ही सुनीता घबराते हुई बोली, "20 इसमें चले जाएँगे, 10 इंश्योरेंस में चले जाएँगे। 20 में घर का खर्चा, लड़कों का खर्चा सब कर लोगे? तुम्हें समझ क्यों नहीं आता यार मेरी यही समझ न आ रही! अरे घर पर बैठो, बच्चों की सोचो, न जाने कहाँ-कहाँ से दिमाग में लाते रहते हो!"

"हम सोच रहे हैं न ठीक ही सोच रहे हैं।" पति के चेहरे पर बढ़ते गुस्से को देख सुनीता शांत हो गई, और रोहित कॉल लगा देता है संदीप को, पहले वेटिंग गया लेकिन तुरंत बैक कॉल आती है।

"हैलो··· ! हाँ नमस्ते, कहाँ ड्यूटी पर तो नहीं हो?"

"नहीं भैया, लाइन में ही हूँ, रेस्ट पर। कैसे हैं आप?"

"ठीक हूँ? और तुम्हारी ड्यूटी कैसी चल रही है? वहीं सी.ओ. के साथ हो न आजकल?"

"जी भैया, अभी वहीं हूँ," संदीप बैरक में अपनी चारपाई से उठ बरामदे में आकर सामने खड़े नीम के नीचे प्लास्टिक की कुरसी डाल बैठ जाता है बात करने के लिए लाइन के शोर-शराबे से अलग।

"अच्छा, चलो ठीक है। अच्छा सुनो! हमने अभी कॉल इसलिए किया है कि वो रोड पर प्लॉट पड़ा है न पेट्रोल पंप के आगे। उस पर आगे-आगे दो दुकानें निकालने की सोच रहे हैं।" सुनीता पति के पास खड़ी-खड़ी सब सुनने की कोशिश कर रही है बढ़ती रात की चलती धीमी-धीमी हवा में खुद को पति की बातों के लिए समझाती हुई उदास मन लिये, सोच रही है कि कहीं वो गलत तो नहीं बोल गई बच्चों के भविष्य की चिंता को लेकर भाइयों के बीच में?

"हाँ, ठीक रहेगा भैया, लेकिन किसकी रखोगे दुकानें··?"

"एक में कपड़ा की रख लेंगे और एक में जूते-चप्पलों की। अभी से रख देंगे तो एक-डेढ़ साल में अच्छी चलने लगेगी। और इस होली पर सामान रख देंगे तो लोगों को पता भी लग जाएगी कि दुकान रख दई है इन लोगों ने। देखो वे हर के गाँव के फौजी नाय हैं राजकुमार···!"

"हाँ-हाँ, वो तो रिटायर आ गए हैं न? शायद नौकरी भी लग गई उनकी बैंक में?"

"न-न, उसने दुकानें डाल दी हैं फरीदपुर वाले रोड पर मोटरसाइकिल की सर्विस और पार्ट्स की। बहुत अच्छी चलन लगी है। एक तो पेंशन ऊपर से दुकान, डबल मुनाफा चल रहो है उनको।" रोहित मच्छरों की वजह से इधर-उधर हाथ मारते हुए बात कर रहा है छत पर, वो रुक गए हैं टहलते-टहलते।

"ठीक है, डाल देंगे, लेकिन दो दुकानें पहले बनाओ फिर माल लाओ, और फिर बैठेगा कौन?"

"देखो, जब तक सुमित की ज्वॉइनिंग न हो रही है, तब तक वो बैठें और पापा। उसके बाद जब चल जाएगी, तब फिर देखी जाएगी। एक लड़का रख देंगे और क्या।"

"कितना खर्चा आ जाएगा?"

"ये मान लो कि दो दुकानें बनाने में चार लाख। और सात-आठ लाख का सामान। यही पूरा 12-13 लाख में शुरू हो जाएगा काम। बाद में धीरे-धीरे बढ़ाते रहेंगे।"

संदीप भाई की प्लानिंग को जानने की कोशिश करते हुए पैसों की कमी की तरफ ध्यान ले जाते हुए पूछता है, "यार, लेकिन 12-13 लाख आएगा कहाँ से? तुम पर भी लोन है और हम पर भी।"

बात चल ही रही होती है कि उधर सिया दो बार कॉल कर काट चुकी है व्यस्त जानकर।

"ऐसा है कि हमारे पास चार लाख लोन बचा है पीछे का। तो हम दस निकाल ले रहे हैं, पाँच हम कर देंगे पाँच तुम कर दो बाकी पिताजी से कहेंगे तो वो कर देंगे बस।"

"यार, हमारे पास पहले का ही आठ लाख है। 12 निकाले थे न मकान बनने के समय तो उसका ही आठ बचा है…।"

"देख लो बैंक वालों से बात कर लो तो बढ़वा लो। ऐसा है न कि दुकानें चल जाएँगी तो एक इन्कम बढ़ जाएगी घर की। लोन का क्या! दो-तीन साल और आगे सही। क्योंकि लोन से काम नहीं करोगे न, तो जा समझो कि 20-25 हजार तनख्वाह जो आ रही है उससे कभी जमा नहीं कर पाओगे और बाद में बालक बड़े हो जाएँगे, तब तो बिल्कुल भी नहीं।"

सुनीता पति की बातें सुन महसूस कर रही है कि शायद संदीप लोन को मना कर रहे हैं, इसलिए ये समझा रहे हैं, यह सुन सुनीता के चेहरे से चिंता की लकीरें हट रही हैं। वो खुश हो रही हैं इस उत्सुकता के साथ कि फोन कटे और ये कहूँ कि 'वो नहीं हाँ करेंगे यह मैं जानती थी।'

"ठीक है, पापा से पूछ लो तो फिर और क्या। हम तो अभी नहीं आ पाएँगे आपको ही देखना पड़ेगा। हम पैसे ट्रांसफर कर देंगे।"

"हाँ-हाँ, पापा से तो बात कर ली हमने," संदीप की हाँ सुन अपनी पत्नी के सवाल करते चेहरे की ओर मुसकराकर देखा, सुनीता भी सुन रही थी तो उसने इशारा किया कि सिया से बात कर लें पहले। रोहित ने सुनीता को सुनते ही कहा, "अच्छा सुनो! पापा ने तो कह दिया है कि ठीक है, लेकिन तुम पहले सिया से बात कर लेना। मैं सुमित से भी बात कर ले रहा हूँ…।"

"हाँ, चलो ठीक है, लेकिन वो मना थोड़ी करेगी। कर लो आप फिर बताना हम एक-दो दिन में भेजते हैं बैंक में बात करके…।"

"हाँ-हाँ, वो ठीक है, लेकिन फिर भी बात कर लेना। उसको भी ठीक लगेगा न कि उससे पूछा तुमने, ठीक!"

"ठीक है, ठीक है, और सब ठीक हैं?"

"हाँ ठीक है, चलो फिर काटते हैं…!"

छोटे भाई की हाँ मिलते ही मुसकराते हुए फोन काटा शांत खड़ी अपनी पत्नी को प्रेम से मनाने के लिए, जो सामने ही खड़ी है उदास मन लेकर। प्रमोद समझ गया है कि उसे डाँटने की जरूरत नहीं समझाने की जरूरत है।

पति के चेहरे की खुशी महसूस कर सुनीता भी अब पहले से शांत है, निश्चिंत है, वह जानती है जब दोनों भाई मिलकर कर रहे हैं नया काम तो ठीक है। लेकिन पहले घबरा इसलिए रही थी कि कहीं पूरा बोझ हमारे ही ऊपर न आ जाए। और ऐसा सोचना उसका इसलिए भी जायज है, क्योंकि वो दो बच्चों की माँ है, जो अब बड़े हो रहे हैं, जिनके खर्चे बढ़ रहे हैं। धीमे स्वर में पूछती है, "क्या कह रहे हैं? मान गए?"

"हाँ और क्या, वो कर लेगा। अभी उसका खर्चा भी तो ज्यादा नहीं है न। और हाँ, तुम भी चिंता न करो, सब मैनेज हो जाएगा। एक साल थोड़ा लगेगा, लेकिन फिर डी.ए. और एक इंक्रीमेंट साल में बढ़ जाएगा तो फिर बराबर।" पति की बात सुन अब फिलहाल निश्चिंत है।

भैया का फोन कटते ही संदीप सिया को फोन लगा देता है, लेकिन सिया का फोन व्यस्त गया तो नीम के पेड़ के नीचे से उठकर कैंप के अंदर ही बने रोड पर टहलने निकल जाता है दूसरे साथियों की तरह फोन की लीड कान में लगा हाफ नेकर में ही यह सोचकर कि सिया का फोन आएगा तो उधर ही बात करेगा। नवंबर के दिनों में भी रायपुर में शाम के वक्त इतनी सर्दी नहीं पड़ती कि लोग दुबककर बैठ जाएँ। कैंप में अभी भी लोग ट्रैक सूट फँसाकर रात के ग्यारह बजे तक टहलते रहते हैं, जिसकी रात में ड्यूटी नहीं होती। वो इसलिए, क्योंकि लाइन में लेटकर बात नहीं कर सकते, दूसरे लोग सो रहे होते हैं। और दिन भर की बातें भी शाम को टहलते वक्त घरवालों से खूब हो जाती हैं, दिन भर के गिले-शिकवे दूर करने का वक्त मिल जाता है।

संदीप लीड कानों में लगा मोहम्मद रफी के गाने सुन ही रहा होता है कि सिया की कॉल आ जाती है'''हमारे साथ श्री रघुनाथ तो किस बात की चिंता।' यह रिंगट्यून स्पेशल अपनी पत्नी के नंबर पर लगा रखी है संदीप ने, जिस पर रिंग फोटो लगा है गुड़िया हिमांगी का''।

"हाय! कैसी हो? हमारी गुड़िया कैसी है?" संदीप जानता है कि शाम को काम निपटाने के बाद सिया अपनी मम्मी से, प्रिया से, पापा से बात जरूर करती है, जैसे हमसे करती है। इसलिए तो कभी वो पूछता नहीं कि कहाँ व्यस्त थीं। अच्छा विश्वास से विश्वास को मजबूती मिलती है यह भी वह जानता है, इसलिए बहुत कुछ जानकर पूछना भी नहीं चाहता जिससे आपसी प्रेम और जिम्मेदारियों की विश्वसनीयता और मजबूत होती है। हालाँकि जो पति घर से बाहर रहते हैं काफी

दिनों तक, उनमें इसकी शिकायतें काफी देखने को मिलती हैं, जिससे घर में तनाव बढ़ता है, लेकिन आप यदि शुरू से कुछ चीजों को नजरअंदाज कर आपस में विश्वास की नींव को विश्वास के साथ बनाए रखते हैं तो चाहकर भी गलत नहीं कर पाता आपका साथी।

"हैलो··, मैं··मैं बिल्कुल अच्छी। और तुम्हारी गुड़िया अभी-अभी सोई है। थोड़ी देर पहले ही लाई हूँ बाबूजी के पास से।"

"अच्छा, अब रोती है कि नहीं?" हँसते हुए सवाल करता है, क्योंकि वह जानता है कि उसकी बच्ची ज्यादा नहीं रोती तो ज्यादा परेशान भी नहीं करती होगी।

"हा··हा··हा··ये, ये तो कभी न रोए। भगवान् ने न जाने कैसा बनाया है इसे कि रोती ही नहीं। वो तो मम्मी ने कहा कि भूखी होगी, तब मैं लाई तो दूध पिलाया और तब कहीं सोई।" सिया हिमांगी को सुला उसके ऊपर मच्छरदानी लगा दिन के सूखे कपड़ों को तह बनाकर अलमारी में रख रही है प्रेस कर-करके।

"देख लेना, कहीं वो रोए नहीं तो तुम दूध भी न पिलाओ। ध्यान रखना उसका। रो नहीं रही है बेटा तो समझो तुम पर तरस खा रही है हमारी बच्ची समझीं। इसलिए कहीं ऐसा न हो कि तुम उसे दूध दो ही नहीं!" बच्चा यदि कम रोए तो भी माँ-बाप को एक चिंता हो जाती है कि कहीं उसके ध्यान में भूल न हो जाए। इसलिए कहते हैं न कि बच्चों की किलकारियों से घर जवाँ रहता है। हाँ··, हिमांगी रोती है, लेकिन दूसरे बच्चों की अपेक्षा कम। बस देखती रहती है, जब जागती है हाथ-पैरों को चलाती हुई।

"पता है बाबा··, मैं खुद इसलिए उसे हर दो घंटे में दूध पिलाने की कोशिश करती रहती हूँ··। और पता है! पापा-मम्मी भी इस बात से बहुत चिंतित रहते हैं। वो खुद हमारे से पहले ही कहने लगते हैं।" पति को बच्चे के प्रति प्रेम में देख सिया बड़ी खुशी-खुशी से अपनी बच्ची और सास-ससुर के प्रेम को बता पति को निश्चिंत रखने की कोशिश कर रही है, अपनी मुसकराती आवाज से परिवार के प्रेम को महसूस करा।

"आज भैया का कॉल आया था, अभी थोड़ी देर पहले ही। जब तुम कॉल कर रही थीं तो उन्हीं से बात हो रही थी।" संदीप सिया से भैया की बात का जिक्र करना चाहता है।

"कौन? बड़े वाले भैया?" सिया पूछती है।

"हाँ··, वो कह रहे थे कि जो अपना प्लॉट नहीं पड़ा है भुता में ही पेट्रोल पंप

के आगे! उसमें दो दुकानें बनवाकर डालने के लिए। एक में कपड़े को डाल देंगे और एक में जूते-चप्पल और कुछ और भी चीजें। होली तक रख जाएँगी बनके तो धीरे-धीरे चलने ही लगेंगी। कम-से-कम एक और साधन हो जाएगा इन्कम का। घर का इधर-उधर का खर्चा चलता रहेगा उससे।" संदीप सिया को फायदे पहले बताकर नए काम के लिए सहमति के प्रति आकर्षित कर लेना चाहता है, ताकि जब इंवेस्टमेंट की बात आए तो अचानक से सवाल न करे। वो जानता है कि पत्नी खर्चों की अधिकता देख सवाल कर सकती है, क्योंकि सिया इन्कम और बचत दोनों जानती है।

"अरे वाह! फिर तो ठीक रहेगा यार। लेकिन उसमें तो बहुत खर्चा आएगा न! कम-से-कम 10-12 लाख तो लग ही जाएँगे।"

"हाँ, 13-14 लाख तो मान ही लो। पाँच लाख भैया कर लेंगे, पाँच देखो हम भी करते हैं, करेंगे बात बैंक में। बाकी जो कम पड़ेगा, पापा बोले हैं कि हम कर देंगे⋯।"

"यार, आप कैसे करोगे? आपके पास तो पहले से ही कितना लोन है न? फिर कैसे देगा बैंक?" घर के सभी लोग मिलकर काम कर रहे हैं तो मना नहीं कर सकती, लेकिन जानती तो है न सिया कि उसके पति पर पहले से ही कितना भार है कर्जे का।

"हाँ हैं करीब आठ लाख। लेकिन मिल जाएगा 13-14 लाख हमें। तो आठ तो यही एक तरफ मर्ज हो जाएगा बाकी पाँच दे देंगे⋯।"

"कितनी किस्त जाएगी फिर? जब अभी 15 जा रही है तो 20 तो जाएगी ही न। फिर आपको भी वहाँ के खर्चे के लिए चाहिए यार और यहाँ भी खर्चा हो ही जाता है। देख लो आपको सही लगना चाहिए। मैं मना नहीं कर रही, लेकिन मैं सोच रही थी कि बेटी अभी छोटी है तो उसके नाम से अभी से मंथली कोई पाँच हजार तक की पॉलिसी करा देते तो आगे दिक्कत नहीं रहती। आप खुद कह रहे थे। लेकिन जब इसी की किस्त इतनी हो जाएगी, फिर कैसे कर पाएँगे आप?" पत्नी और माँ होने के फर्ज में सिया दोनों चिंताएँ सामने रखने की कोशिश करती है घर के खर्चों और भविष्य की तरक्की को संतुलित रखने के लिए।

पत्नी की बात सुन एक पल के लिए तो सोचता है संदीप, लेकिन सिया को भरोसा दिलाने के लिए फिर कहता है, "सिया, अभी यदि इस तरह के इन्वेस्टमेंट को नहीं करेंगे तो आगे तो बिल्कुल भी नहीं कर पाएँगे यार। मुझे ठीक लग रहा है।

हो जाएगा मैनेज।" पति के आत्मविश्वास को महसूस कर सिया फिर आगे क्या ही बोलती! वो तो पति से मिले इस सम्मान को पाकर ही खुश हो गई कि पति ने उसे इतने बड़े निर्णय में सलाह लेने के लिए शामिल किया, अधिकार दिया।

"ठीक है यार, मैं तो बस चाहती हूँ कि आप बाहर रहते हैं तो परेशान न हों। और वैसे भी सब लोग मिलकर कर रहे हैं तो कर ही लेंगे। अच्छा यह बताओ वो पैर की मोच ठीक हुई या नहीं?"

"हाँ, कब की ठीक हो गई···, बताया तो था!"

"हाँ, बताया था, लेकिन कह रहे थे न आप कि सुबह उठता हूँ तो दर्द महसूस होता है। इसलिए पूछ रही थी।"

"हाँ···ठीक है अब। चलो ठीक है फिर, आप भी सो जाओ, मैं भी जाता हूँ थोड़ा कुछ लिखूँगा, फिर सो जाऊँगा आज जल्दी। कल सुबह ड्यूटी जाना है।"

किसी परिवार में जब बहुएँ आ जाती हैं, तब संगठित परिवार के खर्चों पर होने वाली लड़कों की सहमति पर हालाँकि उनकी पत्नियाँ अपनी सलाह रखकर कुछ रोक नहीं सकती हैं, क्योंकि उस घर के मर्दों की सहमति है और एक बेहतर भविष्य के लिए तय की गई रणनीति है। लेकिन फिर भी उन मर्दों द्वारा माता-पिता की सलाह के बाद अपनी पत्नियों से सबकुछ साझा करना और राय लेना यह दरशाता है कि वो अपनी पत्नियों को उस परिवार में अपने बराबर रखना चाहते हैं सम्मान के साथ। और जब पत्नी पति के इस भाव को जान उसी सम्मान के साथ अपनी हाँ शामिल कर साथ आती है, तब वह घर एक मजबूत परिवार के निर्माण की ओर होता है।

हाँ, माना वर्तमान समय में ऐसा बहुत कम रह गया है समाज में, लेकिन फिर भी यह दर्शन हर उस नए परिवार में मिलेगा, जिसमें नई-नई बहुएँ आई हैं, और वो अपनी स्थिति और अधिकारों को समझ रही हैं। बाद में जब लंबा समय हो जाता है बहुओं को एक घर में, फिर स्थितियाँ थोड़ी मुश्किल हो जाती हैं किसी एक निर्णय के लिए, लेकिन वो एक समय बाद की बात है। फिलहाल प्रेमानंद के घर में अभी सब एक मत हैं, जिसे देख दोनों बुजुर्ग दंपती शाम को चैन की नींद सो जाते हैं।

कुछ दिन बीतते हैं और वक्त आता है करवाचौथ का। दामाद घर पर हैं नहीं, इसलिए सिया के मम्मी-पापा करवाचौथ के एक दिन पहले कुछ मिठाई, हिमांगी बिटिया के लिए कपड़े और सिया के लिए साड़ी लेकर पहुँचते हैं। घर से दूर गई बेटी कोई परायी थोड़ी हो गई! और फिर ऐसे त्योहारों पर पति की गैर-मौजूदगी में

बेटी दिल न छोटा करे, इसलिए चले आते हैं अपने मन की शांति के लिए भी कि इस बहाने मिल भी लेंगे बिटिया से।

दोपहर का एक बज रहा है, सिया हिमांगी को लेकर लेटी ही है। सभी बहुएँ अपने-अपने कमरे में हैं, प्रेमानंद कहीं बाहर गए हैं और मायादेवी बैठक में बैठी हैं एक पड़ोसन के साथ। दोपहर के वक्त अकसर पड़ोसन यहाँ आ जाती हैं समय पास करने को, लेकिन यही बेवजह की पंचायतें अकसर घर के सदस्यों के बीच प्रतिद्वंद्विता की वजह भी बनती हैं।

"लग रहो है कि कोई है दरवाजे पय!" कुंडी खटकने और रोमियो की दुलारती आवाज सुन बैठक में तखत पर बैठे-बैठे पड़ोसन ने खिड़की के परदे से झाँक दरवाजे की तरफ देख कहा।

"हाँ, कोई है तौ अपनो ही। आय रही हूँ···" कुरसी से उठ कमर पर हाथ रख परियों के जोर से कराहती हुईं दरवाजे पर पहुँच दरवाजा खोलती हैं मायादेवी, तो सामने समधी-समधिन देख मुसकराती हुई स्वागत करती हैं अंदर चले आने का इशारा करते हुए। समधी दोनों हाथ में बैग पकड़े हैं, इसलिए पैर नहीं छू पाए सिर्फ राधे-राधे कह अंदर चल दिए, लेकिन समधिन लता ने दरवाजे पर ही तीन बार धोती के पल्लू को हाथों से पकड़ समधिन के पैर छुए और चल दीं अंदर के लिए।

"अब जा बुढ़ापे में पैर-वैर न छुओ करो आप। कमर में वैसे भी आपके दर्द रहतय ही है।" दरवाजे की कुंडी लगा, पीछे-पीछे बैठक की तरफ आते हुए बोलती हैं। पूँछ हिलाता और मीठी आवाज निकाल रोमियो सभी को अंदर जाते देख फिर लेट गया दरवाजे पर ही यह जान कि अब कुछ नहीं मिलेगा।

"बहू, पानी ले आओ जरा।" मँझली बहू को रसोई में जाते देख आवाज दी, पड़ोसन ने सभी को नमस्कार किया और थोड़ा पीछे खिसक बैठ गईं समधिन को बैठने के लिए तखत पर जगह छोड़। बैठक में रात में दोनों मियाँ-बीवी बुजुर्ग सोते हैं, इसलिए सोफे उठाकर लॉबी में डाल दिए हैं। बैठक में सिर्फ प्लास्टिक की कुरसियाँ ही पड़ी हैं।

"इधर आ जाओ न आप, हम ऊपर बैठ जाते हैं।" एक कुरसी पर रमेश बैठ जाते हैं तो दूसरी अपनी कुरसी समधिन लता की तरफ बढ़ाती हुई कहती हैं माया।

पैरों की तकलीफ बता आदर के साथ समधिन का सम्मान रख कहती हैं लता, "न जिज्जी, कुरसी पर बैठते हैं तो पैर लटकाउन से सूजन आय जात है। इसलय हम घर में तो या नीचे या तखत पर ही बैठत हैं।"

"आज अचानक···! बिन बताए ही चले आए। फोन कर दओ होतो तौ काऊ को भेज देते चौराहे पय गाड़ी लेके।" मायादेवी कोशिश करती हैं अचानक आने की वजह जानने की।

"हाँ···, चलो कोई बात नाय। असल में हमने सोची दामाद घर पे हैं नाय, पहली करवाचौथ है, तौ मिठाई पहुँचा आएँ लली के घर। और इनको इच्छा थी हेमा गुड़िया को देखन की बहुत।" रमेश ने चेहरे पर खुशी की लकीर रख समधिन को आने का कारण ऐसे बताया, जिसे सुन उनकी समधिन पड़ोसन के सामने खुश हो सकें यह महसूस करती हुई कि उनके बेटे की ससुराल कितना सम्मान करती है।

"हाँ-हाँ बिल्कुल, भइया ऐसोऊ तौ कोई होए। वरना आजकल तौ शादी के बाद लोग अपनी लड़की के हिआ जानो ही भूल जात हैं।" घर में रोज-रोज जो पड़ोसिनें आती हैं उनमें से कुछ की ऐसी ही आदत होती है, किसी भी बात पर तारीफ करना, ताकि मायादेवी के जैसे परिवारों में उन्हें बैठने का मौका मिलता रहे सम्मान के साथ, और वो जान सकें घर की हर आहट को।

पड़ोसिन की बात सुन सभी मुसकरा ही रहे होते हैं कि मँझली बहू नेहा ट्रे में चार गिलास पानी और कुछ मिठाई लेकर आ जाती है···,

"नमस्ते मम्मीजी, नमस्ते पापाजी···" स्टूल पर ट्रे रख पड़ोस की चाची और अपनी सास के पैर छू लेती है। रमेश नेहा के पैर छूते हैं।

"सिया का सो रही हैं? देखो···। जगाओ जाकर उन्हें।" सास ने मँझली बहू के सम्मान को स्वीकारते हुए छोटी बहू को बुलाने के बहाने बड़ी बहू को भी बुलाने का इशारा किया। वो जानती है कि तीनों बहुएँ आकर मिलेंगी तो समधियाने में घर की एक तसवीर बनेगी।

"भाईसाहब कहीं गए हैं क्या?" रमेश ने समधी की आहट घर में न देखते हुए पूछा।

"हाँ, वे गए हैं बिजली वाली दुकान पय। इन्वरटर खराब हुए गओ है तौ सोच रहे हैं बदलवाय दें।" मायादेवी बता ही रही होती है कि लॉबी वाले दरवाजे से देखती है कि सिया रसोई की तरफ जा रही है, "बहू···तुम इधर आओ। नेहा बना लाएगी चाय। देखो! तुम्हारे मम्मी-पापा तो पूरी खरीदारी करके ही ले आए यहाँ हा··हा··हा···"

मम्मी की मुसकराती आवाज सुन सिया साड़ी का पल्लू सँभालती हुई चेहरे पर खुशी के भाव रख कमरे में आती है। रमेश सिया के पैर छूकर अपनी बेटी को

मुसकराकर देखते हैं, शायद वो सिया की सेहत का निरीक्षण कर रहे हैं। लता ने तखत से उतरकर बड़ी भावुकता से सिया को गले लगाया और काफी देर तक बेटी की पीठ थपथपाती हुई गले लगी रहीं। और जब गले से हटाया तो अपने पास ही तखत पर बैठा लिया सिया के हाथ चूमते हुए।

"हेमा बिटिया सो रही है क्या ?" रमेश ने नातिन के प्रेम में मुसकराते हुए पूछा। वो देखना चाहते हैं किलकारती हुई गुड़िया को आज सामने से।

"हाँ…, वो अभी-अभी सोई है दूध पीकर। लाती हूँ थोड़ी देर में।" सास की तरफ देख बोलती है, बच्ची अभी-अभी सोई है तो अगर सास कहेंगी तो सिया ले आएगी उठाकर, उनकी तरफ देखने का मतलब ही है इजाजत माँगना। क्योंकि बेटियाँ ससुराल में मायके वालों के आने पर अधिकांशतः अपने बच्चों को कुछ तकलीफें देने के लिए राजी हो जाती हैं, जिससे मायके वालों को पल-पल की खुशी दे सकें। वो जानती हैं न कि बेटी तो बाद में भी सो लेगी, लेकिन मम्मी-पापा इतनी दूर से आए हैं और देखना चाह रहे हैं तो जगा लाती हूँ। परंतु सास कहीं नाराज न हो जाएँ, सास कहीं यह न सोचने लगें कि 'देखो अपने मायके वालों के आगे इतना पागल हो गई कि सोते बच्चे को भी उठा लाई' इसलिए उसने अपनी सास की नजरों में देख इशारा भाँपने की कोशिश की।

"नहीं-नहीं, उसे सोने ही दो। थोड़ी देर में जग जाएगी, तब ले आना वरना रोएगी।" पड़ोस की चाची ने सास के बोलने से पहले ही टोक दिया।

"न लली रहने दो। सोने दो उसे, मैं तो बस ऐसे ही पूछ रहा था।" चाची की हाँ में हाँ मिला रमेश ने सिया की उलझन को समझ खुद मना कर दिया।

सभी बात कर ही रहे होते हैं, सिया माँ के पास बैठी होती है। नेहा चाय बनाकर लाती है और सुनीता भी अंदर से आकर दरवाजे के पास खड़ी हो जाती है। रमेश और लता अपनी बेटी की तरह ही सुनीता को भी सम्मान देते हैं कि अचानक से सुनीता के दोनों बच्चे जो अभी अंदर अपने कमरे में पढ़ रहे थे, सुनीता के बाहर आते ही लड़ते और गदबदाते हुए बाहर की तरफ भागते हैं। छोटा 'मम्मी…' कहता हुआ आगे-आगे और बड़ा पीछे-पीछे 'आज सारे तोए बता ही देऊँगो' कहता हुआ दौड़ता है। अचानक बच्चों की चीख-पुकार सुन सभी का ध्यान उधर जाता है…।

"देखो, देखो…सुनीता बाहर निकरीं कि गदबदइयाँ होन लगीं। जे बालक काहू कौ नाय डरात हैं सिवाए रोहित के…। ऐ बालकौ…, नाय मानौगे तुम…! क्यों

पागलन की तरह भाग रहे ऐं··· ?" मायादेवी समधी-समधिन के सामने बच्चों की लड़ाई देख जोर से डाँटती हैं।

"जे बालक भइया बहुत धमा-चौकड़ी मचाउत हैं, सुनीता की तौ सुनतय नाय हैं। और एक सिया की लड़कनी है कि अभई से बेमतलब रोउत तक नाय। अपने चुप्पा लेटी रहात है, दूध दय देओ तौ, और न देऔ तौ" पड़ोसन चाची ने तो अपनी नजर में सिया की बेटी की तारीफ कर दी उसके मम्मी-पापा के सामने। लेकिन यह सुन सुनीता को ठीक नहीं लगा। वह गुस्से में लॉबी से होते हुए दरवाजे की तरफ अपने बच्चों की तरफ दौड़ती है।

यह सब देख मायादेवी को भी ठीक नहीं लगा, और वो यह सोच शर्मिंदा होने लगीं कि अगर वो नहीं बोलतीं पहले तो पड़ोस की चाची को मौका नहीं मिलता इस तरह बोलने का, क्योंकि ऐसी बातें अकसर घर की बहुओं के बीच में दरार डाल देती हैं। रमेश समधिन के चेहरे के भाव को समझ तुरंत बोलते हैं।

"अरे कोई बात नहीं, बालक तो बालक हैं। अब कोई आय जात है, तब ही मौका मिलता है थोड़ा बहुत खेलने का। जे तौ छोटे हैं और लड़का हैं। हमारी तौ जे लड़कियाँ अभी तक खूब लड़ती थीं और फिर प्रेम से रहती भी थीं।" किसी पड़ोसी की बातें सुन समधिन के चेहरे पर आई लज्जा को महसूस कर रमेश ने अपनी बात से इशारा किया कि वो जानते हैं यह सब।

सुनीता दरवाजे से डाँटती हुई दोनों बच्चों को बाहर से अंदर खींचती हुई लाती हैं कि नेहा के कान में हिमांगी के रोने की आवाज आती है।

"सिया, शायद लली उठ गई है।" नेहा लॉबी की तरफ बढ़ी तो सिया भी उठकर तेज कदम बढ़ाती है अंदर की ओर···।

"उठाना मत, उसे सुला ही दियो। बालकन की आवाज से कच्ची नींद में उठी है।" मायादेवी सिया को पीछे से आवाज देकर इशारा करती हैं इधर न लाने के लिए।

"चलो, हम उधर ही चले जाते हैं···, थोड़ी देर बैठ लेंगे तो ठीक ही है। वरना बाद में जे रौरी डालेंगे चलन की तौ हम अपनी नातिन कौ देख भी न पाएँगे हड़बड़ी में।" लता तखत से पैर जमीन पर रख अंदर जाने के लिए उठती हैं। वो समझ चुकी हैं कि मायादेवी उनकी समधिन अब उस पड़ोसन के सामने कोई बात नहीं करना चाहतीं।

"हाँ-हाँ, कोई बात नहीं, भाईसाहब आप भी चले जाइए। देख लीजिए सिया का कमरा, अब आप भी इस घर के ही सदस्य हैं।" मायादेवी कोशिश कर रही

हैं कि वो पड़ोसन को महसूस न होने दें, कि उनकी बात किसी को भी ठीक नहीं लगी। हालाँकि इस बात के अफसोस का कैसा भी भाव पड़ोसन की चाची के चेहरे पर नहीं है।

"यार मम्मी, मैंने तुमसे मना किया कि मत लाना, लेकिन आप लोग फिर भी ले आए···" हिमांगी को गोद में लेकर लता बेड पर बैठ जाती हैं, हिमांगी जाग गई है और उसके पल्लू से खेल रही है।

बेटी को परेशान होता देख मायादेवी कहती हैं, "अरे तौ क्या हुए गओ। तुम तौ मना करती ही रहती हौ। हम तौ अपनी लल्ली के लय लाए हैं। और बेटियाँ तो कहती ही हैं, लेकिन माँ-बाप को तो अपना फर्ज निभाना ही है न।" वो जानती है कि बेटियाँ कभी नहीं चाहतीं कि पापा का खर्चा उनकी वजह से हमेशा होता रहे, वैसे भी रमेश रिटायर हैं तो इतना नहीं कमाते।

"अरे, वो तो ठीक है मम्मी, लेकिन अच्छा नहीं लगता है न कि दो घंटे के लिए भी आओ और इतना खर्चा करो आकर···" मम्मी के थैलों से साड़ी निकाल उनकी कीमतों को आँकती हुई बोलती है।

सिया की बात सुन कमरे के दरवाजे पर अपने जूते उतार अंदर आते रमेश कहते हैं, "बेटा, ससुराल जाने के बाद किसी भी बेटी को अच्छा नहीं लगता उसके पापा सारे खर्चे छोड़ उस पर खर्चे करते रहें। लेकिन तुम हमारी बेटी हो, वैसे तो नहीं ही कर पाते हैं, लेकिन आज थोड़ा बहुत कर दिया है तो अब रख लो···"

"ठीक है पापा, लेकिन अच्छा नहीं लगता न कि सिर्फ हमारी ही बेटी के लिए लाओ, घर में दोनों बड़ी दीदी के बच्चे छोटे-छोटे ही हैं। और आप देख रहे हो न कि घर में कैसे-कैसे लोग आकर बैठते हैं! वैसे तो कोई बात नहीं, लेकिन फिर भी ठीक नहीं लगता है न।" सिया कोशिश करती है परिवार में बराबरी की बात अपने माँ-बाप के सामने समझाते हुए रख सके।

बेटी की परिवार वाली बातों को सुन दोनों माँ-बाप के चेहरे पर खुशी की चमक उभर आती है। रमेश तुरंत बोलते हैं, "तौ ऐसो करियो न···! कि जे रख लेओ तुम, उनके बालकन कौ पैसा दे जाएँगे।"

"अच्छा···! ऐसे ठीक लगेगा बताना जरा···? यार पापा, समझा करो। आगे से मिठाई वगैरह भले ले आया करो, लेकिन कपड़े नहीं। बाद में 100-100 रुपए दे जाना वो ठीक रहेगा।" पापा की तरफ अपनी बात को समझाने की कोशिश करती

है, ताकि कुछ रीति-रिवाजों की वजह से परिवार में खुद की नजरों को छुपाना न पड़े।

"ठीक है, आज ये रख लो आगे से पूछ लिया करेंगे, अब खुश! संदीप से बात हो जाती है?" रमेश अब कमरे में आकर अकेले में सिया के मन को टटोलना चाह रहे हैं। हालाँकि वो सिया के पारिवारिक प्रेम को भाँप इतना समझ चुके हैं कि सिया अपनी किसी भी तकलीफ को जाहिर नहीं होने देगी।

"हाँ, हो जाती है उनसे सुबह-शाम दोनों टाइम..., और यहाँ भी सब ठीक है। आप लोग अपना खयाल रखा करो बस। ध्यान प्रिया पर दो अब, अच्छा लड़का मिल जाएगा तो सही रहेगा। वो तो बहुत लापरवाह है, कुछ नहीं सोचती। आप दोनों को ही सोचना पड़ेगा, तो अच्छा है मेरी चिंता छोड़ उसके लिए भी एक अच्छा रिश्ता मिल जाए बस इतनी चिंता करो।"

सिया की बातों में मायके को लेकर चिंता देख रमेश के चेहरे पर खुशी भी है और चिंता भी। वो तुरंत बोलते हैं, "अरे, वो तुम्हारी ही तरह बहुत समझदार है। जब से तुम आई हो तुम्हारी मम्मी को खाना नहीं बनाने देती। आज अगर उसका टेस्ट न होता कोचिंग में तो वो जरूर आती।"

सिया प्रिया की बात सुन खुश हुई, हालाँकि वह जानती है कि पापा बढ़ा-चढ़ाकर बोल रहे हैं, लेकिन फिर भी मुसकराकर माँ की तरफ देख शांत हो जाती है।

"उसे भेजूँगी दिवाली बाद तुम्हारे पास, सिखा देना उसे थोड़ा-बहुत कमरा सजाना।" बेटी के सजे कमरे को देख दोनों माँ-बाप बहुत खुश हो रहे हैं मन-ही-मन। और हों भी क्यों न, उनका भी सम्मान है इस साज-सज्जा में।

"हाँ...! अगर पता होता कि इसे देख आप लोग बाहर ही चप्पल उतार देंगे तो कभी न करते।" पापा की तरफ देख बोली सिया। उसने देख लिया था पापा को अंदर आते वक्त जूते बाहर ही उतारते हुए।

"हमें पता है दिन में दस बार पोंछा लगाती होगी कमरे में, और वैसे भी हम तो लॉबी के बाहर ही निकालने वाले थे। वो तो तुम्हारी सास ने कह दिया पहने रहो इसलिए आ गए। अच्छा थोड़े लगता है माँ-बाप के पैरों की मिट्टी बेटी साफ करे।" सिया चुप रही पापा की बात सुन, उनके सम्मान, उनकी चिंता, उनके प्यार को महसूस कर और बोलती भी क्या!

मेहमाननवाजी का यह दिन भी खास रहा सिया के परिवार का। सिया के माँ-बाप को, बेटी के घर आकर मिले सम्मानित व्यवहार को देख चैन की एक

अलग अनुभूति हुई, निश्चिंतता के वो प्रमाण मिले जिसे लेकर अकसर माँ-बाप चिंतित रहते हैं, क्योंकि पति घर पर रहते नहीं हैं, इसलिए आज के दौर को देखते हुए किसी भी माँ-बाप के लिए चिंता का विषय बना ही रहता है। और जब कॉल पर बेटी, "सबकुछ सही है," ऐसा बताती है तो मन के भ्रम को दूर करने के लिए इस तरह के औचक निरीक्षण करना भी जरूरी है। इससे ससुराल में बेटी की भीर-भारी होती है।

लेकिन मोटे-मोटे तौर पर खिड़की के सफर पर लिखते हुए इस वाले भाग को लिखने की जरूरत इसलिए हमने समझी, ताकि उन छोटे-से-छोटे मन के कांकरिक बिंदुओं पर नजर डाल सकें, जिसकी वजह से घर में अकसर तनाव होते हैं। जैसे कि यहाँ पर एक पड़ोसन द्वारा सभी के सामने एक बहू के बच्चे की तारीफ और एक बहू के बच्चों की कठोर निंदा। और इस तरह की निंदा बच्चों के माँ-बाप में तब घर कर जाती है, जब जिस बहू की तारीफ की जा रही हो उसके माता-पिता सामने बैठे हों। हालाँकि जो घर बहुत सुलझे और सकारात्मक सोच वाले होते हैं उनमें इन बातों का इतनी जल्दी फर्क न भी पड़ता है। लेकिन यह तो निश्चित है कि भविष्य में यदि कभी आपस में तनाव हुआ, तो इन छोटी-छोटी बातों का तानों के रूप में उपयोग जरूर किया जाएगा। अर्थात् इस तरह के छोटे-छोटे कारक ही घर में दरार की नींव डालते हैं। जबकि इस पूरे दृश्य में परिवार के किसी सदस्य की कोई गलती नहीं थी, बस कुछ गलत था तो बहुओं के मायके वालों के सामने उस स्त्री का बिना सोचे-समझे कुछ भी बोलना, जो शायद उसने जान-बूझकर ही बोला होगा!

हमने इस पुस्तक को लिखने के लिए कई ग्रामीण चौपालों में विजिट की, ताकि परिवार जिस बिंदु से, जिस रेखा से, जिस सीमा से अलग होने के निर्णय लेते हैं उसकी नींव किन-किन छोटे कारणों से पड़ी यह जान सकें। हालाँकि जिन बिंदुओं को हम इस पुस्तक में शामिल कर रहे हैं, जैसे—अभी बच्चों की तुलना या पहले काम को लेकर तुलना या आगे सेविंग को लेकर लिखेंगे! ये सब वो बिंदु हैं, जिन्हें मनमुटाव की प्राथमिक इकाई कहा जा सकता है। पहले के समय में इन बातों को गौर नहीं करते थे लोग, क्योंकि उनके सामने बिखर जाने के उदाहरण या ऑप्शन होते ही नहीं थे। लेकिन आजकल के समाज में हर नए बनने वाले परिवार के सामने टूटे हुए घर उदाहरण के रूप में बहुत होते हैं, जिनमें खुद को बदलने के लिए या जिनकी तरह खुद को तोड़ लेने के लिए अकसर ये छोटे-छोटे बिंदु ही उकसाते

हैं कि ऐसा करते हैं कि अलग हो जाते हैं, जिससे आपकी आपसी प्रतिस्पर्धा या प्रतिद्वंद्विता खत्म हो जाएगी।

परंतु इससे होता क्या है, जानते हैं? आपसी प्रतिद्वंद्विता खत्म नहीं होती, बल्कि इस वजह से जो माँ-बाप बीच में पिसते हैं या रिश्तेदारों के सामने जो दिखावे होते हैं, उनकी वजह से दूसरे रूप में प्रतिस्पर्धाएँ जन्म ले लेती हैं। और परिवार गृह क्लेशों के ब्लैकहोल में धँसते चले जाते हैं, जिसमें कौन गुनहगार है यह समझ ही नहीं आता।

पारिवारिक खुशियों और पारिवारिक तनावों का एक समय चक्र होता है, जो उत्थान और पतन के अनुसार हमेशा जुड़ा रहता है। या कह सकते हैं कि जिससे परिवार प्रभावित होता रहता है। जब परिवार के लोग भावनात्मक सफर करते हैं खुशी या गम के रूप में, तब एक-दूसरे के गिले-शिकवे भूल बड़े आदर के साथ एक हो जाने की कोशिशें भी करते हैं। जैसे कि 'चलो जो हुआ सो हुआ लेकिन हैं तो अपने ही।' इस एक हो जाने की प्रक्रिया को उत्थान या ज्वार समझ सकते हैं।

लेकिन खुशियों या दुःखों की घड़ी गुजरते ही जब ध्यान सम्मान और आपसी प्रतिस्पर्धा की ओर आता है अपने ही समाज और रिश्तेदारियों के सामने, तब भावनाएँ छोड़ वही परिवार के लोग पतन या काँटे की तरह दूर भागने की कोशिश करते हैं, जैसे अपने ही सबसे बड़े दुश्मन हैं। यह कहते हुए कि जब उन्होंने हमारे साथ इतना ही किया तो हम ज्यादा क्यों करें!

प्रेमानंद पिछले कई दिनों से गाँव स्थित अपने पुश्तैनी घर में रात को रुकने के लिए चले जाते हैं। उनकी पत्नी मायादेवी शाम को जाते वक्त अपनी किसी बहू से एक खुराक बँधवा देतीं और यह कहकर रोज विदा करती हैं कि 'सुबह जल्दी आ जाना और रोटी यहीं खाना आकर।' हालाँकि पूरा घर उनसे कहता है कि 'आपने अपनी पूरी सेविंग पूरा फंड इस मकान में लगा दिया! और अब जब रिटायर हुए हो सबके साथ रहने का समय आया तो सबको छोड़ गाँव चले जाते हैं रहने अकेले! सब ताजी रोटी खाते हैं और आप बँधी हुई बासी।' इस बात पर प्रेमानंद कहते हैं कि 'आप लोग रहिए खुशी से लेकिन हमें तो अपने उसी घर में अच्छा लगता है।'

प्रेमानंद की बातों के दो अर्थ समझ आते हैं, एक यह कि जिस पुश्तैनी घर की वो बात कर रहे हैं, उस घर से उनका बचपन जुड़ा हुआ है। उस घर की यादों

में उनकी वो यादें जुड़ी हुई हैं, जिनमें वो अपनी माँ और पिताजी के साथ बचपन जिए, जवानी जिए, शादी की और एक नए समाज की रचना की। उस पुश्तैनी घर के आस-पास अर्थात् उस गाँव में उनके वो साथी बुढ़ापे का समय काट रहे हैं, जिनके साथ-साथ बड़े होकर स्वयं में भावनाओं ने जन्म लिया। शायद इसलिए वो अपनी पुश्तैनी जमीन पर बुढ़ापे में शहर के सन्नाटे से कहीं दूर चैन की नींद ले पाते हैं।

दूसरा अर्थ यह है कि बुढ़ापे के समय में वो कुछ वान आश्रम जैसा जीवन जीना चाहते हैं। शायद वो सोचते हैं कि अपने बच्चों से अभी से दूरियाँ बनानी शुरू कर देंगे तो निर्वाण के समय इस निश्चिंतता से जा सकेंगे कि हाँ उनके बच्चे उनसे दूर अकेले जीना सीख गए हैं।

लेकिन क्या परिवार के सदस्य उनकी दूसरी सोच, जैसा वो सोचते हैं, वैसा ही सोचते हैं, यह संभव है? शायद नहीं। वो इसलिए, क्योंकि जब से प्रेमानंद ने भगवानपुर वाले घर से दूरी बना अपना डेरा पुश्तैनी घर में डालना शुरू किया है, उनकी पत्नी मायादेवी की चिंताएँ बढ़ गई हैं। वो हर रोज जब प्रेमानंद घर से निकलते तो उन्हें बच्चों के प्रेम की दुहाई देकर रोकने की कोशिश करती हैं, ताकि बुढ़ापे के समय को जितना हो सके साथ काट सकें। एक तरफ बेटे-बहुओं की ममता तो दूसरी तरफ पति के प्रति प्रेम के बीच खुद को हमेशा तनाव में महसूस करती रहती है। एक बेटा फौज में है तो उसे हर शाम फोन कर कहतीं कि 'देखो लला, तुम ही समझाओ, जे घर जा रहे हैं। बताओ इन्हें वहाँ कौन रोटी देगा और कौन पूछेगा?' वो सोचती हैं कि संदीप घर से बाहर रहता है तो शायद उसकी बात मानकर रुक जाएँगे।

इस खींचतान में प्रेमानंद गाँववाले घर का झाड़ू-पोंछा कर, पौधों में पानी देकर और पूजा-पाठ कर भगवानपुर वाले घर आते तो मायादेवी पूरी कोशिश करतीं कि उन्हें ताजा खाना ही दें। आखिर जो इनसान साइकिल से इतना कुछ करता है एक घर के लिए तो ताजा खाना तो मिलना ही चाहिए न। और हमेशा वो किसी-न-किसी बहू से कहकर चार रोटी सिंकवा देतीं उनके लिए। पूरे दिन की चिंता के बीच एक माँ के लिए सबसे सुकून भरा पल यही होता है।

आज भी प्रेमानंद हर रोज की तरह सुबह 10 बजे घर आ गए हैं। मायादेवी ने बड़े प्यार से अपनी मँझली बहू को बोलकर थाली लगवाई और बैठक में बैठकर दोनों लोग गाँव और घर की बातों में व्यस्त हैं। सिया ने हिमांगी को धूप निकलने

के बाद नहलाया है तो छत पर मालिश कर रही है। सुनीता वॉशिंग मशीन में पड़े कपड़ों को बाथरूम में धुल रही है तो रोहित स्कूल गए हैं और सुमित बाजार घर की कुछ जरूरी चीजें लेने।

"अरे देखो तो जरा, मुझे लग रहा कोई बालक गिर पड़ा है क्या?" धम की आवाज के साथ जैसे ही बच्चे की चीख कानों में पड़ी प्रेमानंद के कि हाथ को थाली में ही रोक चौंकते हुए बोले। मायादेवी बाहर निकलतीं उससे पहले ही रसोई से नेहा दौड़ती हुई अपने कमरे में गई। कमरे में उसकी चार साल की बेटी बेड से अर्धनिद्रा में नीचे गिर जाती है। उसकी साँसों में अटकी लंबी चीख को बाहर निकालने के लिए नेहा गोद में लेकर पीठ सहलाती हुई कमरे से लॉबी में आती है। लॉबी में आकर उसकी बेटी तेजी से आवाज निकाल जब दुबारा साँस लेती है, तब सबकी घबराती हुई रुकी साँसें गले से नीचे उतरती हैं।

"नीचे गिर गई थी क्या? सिर में देखो चोट तौ न लगी!" बैठक से लॉबी में आकर नेहा की गोद से बच्ची को अपनी गोद में ले सिर पर हाथ फेरती हुई बैठक में चली आती हैं मायादेवी। प्रेमानंद भी लॉबी के दरवाजे पर आते हैं देखने, लेकिन लड़की को ठीक देख फिर बैठ जाते हैं खाना खाने।

"नहीं···सिर में नहीं लगी है। नीचे बैग रखा था कपड़ों का उस पर गिरी थी।" लॉबी से ही मम्मी को बता रसोई की तरफ चली जाती है नेहा।

"जब पता है कि अकेली है कमरा में वो और सोउत से अचानक उठ बैठती है तो उसे अकेले छोड़ते ही क्यों हैं? और सुमित कहाँ है?" बच्ची के रोने के बावजूद सुमित को घर में न देख गुस्से में सवाल किया प्रेमानंद ने।

"पता नाय···, जा कहके गए कि अभय आय रहे हैं।" मायादेवी बच्ची को दुलारते हुए बड़बड़ाईं।

"फॉर्म भरने गए हैं यू.पी.एस.सी. का यहीं कैफे पर। लैपटॉप खराब हो गया है उनका।" पापा को नाराज होता देख बैठक में गरम रोटी पापा को देने आते हुए बताती है नेहा। वह बैठक में पहुँचती ही है कि सामने देखती है सुमित घर आ चुके हैं। सुमित ने मेन गेट से अंदर आकर पहले पैर धुले और घर के माहौल की अनभिज्ञता में पापा की साइकिल देख चेहरे पर मुसकराहट की लकीरें लिये बैठक में आता है। अंदर घुसते ही पापा के पैर छुए, पापा के छुए इसलिए मम्मी के भी छुए।

"कहाँ गए थे?" बेटे ने पैर छुए इसलिए नाराजगी से इतर नम्रतापूर्वक पूछा प्रेमानंद ने।

"कहीं नाय यहीं गए थे यू.पी.एस.सी. की फीस सबमिट करने।" बाइक की चाबी बैठक की छोटी अलमीरा पर रखी और लॉबी में जाते हुए साधारण जवाब दिया ध्यान को रसोई की तरफ घुमाते हुए।

"का सबमिट करते रहते हो? पढ़ने तो बैठते नहीं हो। न तुम बालक कौ सँभाल पाय रहे हौ। तुमसे कोई काम को कहो तब कहते हो कि अभी तौ पढ़ने बैठे अब काम बता दिया।" बच्चे के गिरने से प्रेमानंद को उसके माँ-बाप की लापरवाही लग रही थी, इसलिए बहू को रसोई में देख उससे तो बोल नहीं पाए, लेकिन बेटे पर उतार दिया गुस्सा खाना खाते-खाते।

पापा को गुस्से में देख लॉबी से ही पत्नी नेहा को देख गुस्से की वजह जाननी चाही लेकिन जवाब दे ही दिया, "अब पढ़ाई करते तौ हैं, नहीं लग रही नौकरी तो क्या करें? ऊपर से जब भी फॉर्म डालो तब आपकी सुनो, और पेपर नजदीक आए तब सुनो। खर्चा ज्यादा हो रहा है तो बता दो कहीं काम कर लेंगे।" बहुत ज्यादा गुस्से में नहीं, लेकिन रोज-रोज की इस तरह से कहासुनी होती ही है तो बस बोल दिया जवाब देते हुए।

हमारे लिए कोई क्या करता है वो यह कह देना तो चाहता है, लेकिन कमाता नहीं है, इसलिए कह नहीं पा रहा; ताकि कहीं गलत न समझ लें लोग। और बस उतना कहता है, जितना ज्यादा बुरा न लगे, अर्थात् इमोशनल।

पति को बेटे ने पलटकर जवाब दिया तो मायादेवी को भी गुस्सा आ गया, "तुमसे जा किसने कही कि तुम्हारी वजह से खर्चा हुय रहो है···? तुम्हारे पापा कुछ कह भी देत हैं तौ जरूरी है का तुम्हारो जवाब देनो!" वो अभी भी बच्चे को गोद में ही ली हुई हैं, जिसे प्रेमानंद ने रोटी का टुकड़ा थमा दिया है।

"अरे तौ क्यों हमसे जे बातें कही जाती हैं? जाइ के मारे न हि हम कमाते नहीं हैं। एक तो पूरे घर के काम भी करो और ऊपर से हमसे सुबह से लेकर शाम तक एक-दो बार जरूर ताने मार दिए जाएँगे।" सुमित को नेहा चुप रहने के लिए रसोई से बार-बार इशारा कर रही है, लेकिन वो है कि उसको नजरअंदाज कर गुस्से में ही बड़बड़ाते हुए समझाने की कोशिश कर रहा है कि इन सब चीजों से तंग हो चुका है वो। माँ सब समझती हैं, यह इसलिए वो चुप हो गई हैं···। सुमित लॉबी में ही कुरसी पर बैठ माथे को पकड़ मसल रहा है, नौकरी न लगने की चिंताएँ उसे व्यक्तिगत रूप से हमेशा परेशान रखती हैं, इसलिए अब अकसर उसे यह दर्द होने लगता है छोटे-छोटे तनाव में ही। वह कुछ देर वहाँ बैठा, लेकिन फिर अपने कमरे में चला गया।

"क्या काम कर देते हो तुम? अपनी बालकी तक सँभल नहीं रही है। जैसे ही वो सोई कि घर से बाहर, और हमारो कोई काम न करते हो। हम अपना खुद काम कर लेते हैं, तमसे कभी कही हो तो बताओ। बस तुम्हारी बहू कभी-कभी चार रोटी बाँध देती है और तुम छोटी बहू को कभी-कभी काम कर देते हो। लेकिन जे सब हमें सुनाने की जरूरत नहीं है। और न हमसे मुँह लगने की जरूरत है, पढ़ो तो सही, न पढ़ो तो सही। जाई के मारे हम जा घर में ज्यादा अब नहीं रुकते हैं। क्योंकि हमें निखिर-निखिर किसी की अच्छी नहीं लगेगी और तुम फिर मुँह लगोगे।" बेटे के तर-पर-तर जवाबों से प्रेमानंद का पारा चढ़ गया। नीचे होते शोर को देख सिया हिमांगी को गोद में लेकर नीचे आ जाती है और रसोई में रोटी बेलती नेहा के पास जाकर धीमे स्वर से जानने की कोशिश करती है।

"अरे, अब तुम भी चुप्प हो जाओ, वो चला गया है अंदर। और तुम हर छोटी-छोटी बात पर टोका मत करो बालकन को। बहू बारे हुए गए हैं सब। जो जैसो करै करन देओ···" सुमित को अंदर अपने कमरे में जाते ही गोद से नीचे फिसलती बच्ची को गोद में सँभालती हुई पति को समझाती हैं मायादेवी। सिया अपनी बेटी को बैठक में लाती है और तख्त पर एक साइड में लिटा पहले प्रेमानंद के पैर छूती है फिर अपनी सास के।

"बहू, तुम कोई सामान मँगाया करो तो हमें बता दिया करो," भोजन की जूठी थाली को उठाकर ले जाती सिया से बोले प्रेमानंद।

"अब तुमहूँ बहुत बोल रहे हो, सुमित ने मना करी कहूँ कि नाय लावेंगे सामान? तुम्हारी जे बातें ठीक हैं? जरा सोचियो, बालकन में फरक डालन वाली बातें कर रहे हौ फालतू में। कह रहे हैं कि शांत रहो हुई गई सो हुय गई।" सिया पापा की बात नजरअंदाज कर चली जाती है, प्रेमानंद बैठक से उठकर दरवाजे की तरफ नल पर जाते हैं गिलास धुलने। मायादेवी नेहा की बच्ची को गोद से उतार अपने कमरे में पापा के पास चले जाने का इशारा करती हैं। मायादेवी माँ भी है और पत्नी भी, परिवार में यह किरदार एक ऐसा होता है कि घर में जब कभी भी कहासुनी होती है तो वह हर रिश्ते की तरफ बोल माहौल को शांत करने की कोशिश करती हैं। मायादेवी जानती हैं कि पति की तरफ से बोलेंगी तो बेटा हो सकता है अपने चिड़चिड़ापन में और घिरता चला जाए! और बेटे की तरफ बोलती हैं तो कहीं पति दुबारा गाँव न लौट जाएँ घर की झिक-झिक से दूर! इस उलझन में उलझी मायादेवी जैसी कई स्त्रियाँ भावनाओं से जाने-अनजाने में

उत्पीड़ित होती रहती हैं, लेकिन सब अपेन ही तो हैं, सोचकर धैर्य की विशालता का परिचय भी देती हैं।

"ऐसा है, आप क्यों बोलते हैं इतना। पापा हैं वो, कह देते हैं तो कहने दो। आप तो जानते हो न कि मेहनत कर रहे हो! फिर क्यों बार-बार कहना।" रसोई में सिया को बरतन धुलता छोड़ नेहा एक प्लेट में रोटी-सब्जी और गिलास में चाय लेकर आती है समझाने। पत्नी की बात सुन आत्मग्लानि में डूबा सुमित एक पल के लिए नेहा की तरफ घूरता है, लेकिन फिर माथे से पीछे की तरफ सिर पर हाथ फेर गहरी साँस ले प्लेट पकड़ लेता है।

"पता है! पापा अभी-अभी ही आए हैं गाँव से। खाना खाने बैठे ही थे कि लली कैसेउ जग गई और बेड से उतरती फेरा गिर गई। बस इसलिए पापा नाराज थे''।" नेहा अपने पति को पापा की नाराजगी की वजह बता शांत करने की कोशिश तो करती है, लेकिन सुमित के मन में बस उलझन है कि कैसे भी भगवान् नौकरी लवा दें इस बार। इधर नेहा पति के पास खड़ी होकर बात कर रही होती है तो उधर माँ सुमित की बात को लेकर रसोई में काम कर रही सिया के पास जाती हैं, "तुम भी खा लो खाना'', लली को दूध पिलाए देओ?"

"हाँ पिला दिया मम्मी, आप खाओ न आपने भी तो नहीं खाया होगा न?" सिया मम्मी को देख थाली उठाती है खाना लगाने के लिए।

"न हम अभय नाय खाएँगे लली। सुनो! संदीप का फोन आए तो जे सब छोटी-छोटी बातें मत बतइयो, ठीक!" माँ कोशिश करती हैं अपनी धीमी आवाज से सिया को समझाने की, ताकि कहीं बहू की बात सुन संदीप परेशान न हो और गलत न सोचे।

"नहीं मम्मी, मैं उनसे ये सब बातें नहीं कहती हूँ। वो तो खुद समझाते हैं मुझे।" सिया माँ के भरोसे में बेटे के अहसासों को शामिल कर उन्हें यकीन दिला देती है कि वो वाकई ऐसी बातें नहीं करती है पति से जिससे संदीप परेशान हों या मनमुटाव बढ़े।

"सुमित की अब न थोड़ी चिड़चिड़ी वाली आदत हुईअय गई है। बाकोउ कहूँ हिल्लो लग जातो तौ अपने आप ठीक हुय जातो। और लग ही जाएगो कहीं-न-कहीं।" बेटे की आदत में हालातों के कारण बता सास बहू को समझाना चाहती हैं कि उसकी बात का बुरा न मानें।

"उन्हें ऐसे बोल के न ही कहा करें तो ही ठीक। और आज नहीं लगी है तो

कल लग ही जाएगी। मेहनत तो बहुत कर रहे हैं वो तो।" सिया भी कोशिश करती है सास को दरशाने की कि वह समझती भी है और उसे भरोसा भी है जेठ की मेहनत पर।

"लो, अब तुम इसे सुला दो जाकर। सुबह से उठी है।" गोद में खेलती हिमांगी को दुलारती हुई सासू माँ सिया की गोद में थमा देती हैं। सिया रसोई का काम निपटा चुकी है। और सास से हिमांगी को लेकर अपने कमरे की तरफ चली जाती है बच्ची सी इठलाती हुई। और माँ बैठक में बैठे पति प्रेमानंद के पास चली जाती है प्रेम से समझाने के लिए। ताकि घर की तनातनी को यह समझाकर शांत कर सकें कि यह सब वक्त का कारण है, परिवार के किसी सदस्य का नहीं।

सिया कमरे में जाती है तो देखती है कि संदीप की एक मिस कॉल पड़ी है, लेकिन वो फोन नहीं लगाती। बस हिमांगी को गोद में ले बैठ जाती है अपना दूध पिलाने। और सोचने लगती है कि अभी फोन करूँ या न करूँ… ? क्योंकि अभी किया और कहीं बातों-बातों में मुँह से निकल गई बात या पीछे से कोई बोला तो हो सकता है वो परेशान हो जाएँ! और इसी सोच में बैठी-बैठी वो फोन साइड में रख एक लंबा समय गुजार देती है।

पत्नियाँ अपने पति के प्रति बहुत संवेदनशील होती हैं, वो हमेशा चाहती हैं कि हर छोटी-बड़ी चीजें अपने पति से साझा करें, ताकि बातों की साझेदारी से आपस की दूरियाँ कम रहें। फिर चाहे तू-तू मैं-मैं ही क्यों न हो जाए बाद में। लेकिन फिर भी वो अपने मन की कह ही लेती हैं। पर ऐसा कुछ परिस्थितियों में नहीं भी होता है, सिया और उसके पति जैसी स्थितियों में। जहाँ पति घर से दिन के अधिकांशतः समय में बाहर रहे या फिर एक लंबे समय तक बाहर रहने के बाद कभी-कभी घर आता हो। वहाँ पत्नियाँ बच्चों की शिकायतें, घर की कहासुनियों को छुपा लेती हैं। बस इसलिए, ताकि उनका पति जितने समय घर रहें उतना सुकून और प्रेम से रह सकें। लेकिन ये आदतें किसी भी स्त्री में एकदम से नहीं आतीं कि वो अपने पतियों से कुछ भी छुपाएँ। शुरू-शुरू में वो सब बताती हैं और घर में तनातनी जब बढ़ती है तो ही महसूस करती हैं कि शायद न बताते तो अच्छा होता। और फिर धीरे-धीरे खुद को सीमित करने लगती हैं। और जब खुद को ऐसी आदतों में ढालने की शुरुआत करती हैं तो एक लंबे समय तक एक प्रकार के अवसाद में भी घिर जाती हैं। हालाँकि कुछ जल्दी उभर आती हैं, लेकिन कुछ हालातों के इस अवसाद से बहुत प्रताड़ित भी होती हैं।

सिया भी यहाँ कुछ ऐसा ही सीख रही है, लेकिन हमने सिया में महसूस किया कि पति से कुछ छुपाना इतना आसान नहीं होता। सिया पहले कभी भी फोन उठा लेती थी संदीप का और कभी भी लगा देती थी। लेकिन अब फोन लगाने या उठाने से पहले घर के हालातों पर नजर घुमाती है, खुद की सेहत अगर कुछ खराब है या बच्ची की थोड़ी तबीयत खराब है तो बहाने बनाती है। पति के प्रति संवेदनशील रहने वाली पत्नियों को पति से उन बातों को छुपाना, जिसमें वो पिछले कई घंटों से घिरी हुई हैं, बहुत कचोटता है। सिया कई बार आत्मग्लानि से भर जाती है कि मैं कहीं पति के साथ धोखा तो नहीं कर रही ये सब छुपाकर ? लेकिन फिर जब सब सही हो जाता तो अपने निर्णय पर मजबूत हो जाती है। घर के बदलते सफरों में, घर के बदलते माहौलों में पत्नियाँ जब घर को संतुलित रखने के लिए इस तरह खुद को बदलती हैं, तब वो घर की उस खिड़की के किरदार को निभाती हुई मिलती हैं, जिसकी वजह से समाज के ताकते झोंके भी उस घर को तोड़ नहीं सकते।

अब यदि घर के बेटों की तरफ ध्यान दें तो हर घर में चाहे दो बेटे हों या तीन, सभी की आर्थिक और सामाजिक स्थिति ऊपर-नीचे होती ही है। ऐसे में एक का खुद को नीचा समझना और दूसरों का यह सोचना कि इसकी लापरवाही है ! ये सभी बातें ही परिवार में दोषों को जन्म देती हैं। जबकि इसका कारण है कि ऐसी बातों को अन्यथा लेना या अन्यथा बोलना। परिवार के सभी सदस्यों में जब इन ऊपर-नीचे की स्थितियों में ग्लानि और लापरवाही जैसी सोच का जन्म होने लगता है, तब अकसर भाई-भाई पास-पास बैठने, बात करने से कतराने लगते हैं। शुरू-शुरू में घर में आई बहुएँ अपने पतियों को समझती हैं और परिवार के संगठित रहने की विचारधारा पर जोर देती हैं, लेकिन जब रोज-रोज की तनातनी बढ़ जाती है, तब परिवार के बेटों से कहीं ज्यादा पत्नियाँ आपस में बैर रखने लगती हैं। वो घर के उन कामों से अपना हाथ खींचने लगती हैं, जो परिवार के सार्वजनिक काम हैं, जैसे कि मुख्य दरवाजे पर झाड़ू लगाना, छत पर झाड़ू लगाना, घर की बाथरूम साफ करना इत्यादि। लेकिन वहीं इसके ठीक विपरीत दिखावे की प्रतियोगिताएँ बढ़ जाती हैं, माँ-बाप को भोजन देने और घर आए मेहमानों की आव-भगत करने में। जिसमें देखने को मिलता है कि एक ने चाय पिलाई तो दूसरी भी चाय पिलाएगी, एक ने खाना दिया तो दूसरी भी थाली परोसकर लाएगी। अब इसका दुष्परिणाम यह होता है कि माँ-बाप या रिश्तेदार जिसका खा लें, उसके लिए तो ठीक और जिसका थोड़ा लेट हो जाने की वजह से नकार दें तो वो नाखुश।

लेकिन क्या वाकई परिवार के मनमुटाव मनमुटाव ही होते हैं? क्या यह मान लिया जाए कि संगठित परिवारों से बिखर चुके छोटे-छोटे नए टुकड़े बिल्कुल अलग हो जाते हैं? नहीं, ये टूटे-बिखरे घर या तनाव में, प्रतिद्वंद्विता में लड़ते-भिड़ते परिवार उस समंदर की तरह होते हैं, जिसमें कभी तो लगेगा लहरें बाहर जा रही हैं तो टूटे हुए हैं, और कभी लगेगा लहरें अंदर की ओर आ रही हैं, मतलब इनसे ज्यादा आपसी प्रेम किसी में नहीं। रोज-रोज की तनातनी वाले घर असल में उन वजहों से लड़ते हैं, जिसमें वो यह स्पष्टीकरण देते हुए मिलेंगे कि 'क्या तुम ही चाहते हो मुझे? मैं नहीं चाहता तुम्हें?' अर्थात् प्रेम-युद्ध, जिसमें वो लड़ तो रहे होते हैं, लेकिन एक हो जाने के लिए।

□

जागती रातें

यह भाग बदलते सफर की तकरारों से कुछ और ऊपर की तकरारों को आपके समक्ष दरशाएगा, जिसमें परिवार के सदस्यों की आपसी कहासुनी में इतनी बातें उछलेंगी कि सीधे भावनाओं पर वार करेंगी। कुछ इस तरह से वो बातें अविश्वसनीय होंगी कि बार-बार खुद से परिवार का हर व्यक्ति सवाल करेगा कि जिसके लिए हमने सबकुछ किया और कर रहे हैं वो हमें आखिर गलत क्यों समझ रहा है!

परिवार में इस तरह की दरारों का सिलसिला घर में ब्याहकर आई आखिरी बहू के एक साल बाद से लगभग शुरू हो जाता है। और वो इसलिए, क्योंकि एक साल तक सभी सदस्य आपस के मनमुटावों को छिटपुट तू-तू, मैं-मैं को माफ कर जहाँ एक तरफ परिपक्व होते रहते हैं, वहीं दूसरी तरफ अगली बड़ी खटपटों के लिए ताने मारने वाली एक-दूसरे की गलतियों को एकत्र करते रहते हैं। बीच-बीच में खुशियों के या दु:खों के बड़े पल नजदीक रहने पर भावनाओं का उत्सर्जन करते हैं दिलों में, लेकिन फिर आस-पड़ोस के चमगादड़ और रिश्तेदारों के कान अपनी मिलावटी आवाजों से उन गलतियों की व्याख्याएँ कर परिवार के उन सदस्यों को भड़काने के लिए शिकार करते हैं, जो खुद को ज्यादा पीड़ित समझते हैं…। इन सभी तकरारों का परिणाम यह होता है कि घर का प्रत्येक सदस्य समाज के दूसरे बिखरे घरों का उदाहरण सामने रख खुद को यह समझा लेता है कि 'इस रोज-रोज की झंझट से अच्छा है अलग ही हो जाओ।'

संदीप की शादी को लगभग दो साल हो चुके हैं, हिमांगी माँ की गोद से घर के गरम-नरम होते माहौल को देखते-देखते एक वर्ष की हो गई है। अब घर के लोग कभी-कभी ऊँची आवाजों के साथ बिदकते हैं तो इस बात की चिंता नहीं करते

कि हिमांगी की माँ दूसरे घर से आई है तो कम-से-कम उसके सामने तो कहासुनी से बचें।

आज रविवार का दिन है, सर्दियाँ फिर चढ़ने लगी हैं तो सुबह की धूप में बैठना सुकून दे रहा है। सिया ने हिमांगी को सारे काम निपटा छत पे नहला दिया है और अपने कमरे में ले गई है। रोहित मम्मी के साथ बैठक में खिड़की से आती धूप में बैठ चाय और पकौड़ी खा रहे हैं। सुनीता रसोई में पकौड़ियाँ तल रही हैं तो रोहित के दोनों बच्चे रविवार सुबह की गुनगुनी धूप में खाली पड़े प्लॉट में क्रिकेट खेल रहे हैं मोहल्ले के हम उम्र बच्चों के साथ। सुमित और नेहा अपने कमरे में हैं अपनी बेटी के साथ…।

"फालतू की बकवास न किया कर, तुझे जाना है तो अपने भइया को बुला ले उसके साथ चली जा। मेरे पास नहीं हैं इतने पैसे कि तुझे हर सप्ताह लिये घूमूँ…" अपने कमरे से निकल सुमित दरवाजे को तेजी से लगाते हुए बैठक तक आ गया बड़बड़ाते हुए। कमरे का गुस्सा बैठक में आते-आते कम तो नहीं हुआ, लेकिन सुमित ने सबके सामने खुद को नॉर्मल करने की कोशिश की, ताकि उसकी आपस की कहासुनी से घरवाले कहीं परेशान होकर ताने न मारने लगें, क्योंकि सुमित सोचता है कि हर किसी की तरह उसे उतनी आजादी नहीं बेवजह का शोर-शराबा करने की जितना दूसरे कर सकते हैं। हालाँकि ऐसा कभी किसी ने कहा नहीं है, लेकिन वो कमाता नहीं है अभी इसलिए वो महसूस करता है कई बार।

"का हुय गओ? क्यों सुबह-सुबह लड़ रहे हो,…ऐं?" माँ ने बेटे को समझाने वाली डाँट से पूछा।

"कुछ नहीं! वो ऐसे ही करती रहती है।" तखत पर पड़े अखबार को कुरसी पर ले बैठ जाता है।

सुनीता एक दूसरी प्लेट में गरम-गरम पकौड़ी ले आती है सुमित के लिए, गिलास में चाय लेकर, "लो सुमित…, तुम भी चाय पी लो।" देकर वापस चल दीं।

सुमित ने तखत से गिलास तो उठा लिया, लेकिन मन में पत्नी को याद कर सोचने लगा कि काश! कोई आवाज देकर नेहा को भी बुला ले, क्योंकि उसे पता है कि नेहा को पकौड़ियाँ बहुत पसंद हैं।

"सुनीता…तुम भी आ जाओ अब। बहुत हो गईं, सबके लिए हो जाएगा। तुम भी गरम-गरम खा लो आकर।" माँ के सामने बैठ गरम पकौड़ी को जैसे ही मुँह

में डाला कि जीभ को इधर-उधर घुमाते मुँह जलने से बचाते हुए रोहित पत्नी को बुलाता है।

"संभर के खाओ लला``, (बेटे की तरफ देख कहा), अच्छा सुनो! सुनीता`` एक प्लेट में नेहा को भी दे देना। और सिया को बोलो इधर ले आए लली को।" माँ तो सबको एक साथ खाते-पीते देखना चाहती है न! इसलिए बड़ी बहू को आदेश देती है। माँ की बात सुन सुमित के मन से पत्नी के लिए वो चिंता निकल गई जो उसे डाँटने के बाद पश्चात्ताप को लेकर थी। परिवार के प्रेम से अब वो जरूर राहत महसूस करेगी, भले ही पति की डाँट से गुमसुम बैठी हो। आखिरकार वो भी तो जानती है न अपने पति की चिड़चिड़ाहट के बारे में।

"आज सुबह से लगी पड़ी है बेचारी, पहले बाहर नाली धुलती रही, फिर नहाई तो मंदिर में लगी रही।" रोहित चाय की चुस्कियों के साथ माँ के सामने अपनी पत्नी की तारीफ करने लगा। हालाँकि माँ तो देख ही रही है न कि कौन-कौन काम कर रहा है, लेकिन वो मना न कर सकीं रोहित से कि अभी ऐसा मत कहो, ताकि कहीं सुमित को बुरा न लग जाए। और वो शायद इसलिए, क्योंकि रोहित की पत्नी काम कर रही है तो तारीफ करना उसका कर्तव्य भी है।

"आज नेहा ने बाहर झाड़ू नहीं लगाई?" बड़े भाई की बात सुन आश्चर्य से माँ की तरफ देख पूछा। उसे लगा भाई अपनी पत्नी का काम और हमारी पत्नी का आलस माँ को गिना रहे हैं।

"पता नाय``, वे ऊपर गई थी शायद झाड़ू लगाऊन।" मम्मी ने यों ही दरवाजे की तरफ रोमियो को देखते हुए जवाब ऐसे दिया जैसे शायद वो अनभिज्ञ थीं नेहा के काम से। मम्मी जवाब दे ही रही होती हैं कि सुनीता एक छोटी प्लेट में पकौड़ी और चाय लेकर बैठक में आ जाती हैं। रोहित तखत पर पीछे हट जगह देता है बैठने के लिए।

"सिया कौ बुलाए देतीं``?" सवाल करती निगाहों से देख सुनीता से कहा।

"आ रही हैं, हेमा को कपड़े पहना रही थीं।"

"नेहा``, नेहा``," सुमित तेज आवाज में बैठक से ही ठीक सामने लॉबी में अपने कमरे के दरवाजे की तरफ गुस्से में देख आवाज लगाता है। नेहा सिर पर चुनरी डाल हाथ में चाय और पकौड़ी की प्लेट पकड़ बाहर आती है बैठक की तरफ। सुमित की तेज आवाज को अभी सब नजरअंदाज कर रहे थे।

"बस तुम्हें ढकोसने को दे दो और साला घर जाने के लिए मुँह फुलाने के

लिए दे दो। काम करने के नाम पर उठा नहीं जाता तुमसे।" बैठक तक आ चुकी नेहा को झल्लाकर बोला। सुमित को गुस्सा होता देख सुनीता को लगा कि शायद उसके पति की बात सुन भड़क गए ये।

"अरे नहीं सुमित, आज ये छत साफ करने गई थीं। तो हमने सोचा ऊपर समय ज्यादा लग जाएगा, इसलिए हम ही नीचे कर देते हैं साफ। और सबके सामने ऐसे न बोला करो।" भाभी ने समझाते हुए कहा।

"तुम यार दूसरों पर क्यों भड़कते हो?" रोहित सुमित से गुस्से में कहता है। सिया कमरे से आकर इसी बीच हेमा को सास की गोद में दे देती है।

"हमें न पता थी तो पूछ लिया, इसमें क्या दिक्कत!" नजर बचाते हुए खिड़की से बाहर देखते हुए जवाब दिया।

"दिक्कत यह है कि तुम्हारी बहू सोचेगी कि हम तुम दोनों में लड़ाई करवाउनो चाहत हैं।" रोहित अपने ऊपर इल्जाम की स्थिति बनते देख अपना स्पष्टीकरण देने मात्र बस बोलता है—

"अरे, अब तुम चुप रहो, नैक मैं बात बढ़ जाती है। बाकौ नाय पता ही तौ पूछिए तौ बस। तुम पय थोड़ी इल्जाम लगाओ।" माँ समझती हुई भी बड़े बेटे को समझाने की कोशिश करती है। माँ जानती है कि यदि वो बीच में ऐसा नहीं बोलेंगी तो कहीं बात बढ़ न जाए¨।

"गलत तो सोचते ही हैं खुद, फिर खुद यह सोच लेते हैं कि दूसरा इनके बारे में गलत सोच रहा है। अरे, हम तो अपनी बहू की बात कर रहे थे। तुम्हें उसे डाँटने की क्या जरूरत थी? अब यदि कह देंगे कि कल तुम समय से पहुँच जाते दुकान पर तो कल वो बिजली के पाइप पड़ जाते। अब तीन दिन के लिए वो कहीं और चला गया।" सुमित की तरफ देख बात कहनी शुरू की और माँ की तरफ निगाह ला अपनी बात खत्म की दिल में भरी बातें भड़ास में निकालकर।

भाई की नाराजगी में सुमित अपनी बेबसी समझ रहा है, उसका ध्यान उस ओर नहीं गया कि वो नेहा को डाँटने की वजह से कह रहे हैं। वो तो बस सोचने लगा कि काश! यदि वो भी कमाई का बराबर हिस्सा लगाता तो उसके जाने या न जाने को लेकर रुका काम न जोड़ा जाता। सुमित के दिमाग में यह पश्चात्ताप पनपा और रोहित के मुँह से एक सच निकलने का वैसे तो कोई संबंध नहीं है, क्योंकि बड़ा भाई ऐसा ताना क्यों मारेगा अपने भाई को! वो तो अपने छोटे भाई की मेहनत को समझता ही है। लेकिन समाज की विचारधारा में एक मनोदशा

कहावतों के रूप में जो घूम रही हैं कि 'शादी के बाद कोई भाई-भाई नहीं होता, वो चूकता नहीं ताने मारने में' उस विचारधारा ने छोटे भाई के पश्चात्ताप से बड़े भाई के सच को जोड़ दिया। कहने को एक माँ के सामने छोटे भाई को खुद से अलग करने वाला बड़ा भाई खड़ा हो गया है, जिससे माँ आहत हो गई हैं, लेकिन परिवार की इस खींचतान का वास्तविक दुश्मन बड़ा या छोटा भाई नहीं, बल्कि समय है, समय अर्थात् दौर।

"हाँ, हमें पता है, सब समझ रहे हैं। हो गई पढ़ाई जो होने थी। अब हम भी काम पकड़ ही लेंगे कहीं-न-कहीं। बस गल्ला देना चाहो तो देते रहना, वरना कोई बात नहीं। इतना कमा ही लेंगे कहीं-न-कहीं..." कुरसी से उठ सुमित धीमे स्वर में बुदबुदाता हुआ अपने कमरे में चला गया। पति को जाते देख नेहा भी उनके जूठे बरतनों को उठा चल देती है चुपचाप रसोई की तरफ।

"लो...! कुछ भी कहो लेकिन ये अपने ऊपर ले जाकर ऐसी ही बातें करने लगते हैं, जैसे इनको पैसे-वैसे का किसी ने ताना मारा हो! हर वक्त उलटा ही सोचते हैं।" सुमित के जाते ही रोहित भी पीछे से भुनभुनाया।

"तुमसे कही की शांत रहाओ, लेकिन तुम्हारियो गुस्सा नाक पय ही रखी रहात है। सब जानत हैं कि बाकी चिड़चिड़ान वाली आदत हुय गई है तौ क्यों बोलत चले जात हौ! तुम्हारे पापा अभय हिआँ होते, तौ अभई चले जाते गाँव बिना रोटी लए। जा काहते कि जिस दिन इकट्ठे हुए जात हैं लड़ पत्त हैं।" माँ ने कमरे में रह गए अकले रोहित को डाँटते हुए समझाया। सिया अपने कमरे में चली गई और सुनीता छत पर। माँ यह तो जान गईं कि अपने-अपने कमरे में चले गए हैं तो अब लड़ाई तो नहीं होगी, लेकिन एक साथ बैठने का वो सुखद माहौल भी तो बिगड़ गया न! जिसके लिए चाय और पकौड़ी बड़े शौक से बनवाई थीं। माँ का दिल सुमित को सोच-सोच हमेशा चिंतित रहता है। वो हर रोज घर के मंदिर में पूजा करते वक्त दुआएँ करती हैं कि 'हमारे इस बेटे को भी कहीं और हिल्ले से लगवा दो भगवान्।'

घरों में जब-जब ऐसी स्थितियाँ बनती हैं, माँ-बाप अंत में अपने उस बच्चे के ही पक्ष में बोलते नजर आते हैं, जो आर्थिक रूप से कमजोर है। समाज के सामने सभी भाइयों में खुद को जो बेटा कमजोर समझ-समझकर खुद के व्यवहार में बदल जाता है, माता-पिता उसके आत्मविश्वास को बढ़ाने के लिए उसको भरोसा देने के लिए उसके साथ चले जाते हैं। जिसका परिणाम वो अकसर उठाते हैं, संपन्न

बेटों की बहुएँ गलत पक्ष लेता देख सास-ससुर की दूरदर्शिता को तो नहीं समझतीं, बल्कि उनसे कटना शुरू हो जाती हैं। यहाँ तक कि अपने बच्चों को उनके पास जाने से रोकना, उनके पास खाली समय में भी न बैठना और उनके टोकने पर जवाब देकर बुढ़ापे का ताने मारना जैसा व्यवहार करने लगती हैं, जिसकी शिकायत भी माँ-बाप अपने बेटों से नहीं करते। करते भी हैं तो बिना साक्ष्य के जिन्हें बहुएँ बुढ़ापे की चिड़चिड़ाहट बता खारिज कर देती हैं। और इस स्थिति में हम देखते हैं कि वही कमजोर बच्चा अपनी पत्नी के साथ अपने माँ-बाप की सेवा करता हुआ भी मिलता है।

कई बार हम देखते हैं कि माँ-बाप और अपनी पत्नियों के सामने कुछ भाई आपस में काफी खरी-खरी तक एक-दूसरे से बोल जाते हैं, और हम यह भी सुनते हैं कि पढ़े-लिखे बच्चे भी देखो अनपढ़ों जैसी बातें कर रहे हैं। ऐसी स्थितियों को गौर से खँगालें तो यहाँ दोष पढ़े-लिखे या अनपढ़ होने का नहीं है, यहाँ दोष है भाई-भाई होने का। असल में होता क्या है कि भाई-भाई बचपन से ही साथ खेलते, लड़ते, प्रेम करते एक-दूसरे से इतने परिचित हो जाते हैं कि वो खुद में यह तय कर चुके होते हैं कि 'यह तो हमारा भाई है, कुछ कह देंगे या गलती से निकल जाएगी तो यह तो हमें समझता ही है तो माफ कर ही देगा।'

लेकिन यह भाइयों का प्रेम-विश्वास पत्नियों और माँ-बाप या समाज के सामने एक उम्र बाद सिर्फ भ्रम बनकर रह गया है! यह भाई-भाई ही नहीं समझ पाते। वो समझ ही नहीं पाते कि हमारा ही भाई समाज के सामने हमारी किसी भी एक छोटी सी बात को लेकर इतना टूट जाएगा। वो समझ ही नहीं पाते कि एक उम्र के बाद भाई की बात भाई के दिल को चुभ भी जाएगी। और जब तक वो समझते हैं, तब तक इस तरह की प्रक्रियाएँ कई बार गुजर जाती हैं, जिसका परिणाम यह होता है कि भाई समाज के दूसरे लोगों पर विश्वास कर रात गुजार लेगा कहीं भी, लेकिन अपने भाई को अपने उत्सव में नहीं बुलाएगा। भाइयों के बीच बदलते इस व्यवहार को देख यदि कोई टूटता-बिखरता खत्म होता है तो वो हैं अकेले में विचरण करते माँ-बाप।

और जब आप इस पूरे परिवार के बदलाव का गुनहगार ढूँढ़ने निकलेंगे तो कोई नहीं मिलेगा सिवाय वक्त के। वो कैसे? इसका जवाब इन सभी तकरारों के दर्शन के बाद समीक्षात्मक व्याख्या में रखूँगा।

जब से सुमित और रोहित के बीच तकरार हुई है, तब से खाना तो एक ही रसोई में बन रहा है, लेकिन दोनों कभी-कभी ही माँ-बाप के सामने एक-दूसरे से

बोल रहे हैं और वो भी दिखाने के लिए। वरना कोई-न-कोई बहाना बनाकर भोजन अपने ही कमरे में करते हैं अपनी-अपनी पत्नियों से परोसवाकर। जब पति नहीं बोलते हैं तो पत्नियाँ भी आपस में नहीं बोलतीं। माँ यह सब देख अंदर-ही-अंदर कुढ़ तो रही हैं, लेकिन जब प्रेमानंद गाँव से कस्बे वाले अपने घर आते हैं तो वो छुपा लेती हैं घर की खटपट को, यह सोचकर कि छोटी-मोटी बातों से उन्हें क्यों परेशान करना! एक वक्त बाद सब ठीक हो ही जाएगा। और यह सही भी है कि परिवार की अनबन जब बोलचाल को भी समाप्त कर दे तो सभी किरदार एक ऐसे वक्त के इंतजार में जीने लगते हैं कि एक-दूसरे को माफ कर पास हो जाने का कोई मौका मिले।

शाम के छह बजने को हैं, आज सेकंड फ्राइडे की छुट्टी हुई तो रोहित अपने बच्चों को ढलती शाम में लेकर बैठे हैं छत पर पढ़ाने के लिए दोपहर के भोजन के बाद। प्रेमानंद अपनी धर्म-पत्नी के साथ कमरे में बैठे हैं पारिवारिक गुफ्तगू के लिए। सिया ने हिमांगी को पापा के पास बैठक में तखत के ऊपर लिटा दिया है खेलने के लिए और खुद रसोई में शाम की सब्जी काट रही है, सिया के साथ नेहा भी लगी है। सुनीता लॉबी में बैठ थाली में चावलों से मिरकुआ 'धान' और कंकड़ बुन साफ कर रही है'''।

"अम्मा''', बचाओ'''मम्मी'''।" छत से बड़ा लड़का लव जीने पर दौड़ता चिल्लाता हुआ नीचे आया जैसे किसी जानवर या बंदर ने हमला कर दिया हो। प्रेमानंद और मायादेवी बैठक की खिड़की से जीने पर दौड़ते आते नाती को सवाल करती हुई नजरों से देखते हैं। दोनों छोटी बहुएँ रसोई से झाँकती हैं। सुनीता बच्चे की आवाज सुन घबराती हुई लॉबी से बाहर दरवाजे पर पहुँचती ही हैं कि लव तब तक बैठक में घुस जाता है। कोई कुछ पूछ पाता, तब तक रोहित ऊपर से पीछे-पीछे स्केल हाथ में पकड़े बुदबुदाते आ जाते हैं नीचे'''।

"अरे'''! क्यों मार रहे हौ बालकन कौ ऐं? तुम जब भी लय के बैठत हौ पीटत बहुत हौ। ऐसे पढ़ जाएँगे का बालक?" अपने पीछे लव को छुपा रोहित को पास आने से रोकती मायादेवी प्रेमानंद से पहले ही बोल उनके गुस्से को बढ़ने से पहले माँ का फर्ज निभाने लगती हैं, क्योंकि वो जानती हैं कि प्रेमानंद को अच्छा नहीं लगता कोई उनके सामने बच्चों को पीटे या जानवर को।

"आज मम्मी तुम हटो, जे साले ऐसे पढ़ेंगे ही नहीं।" मम्मी की बात नजरअंदाज कर दरवाजे के पास खड़े-खड़े बस गुस्से में बड़बड़ाया।

"तुम्हें इतनी अक्ल नहीं है क्या कि जा स्टील के स्केल से मार-मार के ऊपर से भगाओगे तो गिरेंगे कि बचेंगे!" प्रेमानंद ने गुस्से में ताना मारते हुए कहा। क्योंकि वो जानना चाहते हैं कि जानबूझकर वो हमारे सामने ऐसा क्यों कर रहा है?

"मरे या बच जाएँ, लेकिन आज समझा ही देंगे इसे।" पापा की बात सुन झल्लाए रोहित ने माँ के पीछे हुए अपने बच्चे की पीठ पर एक स्केल और जड़ दिया। एक तो चोट ऊपर से भय और दादा-दादी के सामने होने की वजह से और जोर से चिल्ला-चिल्लाकर रोने लगा लव।

"मार देओ तुम ठीक, लय जाओ इसे यहाँ से। हमें पता है तुम्हें अच्छो नाय लगत है कि थोड़ी सुख-चैन से रह पाऊँ यहाँ और तुम्हारी बहू को रोटी बनाने पड़े। तुम चिंता न करो बस जा रहे हैं। सोची थोड़ी देर बैठ जाएँ और तुमने हाय-तौबा मचानी शुरू कर दी।" प्रेमानंद ने गुस्से में आकर डाँटते हुए वो इल्जाम लगा दिए, जो वो कभी लगा नहीं सकते। लेकिन कभी-कभी गुस्से में ऐसे शब्द निकल जाते हैं, जो सामने वाले को उत्तेजित कर देते हैं।

"तुम लोगन ने ही बिगाड़ो है इन्हें। तुम्हारी सह के चक्कर में बिल्कुल नाय पढ़त हैं।" पापा को नाराज होता देख लॉबी में चला गया रोहित बड़बड़ाते हुए।

"तुम जब जे घरै होएँ तब ही क्यों मारत हौ? बुरी तौ लगेगी ही। और वे कोई गलत थोड़ी कह रहे। तुम आज पूरे दिन घर रहे, दुपहर भर अपनी बहू संग बाजार घूमत रहे। लेकिन अब जब ये आए तो लयके बैठे पढ़ाउन इन्हें, और ऐसे पीट रहे जैसे कित्तो नुकसान कर दओ होए। ऐसे ही पढ़ाऊत हौ तुम अपने स्कूल में?" माँ ने पति की तरफ लेते हुए अपने उन सवालों को ताने के रूप में आरोपित करते हुए रख दिया जो गलत कहीं से नहीं हैं। आखिर कोई बेटा ऐसा थोड़ी चाहेगा कि उसके माँ-बाप न आएँ सामने! लेकिन गुस्सा आया तो माहौल को समझते हुए जो कि सच लगा सब बोल दिया बिना सोचे कि सामने वाले को कहीं हर्ट तो नहीं होगा?

"हाँ, हम नाय चाहत हैं कि कोई होए घरै।" बेटे की लापरवाही से आया गुस्सा मम्मी-पापा की डाँट से कम तो हो रहा है, लेकिन रोहित घर में बड़े हैं तो जवाब कुछ-कुछ देते ही जा रहे हैं। रोहित जानते हैं कि वो गलत बोल रहे हैं माँ-बाप से लेकिन बच्चे से हुई नाराजगी में मौका ढूँढ़ ही नहीं पाए प्रेम से कहने के लिए कि 'पापा इन्हें डराएँगे नहीं, पीटेंगे नहीं तो सीखेंगे नहीं ये' ऐसा कहने के लिए। आखिर पिता की तरह हाई-प्रेशर वाले जो ठहरे। सो न बोलने से चूके और न सुनने से।

"हाँ``, देखी। आपको हमारा बाजार जाना हड़ गया यह कहो न साफ-साफ।" पति पर बातों से लगते इल्जामों को सुनीता सह न सकी, और बोल पड़ी लॉबी में चावल साफ करते-करते। सुनीता को बोलते देख प्रेमानंद स्तब्ध रह गए। उन्होंने मायादेवी की तरफ देखा तो उन्होंने चुप रहने को कहा, वो जानती हैं बेटे की अपेक्षा बहू से मुँह लगना गलत होगा खासकर प्रेमानंद को। इसलिए वो खुद जवाब देती हैं।

"तुम्हें शर्म नहीं आई अपने ससुर के सामने मुँह खोलने से पहले?" लॉबी में बैठी सुनीता से झल्लाकर बोलीं मायादेवी। लव दादी के पास आखिरी सिसकियों के साथ खड़ा है, उसका घर की लड़ाई देख दर्द कम हो चुका है। रोहित चुप हो गया है, प्रेमानंद हेमा को दुलारते हुए अपने गुस्से को कम कर रहे हैं ध्यान कहासुनी में लगाए।

"आपने जब दोपहर में देख लिया बच्चों को तो क्यों नहीं उन्हें डाँटा? इसलिए, ताकि ताने मार सकें। वे दिन भर फोन में लगी रहती हैं तो उनकी बेटी को तो सँभाल लेती हो, हमारे बच्चन की बस शिकायतें ताकि पिटते रहें``।" सुनीता कुछ भी बोले जा रही है, जैसे मानो कितने दिनों से सास-ससुर के व्यवहार में घृणा महसूस कर रही हो।

"तू पागल है क्या?" प्रमोद ने मम्मी से जुबान लड़ाती पत्नी के हाथ से थाली छीन झल्लाकर कहा। हाँ वो नाराज था, लेकिन यह शायद उसे अच्छा नहीं लगा।

"दीदी, आप ऐसा न कहा करिए, आप तो रोक लेती हैं, अब अपने बच्चों को हमारे कमरे में आने से, तो क्या हम मम्मी-पापा को भी अपनी बच्ची न दें? और फोन पे अपने पति से लगी रहती हूँ, क्योंकि वो दूर रहते हैं।" सिया को शायद ठीक नहीं लगा होगा। आज उसने भी चुप्पी तोड़ ही दी। सास-ससुर, पति, देवरानी को अपने खिलाफ गुस्सा होते देख सुनीता गुस्से में उठी और भावुक आँखों को नम करती हुई कमरे में चली गई। कोई भी लड़की टूट जाएगी, जब सबके सामने उसका पति हाथ उठाए। सुनीता के जाते ही रोहित को लगा वो हमारे मम्मी-पापा से मुँह लड़ा रही है तो पीछे से ऐसे दाँत पीसते हुए गया, जैसे कमरे में जाके पीटेगा। रोहित का छोटा बेटा कुश भी अब तक बैठक वाले कमरे में आ चुका है डरा-सहमा हुआ``।

"अरे``, रोहित``। देखौ तुम्हें हमारी कसम होय अगर तुमने बहू पय हाथ उठाऔ तौ!" कराहती हुई आवाज में रोहित को रोकने की कोशिश करती हुई लॉबी में आई माया। रसोई में खड़ी दोनों छोटी बहुएँ स्तब्ध हैं।

आखिर कोई तो बात नहीं थी कुछ देर पहले। पल भर पहले हँसता-बोलता एक-दूसरे को पूछने वाला परिवार जरा-जरा सी बात पर कहाँ आकर खड़ा हो गया? घर की माँ इतनी घबरा गईं कि बहू-बेटे को समझाने कमरे तक पहुँच गईं कसमें देती हुईं। बच्चे कमरे से लॉबी में आ गए घबराते हुए। आगे क्या हो जाएगा कुछ अनर्थ, यह सभी के चेहरे पर डर के रूप में उभरकर आ गया है! इतनी विध्वंसक स्थिति में घर आ गया है और वो इसलिए, क्योंकि जितने भी इल्जाम आपस में लगे, सब के सब निरर्थक।

"हमारी रोटी भिजवा देना घर," घर के माहौल को वैसा ही छोड़ गुस्से में उठ खूँटी पर टँगे अपने कुरता-पाजामा को फँसा हेमा को बैठक में अकेला छोड़ साइकिल उठाई और रसोई की तरफ देख निकल गए प्रेमानंद। वो जानते हैं कि वो घर से बाहर चले जाएँगे तो सब शांत हो जाएगा। घर में तनातनी हो और जिम्मेदार व्यक्ति चुपचाप घर से बाहर चला जाए तो अनहोनी के डर से बाकियों का गुस्सा फुर्र हो जाता है।

सिया ने मम्मी को आवाज लगाई तो कराहती हुई रोहित के कमरे से बाहर आईं तेज कदमों से—

"सुनो···, अरे कहाँ जाए रहे हो? सुनो तौ।" जब तक वो दरवाजे पर पहुँचतीं तब तक बिना रोटी लिये साइकिल पर बैठ वो सौ मीटर दूर निकल गए। आज प्रेमानंद का मन था घर रुकने का, जब आए थे गाँव से तो कहा था पत्नी से कि आज शाम को पनीर की सब्जी बनवा लेना बहुत दिन से खाई नहीं।

बच्चे एक तरफ और पति के गाँव चले जाने की पीड़ा एक तरफ। वैसे भी हर रोज शाम को लेटते वक्त मायादेवी पति को फोन करतीं और कहतीं, "यहीं रुक जाया करो, कहाँ चले जाते हो गाँव! साथ रुकौ तौ वाकी खुशी अलग ही है।" और फिर जब उधर से पति कहते, "ठीक है कल आ जाएँगे।" तब फिर सो जातीं चैन की नींद एक चिंता और नई आशा में। आज कई दिन बाद एक साथ रुकने का मन था तो बच्चे माँ-बाप की खुशी महसूस ही नहीं कर पाए। अपनी-अपनी जिंदगी को रफ्तार देने की कोशिश में ऐसे भिड़े, जैसे उन्हें अंदाजा था ही नहीं माँ-बाप के इस अलग-अलग सोने के दुःख का···।

पति के जाते ही मायादेवी टूट गईं, पल भर पहले मिली खुशी एक झटके में विदा हो गई। और यही वो पड़ाव है किसी स्त्री के सबसे बड़े दुःख का जहाँ एक तरफ बेटा-बहू, नाती-पोते हों और दूसरी तरफ उसका पति हो। लेकिन उनके

आपसी मनमुटाव में वो किसी को न समझा पा रही हों। यह दु:ख गूँगे के समान शांत कर देता है कुढ़ने के लिए, अंदर के उबलते सवाल और गुस्से को अंदर ही दफन करने के लिए। वह जानती हैं कि कहूँ तो किससे कहूँ ? दूसरे लोग मुँह फुलाकर इधर-उधर चले जाते हैं, लेकिन वो कहाँ जाए ? उनकी ममता ऐसा करने भी तो नहीं देती। स्त्री को तोड़ने वाले तीन पड़ावों में से एक है आज का दिन, जब वो सबसे ज्यादा टूटी हैं, आँखों के सामने घर टूटने का डर लिए।

माँ के मन में उभरा गुस्सा कहीं कोने में जाकर दुबक गया। उन्होंने दरवाजे की कुंडी लगाई और पैरों की जकड़न से उठती कराह को अंदर ही दबा आकर बैठ गईं बैठक में हेमा के पास जहाँ उनके पति बैठे थे।

"पापा चले गए मम्मी ?" नेहा मम्मी को उदास होता देख बैठक में आती है। पीछे-पीछे से सिया और बच्चे भी।

"हाँ, चले गए। तुम रोटी बाँध दो सुमित दे आएगा गाँव उन्हें। थोड़ी ज्यादा बाँध देना वो कल भी नहीं आएँगे।" माँ की आवाज में रुदन शामिल होकर आ रहा है, बार-बार गले के पानी को अंदर रोक अपने आँसुओं को रोकने की कोशिश करने लगती हैं वो सभी के सामने। लेकिन फिर भी आँखों की दो-चार बूँदें सरकती हुई गालों पर आ गईं, जिन्हें पोंछ भी नहीं रही हैं कि कहीं बच्चों को न पता लग जाए।

"अरे, आ जाएँगे पापा। मम्मी, उन्हें (सुमित) भेज देंगे घर लेने के लिए मोटरसाइकिल से। आओ आप उधर बैठो चलके। सिया'', लल्ली को भी ले चलो।" सास की आँखों में आए आँसुओं ने सभी को भावुक कर दिया। रोहित के बच्चों के चेहरे तड़प रहे हैं अम्मा के चेहरे की मुसकान देखने को। सिया खुद को ग्लानि में भिगो सोच में डूबी है कि कम-से-कम वो ही चुप रहती।

"लल्ली को ले जाओ हम बाद में आते हैं। तुम खाना भिजवा दो, वरना रात में ले जाएँगे तो फिर डाँटेंगे।" खुद को सँभालने के लिए वो अकेले उस कमरे में पति को याद कर दो आँसू बहा देना चाहती हैं। वो जानती हैं सब ठीक हो जाएगा, लेकिन गरम हुए माहौल को भावुकता में गुजार देना चाहती हैं।

"मम्मी'', अरे कहीं कुछ नाय भओ तुम लोग परेशान न हुआ करो। नेहा जाओ तुम खाना बाँधो हम ले जा रहे हैं, लेकिन बुला लाएँगे पापा को यहाँ।"

सुमित अभी-अभी ही आया है बाहर कोचिंग से, नेहा ने उसे बताया तो चला आया मम्मी के पास। रोहित और सुनीता भी कोई कुछ गलत थोड़ी सोचते हैं। बस गुस्से में बात बढ़ी तो कह गए। और माँ की हालत पर वो भी परेशान हो रहे हैं कमरे

में, लेकिन पश्चात्ताप के कारण आ नहीं पा रहे हैं बाहर। जैसे-जैसे समय थोड़ा गुजर जाएगा तब सब शांत भी हो जाएँगे और फिर बैठेंगे भी पास-पास।

इस पूरे गुजरे समय पर गौर करें तो सामने एक प्रेम नजर आता है। सबको एक-दूसरे के सामने अपना-अपना प्रेम रख देने की होड़ और सामने वाले में अपने प्रति प्रेम पूछ लेने या महसूस कर लेने की होड़ जैसी है। कोई भी सदस्य एक-दूसरे का बुरा नहीं चाहता, लेकिन गुस्से में एक-दो बातें जब शुरुआत में निकल जाती हैं तो उन्हें सुलझाने के लिए स्पष्टीकरण देने और लेने में बात बढ़ती चली जाती है। लेकिन कभी-कभी कुछ परिवार इस तरह से अलग होकर भावुकता से फिर एक भी हो जाते हैं, और कभी-कभी हालात और वक्त की मार एक लंबे समय तक दूर रखती है, जो फिर कभी मिलने ही नहीं देती। जिससे घर के ही कई लोग दूर हो जाने के पश्चात्ताप में एक लंबा वियोग जीते हैं। और यह स्थिति तब आती है, जब घर की लड़ाई में किसी भी तीसरे व्यक्ति का आना हो जाता है समाज में से। चाहे वो पड़ोसी हो या मायके वाले या ससुरालिए। वो इसलिए, क्योंकि इन तीसरे लोगों के आ जाने के कारण भावुक हो पाने का वक्त ही नहीं मिलता जो एक हो पाएँ। भावुकता बहुत जरूरी है एक होने के लिए।

प्रेमानंद के परिवार में चल रहा मनमुटाव अभी तक घर के अंदर ही है। न किसी ने बाहर बात बताई है और न बाहर वाले ने किसी भी तरह की सलाह रखी है। शायद इसलिए भावुकता बार-बार काम करती है और कुछ पल लड़ते हैं और एक हो जाते हैं। शादी के बाद ऐसा होना बहुत कम घरों में मिलता है, वरना बहुएँ अपने घर जहाँ बताती हैं, या बेटों को जहाँ पड़ोसी भरते हैं, वहीं से माँ-बाप के अकेलेपन के प्रति बच्चे भावुकता तक पहुँचने से रह जाते हैं, और अंतत: वह घर टूट जाने वाली सीमा से बाहर निकल बिखर जाता है।

अच्छा वर्तमान में जब से संचार का माध्यम आया है, तब से पल-पल स्थिति की बाहर जाती खबरें ही आपसी प्रेम में सेंध लगाने में सफल होने लगी हैं। मायके वाले या पड़ोसी माँ-बाप की सेहत की बात बताकर समझाते तो नहीं, बल्कि दूसरे बेटे-बहुएँ बच्चों की तुलना कर आक्रोश भरने का पूरा काम करते हैं। हो सकता है उनकी बातें भड़काने वाली न भी हों, लेकिन उनकी सहानुभूति हमारे आपस की भावुकता कम कर देती है, जिससे मनमुटाव लंबा खिंच जाता है और हर कोई अकेला जीना सीख जाता है अपनी जरूरतों को कहीं और से पूरा कर।

और यही वो पल होता है, जहाँ से माँ-बाप की त्वचा बुझने-सिकुड़ने लगती है, क्योंकि वो जब यह सोचते हैं कि अपने बच्चों को डाँटने-समझाने के लायक भी नहीं बचे हैं, तब अंदर-ही-अंदर उनकी आत्मा की चंचलता कमजोर और पीड़ित होती चली जाती है। जिसका कारण ही है कि माँ-बाप बेटों और बहुओं के मुँह खुलने के बाद जल्दी बुढ़ापे की ओर बढ़ने लगते हैं।

सिया ने अपनी सास को आज पहली बार इतना टूटते देखा, उसने पहली ही बार इतना घर का माहौल बिगड़ते देखा। सैकड़ों प्रश्न उठ खड़े हुए उसके दिमाग में पश्चात्ताप के साथ, जैसे कि अगर वो न बोलती तो शायद ऐसा न होता! ऐसा क्या हो गया, जो बच्चों को लेकर ऐसी बातें होने लगीं? या क्या वाकई आगे चलकर उसे अकेले जीना पड़ेगा? ऐसे तमाम प्रश्न उसके मन को कचोटने लगे।

माँ को छोटी देवरानी ने खाना दिया तो उन्होंने खा लिया उदास मन लिये। अँधेरा घिरते ही सास जब बिस्तर लगा के लेट गईं, दूसरे कमरों की बत्तियाँ बुझ गईं और आज रात किसी ने माहौल की गरमी को शांत करने के लिए लॉबी में पास-पास बैठने की योजना नहीं बनाई, तब सिया अपना काम निपटा अपने कमरे में चली जाती है हिमांगी को लेकर। यह एक भावनात्मक दोष भी है समाज का कि आपस में हुआ मनमुटाव दुबारा प्रेम में बदलने के लिए समय लेता है। इसलिए आज शाम एक-दूसरे के पास नहीं बैठे, लेकिन कल शाम या परसों तक सब नॉर्मल हो जाएगा, ऐसा सभी के मन में है।

सिया कमरे में जाकर बेड पर लेट हिमांगी को अपना दूध पिलाती हुई पति को कॉल कर देती है मन में सवालों से घिरी हुई, वह जानती है कि पति से बात करके ही भविष्य की खुशियाँ आज के मन को शांत कर सकती हैं।

"हाय···, हो गई फ्री।" शायद संदीप इंतजार कर रहा था सिया की कॉल का। क्योंकि दोनों अपने-अपने काम को निपटाकर ही हर रात 10 बजे करीब बात करते हैं।

"हाँ, हो गई, हिमांगी को दूध पिला रही हूँ। शाम को पिलाया था।" बेड पर करवट से लेट हिमांगी को सीने से लगा गहरी साँस लेती है आराम की सिर के नीचे तकिया लगाए।

"मम्मी कहाँ हैं? बैठक में!" संदीप पूंछता है। फौजियों के पारिवारिक प्रेम का एक खूबसूरत हिस्सा है यह प्रश्न, जिससे पत्नी पति से दूर रहकर भी सास-ससुर के प्रति प्रेम और उनकी सेवा करने का दायित्व सीखती है, क्योंकि

फौजी पति और सभी बातों को करने से पहले पत्नी से माँ-बाप का हालचाल पूछता है। वह जानता है कि माँ-बाप तो सही बताएँगे नहीं, क्योंकि वो नहीं चाहते हमारी संतानें परेशान हों। इसलिए पत्नी से पूछ बेटे माँ-बाप के स्वास्थ्य के प्रति निश्चिंत हो जाते हैं।

"हाँ, वो बैठक में हैं। पापा गाँव चले गए हैं तो आज जल्दी सो गईं मम्मी। वैसे थोड़ी देर दोनों लोग बात करते रहते हैं।" अपनी बेटी हिमांगी के सिर के घने काले बालों को सहलाती-दुलारती माँ की नजरें मुसकरा रही हैं। वो पत्नी का ध्यान पति से लगा चिंतन में है कि आज कैसे बताऊँ माँ-बापू की उलझनों को उनके बेटे से? और ममता का ध्यान हिमांगी पर रख दुलार रही है, ताकि अपनी उस बच्ची को भरपेट दूध पिला सके, जो दिन भर माँ की व्यस्तता देख चुपचाप लेटी रहती है खेलती-मुसकराती।

"और बताओ, तुम्हारे मम्मी-पापा ठीक हैं? बाबूजी की चोट कैसी है अब?"

"हाँ···ठीक हैं अब। अच्छा सुनो! मैं सोच रही थी कि सामान कुछ खत्म हो गया है। क्या मैं खुद चली जाऊँ शॉपिंग करने बरेली कल?"

"अकेले?" हैरानी भरी आवाज में पूछा।

"नहीं, अकेले नहीं! यहाँ से मैं अकेले चली जाऊँगी और प्रिया को बुला लूँगी सैटेलाइट पर···" सिया कोशिश करती है प्यार भरी आवाज से पति को मना लेने की।

"तुम पागल हो क्या यार! यहाँ से अकेले जाओगी। तुम्हें नहीं लगता कि तुमने बिना सोचे-समझे यह बात बोली!" संदीप की आवाज में झल्लाहट के स्वर थे।

"अरे, वो मैं···"

"क्या वो मैं···! कितनी बदनामी होगी यार, यह तो सोचो। यह बरेली नहीं है यार, जो किसी को फर्क नहीं पड़ता। यहाँ सब ताकते रहते हैं बस कुछ मिले इधर-उधर करने की। घर से निकलोगी और पापा को, हमको फोन आने लगेंगे।" गुस्से से भरी आवाज अब शांत होती जा रही है, क्योंकि सिया ने पलटकर कोई जवाब नहीं दिया न इसलिए।

"मैंने बस कहा यार.., वो इसलिए, ताकि सोचा इस बार प्रिया को कुछ दिला दूँगी। उसके लिए कुछ लिया नहीं अभी तक। सोच रही थी अकेले जाऊँगी तो उसके मनपसंद की चीज दिला दूँगी। वरना कोई साथ होगा तो बस फॉर्मेलिटी के लिए तो ले लेगी, लेकिन कहेगी कुछ नहीं।" सिया एक तरफ बहन के प्रति

प्रेम से पति को राजी करने की कोशिश कर रही है, वहीं इस बार अपनी और बेटी की जरूरतों वाली चीजें खुद खरीदना चाहती है अपने पति से छुपाकर, ताकि घर के बढ़ते मनमुटाव में पति की गैर-मौजूदगी के ताने न सुनने पड़ें, क्योंकि वह जानती है कि यह बात पति को भी ठीक नहीं लगेगी और घरवालों को भी। आपस में मनमुटाव न हो किसी का इसलिए बहुत सी बातें मन में छुपाना सीख रही है। यह वही सिया है, जो शादी से पहले मन की बातें अपने माँ-बाप से कभी भी कह दिया करती थी तो माँ कहती थी कि 'लली, ऐसे मुँहफट रहोगी तो शादी के बाद पति बहुत पीटेगा।' माँ की चिंताओं में पली लड़की आज हालातों से कितना जल्दी सीख गई है! यह संस्कार भी मायके से मिलते हैं लड़की को। मायके की यादों और माँ-बापू के जीवन के आकलन से।

"अरे नहीं यार, तुम प्रिया के लिए अभी रहने दो। हम आएँगे तब चलना और तब प्रिया को दिला देंगे। हमारे सामने तो ले लेगी न?"

"हाँ, आपके सामने तो और भी डिमांड कर देगी।"

"हाँ···। अच्छा यह बताओ कहीं किसी ने कुछ कहा तो नहीं जो ऐसा कह रही हो?"

"नहीं बाबा···, तुम इतना मत सोचा करो। अच्छा कब आ रहे हो छुट्टी?"

"देखो, डाल तो दी है एप्लीकेशन। अगर मिली तो इस महीने के लास्ट तक आ जाऊँगा 20-22 दिन की छुट्टी।" सिया के चेहरे का ध्यान पति की छुट्टी वाली बात पर चला जाता है। वो खुश है अब, छुट्टी सुनते ही हिमांगी की पीठ पर हथेली लगा सीनें से चिपका लेती है।

"आई···"

"क्या हुआ?" संदीप पूछता है।

"ये लड़की है। काट लिया इसने। लग रहा है इसके दाँत निकल आए हैं सभी। देखो, ऊपर से हँस रही है।" सिया हिमांगी को सीने से थोड़ा दूर कर उसके निचले होंठ को अँगूठे से हटा मुसकराकर देखती है।

"सही है, सही है बेटा। ऐसी उलटी-सीधी बातें करोगी तो काटेगी ही। हमारी गुड़िया बहुत होशियार है।"

परिवार की बढ़ती तकरारों से दीवारों पर दरारों के उभार दिखाई देने लगे हैं। ये दरारें चटकती त्वचा की भाँति हैं अभी, जो कुछ समय लेकर भर जाने की खुद ही कोशिश करती नजर आती मिलेंगी आपको घर के माँ-बाप के इमोशनल

किरदार से। लेकिन माँ-बाप जितना बच्चों के इमोशन से खुद के जीने का तरीका बदल लेते हैं, उतना बच्चे शायद कभी नहीं। आज हो सकता है कि घर माँ-बाप के उदास मन को देख पछतावा कर रहा हो और सोच रहा हो कि आगे से नहीं करेंगे, लेकिन आप लगातार इस कहानी में और अपने आस-पास या अपने घर में भी देखते होंगे कि आपसी मनमुटावों की समय-सीमाएँ बढ़ती चली जाती हैं। जो पहले जरा सी खुट-पुट होती थी, आज रात को साथ न बैठने तक पहुँच गई। बच्चे दो दिन शांत रहेंगे फिर किसी-न-किसी बात पर भिड़ेंगे, लेकिन बीच-बचाव करते समझाते माता-पिता खुद ही शांत होकर एक कमरे में सीमित होते चले जाएँगे भोजन की थाली के इंतजार में कि 'जो पहले मिल जाएगी उसे ही खा लेंगे, लेकिन मुँह लग के अपनी बेइज्जती नहीं कराएँगे।' बेटा और बहू माँ-बाप के बदलते मिजाज में उनकी दूरदर्शिता को नजरअंदाज कर बुढ़ापे की मार समझ उन्हें एक कमरे तक सीमित करने लगेंगे, और बिखर जाने के लिए खुद अपने निर्णय तय करना सीख जाएँगे।

कुछ समय बाद ऐसे परिवारों में बूढ़े माँ-बाप से, बेटा-बहुओं की वजह से रिश्तेदार और समाज भी बस सहानुभूति मात्र ही मिलते हैं एक फॉर्मेलिटी के लिए। लेकिन अपनी हालत और परिवार के बिखराव पर बुदबुदाते बुजुर्ग दंपती के होंठों की आवाज को कोई नहीं सुनता। यहाँ तक कि अपने बच्चों को दादा-दादी के पास जाने का एक समय निर्धारित कर देते हैं बेटे और बहू ही मिलकर, दादा-दादी अपनी पसंद से अपने पास बुला भी नहीं सकते।

ऐसे समाज को देखते हुए क्या नहीं लगता कि खिलजी को पढ़ने वाले लोग अपने ही माँ-बाप पर खिलजी शासन लागू कर रहे हैं?

खैर···'जागती रातों' के अगले हिस्से में देखते हैं उस किस्से को जहाँ से तय हो जाते हैं रसोई के अलग हो जाने के नियम, माँ-बाप को खिलाने और घर के कामों के बँट जाने के नियम।

संदीप की शादी को लगभग सवा-दो वर्ष गुजर गए हैं, इस बार माह शिवरात्रि पर पूरा परिवार एकत्र होगा गाँववाले घर में एक साथ त्योहार मनाने के लिए। अभी एक सप्ताह है बाकी महाशिवरात्रि का। पापा ने पूरे घर की पुताई-रँगाई करा, धुलाई करा गाँववाले घर को चमका दिया है। क्योंकि वो चाहते हैं कि उनके बच्चे-बहुएँ आएँ तो उन्हें कुछ काम न करना पड़े और पूरी तरह से उत्सव को जी पाएँ। पापा लोग ऐसे ही तो होते हैं, खुद मजदूरों के साथ लग शरीर को पसीने से गला देंगे,

खुद साइकिल से चलकर भी मुसकरा लेंगे, लेकिन बच्चों को दो कदम पैदल नहीं चलने देंगे।

आज रविवार है, सुबह को आज सब देरी से उठे हैं। लेकिन माँ हर रोज की तरह रोमियो को खोल दरवाजे पर पड़े अखबार को लेकर बैठक में आ जाती हैं।

"संदीप''रोहित''सुमित''उठो लला। देखो सात बज गए, सूरज ऊपर चढ़ आए हैं। तुम्हारे पापा लगे होएँगे घर पर काम-धाम में। आज छुट्टी है तौ देख आते सब लोग गाँव में। जो काम बचो है जल्दी हुए जातो।" अखबारों के पन्ने पलटती मायादेवी बोल ही रही होती हैं कि सिया हिमांगी को तौलिया में लपेट ले आती है दादी के पास लिटाने के लिए। पीछे-पीछे संदीप भी आ जाता है।

"राधे-राधे मम्मी।" मम्मी के पैर छूकर तखत पर लेटी हिमांगी की तरफ मुसकराते हुए बैठ गया तखत पर ही।

"बताओ लला, आज क्या खाओगे? वही बनवा देते हैं।" अखबार को संदीप को दे बहुत दिनों बाद घर आए बेटे को हर रोज माँ तरह-तरह के व्यंजन खिला देना चाहती हैं। आखिर अतिथियों की तरह ही तो आते हैं फौजी घर।

"जो बनवाओ बनवा लो मम्मी, घर का तो सब बढ़िया लगता है।"

"सिया''लव को भेज के रस मँगा लो। संदीप रस बहुत मन से खाते हैं।" तखत पर बैठे फौजी बेटे के सिर पर हाथ फेर दुलारने लगती हैं माँ। तब तक रोहित और सुमित भी आ जाते हैं अपने कमरे से निकल और मम्मी के पैर छूकर बैठ जाते हैं अलग-अलग कुरसी पर।

"यार, कल गाड़ी दिखाई एजेंसी पर तो उसमें तो सारी वायरिंग कटी हुई थी, गद्दियाँ भी कटी हुई थीं। निकालते नहीं थे क्या उसे कभी बाहर?" संदीप शायद कल रात से ही इन सवालों को मन में दबाए हुए था। उसने दोनों भाइयों की तरफ देख पूछा।

"अरे, कहाँ समय मिलता है यार। सुबह निकल गए शाम को लौटे, फिर बच्चों को लेकर बैठ जाओ।"

"यार, उसमें आज 15 हजार लगे हैं सिर्फ तार और कुरसी में। बताओ खड़ी-खड़ी गाड़ी अगर 20 हजार खा लेगी इससे तो बढ़िया है बेंच ही दें यार। हमें लगा तुम लोग चलाते रहते होगे यार!" संदीप इस नुकसान का इल्जाम कहीं-न-कहीं परिवार की उस लापरवाही पर थोप रहा है, जो उसकी गाड़ी होने की वजह से भाइयों ने की।

"अरे, अब जब अपनी से ही फुरसत नाय मिल रही है यार तो दूसरी देखने की बात ही कहाँ है! अपनी गाड़ी की खुद एक साल बाद दिन भर की छुट्टी लेकर कराई है सर्विस।" रोहित ने अखबार के पन्ने पलटते हुए साधारण लहजे में कहा।

"सिया को बता देना था यार एक बार, और चाबी अंदर थी तो कभी माँगी नहीं।" बड़े भाई के बाद छोटे भाई सुमित ने भी अपनी सफाई दे दी।

"बहुत रुपया लग गए? चुहन ने काट दए का तार?" माँ ने पैसों को सुन आश्चर्य से पूछा।

"हाँ मम्मी! यार अपनी गाड़ी देखते तो होगे न? फिर इसमें माँग लेते तो क्या देती नाय वो? हमने सोची तुम लोग अपनी ही थोड़ी चलाते होगे! हमारी भी कभी न कभी चलाते ही होगे।" संदीप के मन में जो गुस्सा था वो कह देना चाहता है, इसलिए बार-बार बात को इल्जाम लगाते हुए दोहरा रहा है।

"अरे यार, घर में तीन-तीन गाड़िया हैं, अपनी ही न सँभाल मिल रही तो तुम्हारी का ध्यान नहीं दे पाए, इसमें नाराज होने वाली बात क्या है? ऐसा तो था नहीं कि कभी न छुई हो। पहले चाबी बाहर टँगी रहती थी तो ले जाया करते थे कभी-कभी, बाद में एक-दो बार बात हो गई तो उसने अंदर रख ली। हमने सोचा तुमने मना किया होगा, इसलिए माँगी नहीं।" घर की नोक-झोंक को अकसर पत्नियाँ अपने पतियों को व्याख्या कर समझा देती हैं, यदि पति बाहर रहता है। प्रमोद का यह बयान उसी का एक दर्शन है।

"जे सब गलत बातें हैं, हमने कब मना किया बताना? हमें पता तक नहीं कि घर में कोई हुआ भी है ड्रामा। बताती ही नहीं वो मुझे। और फिर जरूरत पड़ती है तो माँगते हैं एक-दूसरे कि नहीं! तो माँग ही लेते जब अपनी गाड़ी निकालते होगे उस वक्त।" खर्चे के गुस्से को इल्जामों में थोप-थोपकर निकाले जा रहा है संदीप।

"हमारे पास टाइम नहीं है इतना कि तुम्हारी बहू जवाब दे और हम पीछे-पीछे घूमें।" रोहित के जवाब में पिछले दिनों का गुस्सा उभरकर आ रहा है, जो वह तब नहीं कह पाया था, आज संदीप के सामने होने पर कह रहा है।

रोहित की बात सुन संदीप चेहरे पर सवालों के भाव लेकर शांत बैठी माँ की तरफ देखता है यह जानने के लिए कि आखिर उसकी बहू ने ऐसा क्या जवाब दिया जो उसकी चीजों पर परिवार के लोग हाथ लगाने से खुद को रोके हुए हैं।

"तुम्हऊँ न बहुत बोलत हौ, जरा-जरा सी बात तुम्हारे भीतर पच नाय सकत। और बहू ने ऐसी तौ कोई बात नाय कह दी जो आज ताने मारने बैठ गए हौ!" माँ

ने रोहित को समझाते हुए डाँटा। क्योंकि वो जानती हैं संदीप ऐसी बातों से अपनी बहू को जरूर डाँटेगा।

"हम का ताने मार रहे हैं''? और वे जब सब साफ-साफ ही कह देतीं तब ही हम समझते क्या? और ऐसा तो हो ही नहीं सकता कि इन्हें पता ही न हो। वरना सुबह-सुबह लड़ने थोड़ी बैठ जाते ये!" शादी के बाद अकसर भाई-भाई की नापसंदगी वाली बातें ऐसी लगती हैं, जैसे वो उसकी पत्नी ने पीछे भरी हैं। इसलिए जब अनबन शुरू होती है, तब तानों के रूप में उपयोग करते हैं लोग।

"बाको खर्चा भओ इसलय कहिअय तौ रहो है, कोई तुमसे लड़ थोड़ी रहो। और तुम तौ बड़े हौ, थोड़ी-बहुत बद्‌दआइस नाय कर सकत हौ का?" माँ समझ चुकी हैं कि बात बिगड़ने वाली है।

"तुम्हें तो हमेशा हम ही बुरे लगे, हम ही सबकुछ करें भी और सबकी सुनें भी। और जे गाड़ी की बात पता है क्यों कर रहे हैं? क्योंकि इनकी बहू कहती हैं कि हमारे पति को पैसा ज्यादा लगो है तो हमारे पति ही दुकानों को सँभालें।" रोहित यह सब क्यों बोल रहा है, यह माँ भी सोचकर आश्चर्य में हैं।

"किसने कहा आपसे? आपको लगता है हम ऐसा सोचेंगे?" संदीप का चेहरा गुस्से से लाल हो गया। घर आकर अपनों में बदली भावनाओं को भाँप वो कारण समझने की कोशिश में अपनी पत्नी को इसका जिम्मेदार समझने लगा मन-ही-मन और माँ की तरफ देख पूछता है, "सिया ने कुछ कहा है क्या मम्मी? देखो बताओ मुझे आप लोग। सबकुछ गलत हो रहा है।"

"अच्छा ऐसो है, वे आय रहे होएँगे। तुम लोग इकट्ठे भए नाए कि तू-तू, मैं-मैं करने लगे। जो बात भई वाय छोड़ौ और जाओ अपने-अपने कमरों में समझे। लेकिन लड़ो मत।" माँ किसी की भी तरफदारी लेकर बात को बढ़ाना नहीं चाहतीं, वह हर बार प्रयास करती हैं कि शांति से बात हो जाए।

असल में देखें तो ये भाई-भाई में होने वाली बातें इतनी कटु नहीं हैं कि दिल पर लग जाए और भाई-भाई ही लड़ पड़ें, लेकिन जब ऐसी बातों का इल्जाम उनकी पत्नियों पर लगता है! तो भाई-भाई के मन में एक विचार जन्म लेता है कि कहीं हमारे घरवाले यह तो नहीं समझ रहे कि हम अपनी पत्नी के साथ मिलकर ससुरालियों के चढ़ावे में आ रहे हों? क्योंकि समाज ऐसे भ्रमों से भरा हुआ है, इसलिए वो आपस में ही खुद को स्पष्टीकरण पर जोर देते हुए समझाने की यह कोशिश करने लगते हैं कि नहीं वो पहले जैसे ही हैं, बदले नहीं हैं। और फिर आपसी

प्रेम के डिफेंड में पत्नी पर नाराजगी और पत्नी के डिफेंड में आपस की नाराजगी में उलझते चले जाते हैं, जिससे तनातनी बढ़ती ही चली जाती है। जबकि इससे बचने का सीधा उपाय है विनम्रता से मुसकराकर इल्जामों को खारिज कर देना। लेकिन यह भाव चेहरे पर लाना मुश्किल भरा होता है इल्जामों को दरकिनार कर। इसलिए 'गुस्सा' जल्दी हावी हो जाता है और सबकुछ उलटा हो जाता है।

"चटाक···, तू पागल हो गई है क्या? मुझे यहाँ कुछ पता नहीं है और तूने क्या कहा भइया से?" सिया सभी के लिए चाय लाई ही थी ट्रे में कि ट्रे मेज पर रखते ही बिना कुछ पूछे सबसे पहले तखत से उतर गुस्से में सिया को थप्पड़ मारा और फिर सवाल किया। संदीप ने कभी सोचा भी न था कि उसके घर में ऐसे हालात बन जाएँगे, जिससे वह अपने भाइयों से इतना दूर हो जाएगा कि भाई उसके सामान को ही नहीं छुएँगे।

लेकिन क्या इसकी वजह सिया थी? यह भी तो कहीं साबित नहीं होता न, लेकिन भाइयों से कैसे भिड़ता, इसलिए संदीप ने सिया को ही गलत समझ थप्पड़ मार दिया। पूरे परिवार को एक साथ बैठा देख सिया बहुत खुशी से सभी के लिए चाय और पापड़ सेंक लेकर आई थी।

परिवार में ऐसा पहली बार हुआ कि किसी ने अपनी पत्नी पर हाथ उठाया हो सभी के सामने। थप्पड़ लगते ही माँ के मुँह से 'हाय' निकला और वो घबराती हुई उठीं और सिया के पास जाकर उसको गले लगाती हुई खड़ी हो गईं, शायद वो सोच रही हैं कि संदीप कहीं और न मारे, "संदीप···, चुपचाप निकल जाओ यहाँ से समझे। अब मैं तुम्हें मारूँगी अगर तुमने हमारी बहू पर हाथ उठाया।"

"इससे पूछो इसने कहा क्या है? मेरा मूड खराब है समझ लेना।" लाल हुए चेहरे पर एक डर साफ दिख रहा है संदीप के कि कहीं पत्नी की वजह से उसके घरवाले उससे अलग तो नहीं हो रहे! यह डर पश्चात्ताप का बिल्कुल नहीं है।

जेठ, जेठानी, सास और घर के छोटे बच्चों के सामने पति के थप्पड़ ने सिया को तोड़ दिया। उसने बहुत प्रेम से जीना सीखा था, और सभी को एक साथ लेकर परिवार को बना तो रही थी, फिर उसके साथ ऐसा क्यों हुआ, इस बात ने उसे तोड़ दिया। वह डर रही है, काँप रही है, असमंजस में है कि ऐसा क्यों हुआ? लेकिन कुछ नहीं बोलती और आँखों से बहते आँसुओं को पोंछती नजरें झुकाए अपने कमरे में चली जाती है। माँ डर जाती हैं कि कहीं बहू कुछ कर न ले, वो संदीप को डाँटती-फटकारती हुई सिया के पीछे-पीछे कमरे में जाती हैं। संदीप का गुस्सा देख बड़ी

भाभी हिमांगी की बैठक से अपनी गोद में उठा लॉबी में चली जाती हैं। रोहित लॉबी से खड़े-खड़े देख रहे अपने बच्चों को आँखों से घूरकर अंदर चले जाने का इशारा करते हैं। सुमित अपनी बहू से धीमी आवाज में सारे कपों की चाय उठा ले जाने को कह बाहर संदीप की खड़ी गाड़ी को देखने चला जाता है कि आखिर किस बात की वजह से संदीप इतना गुस्सा हुआ!

"देखें… ? चुप जाओ। हम डाँटेंगे उसे, बहुत गलत करो उसने। आउन देओ पापा को तुम्हारे सब शिकायत करेंगे। आज तक तुम्हारे पापा ने हम पय हाथ नाय उठाओ कित्तियो गलती भई होए, इनकी कैसे हिम्मत पड़ गई कि हमारी बहू पय हाथ उठाए दओ…। चुप जाओ लली…," सिया के कमरे में बेड पर बैठ सिसकती अपनी बहू को सीने से लगा अपनी हथेलियों से गालों को पोंछती हुई कहती हैं सास। उनके मन को तमाम तरह के डर सताने लगे हैं। बहू के बिचलते मन का, पति के रिएक्शन का और परिवार के भविष्य का।

"ठीक हूँ मम्मी मैं, आप परेशान न हों।" माँ के प्यार को देख परेशान होती माँ से खुद को सँभालती हुई बोली। सिया शांत है तब से इसलिए ज्यादा घबरा रही हैं माँ।

"मैं डाँटूँगी उसे…। चलो उठो, तुम चाय पी लो चलकर।"

"आप चलिए मम्मी…, मैं आती हूँ।" सास से नजरें छुपा साड़ी सँभालती हुई बोलती है।

"आ जाना लली…," समाज के परिणामों से डरी हुई माँ घबराती हुई बाहर चली जाती हैं कि कहीं बहू कुछ कर न ले।

सभी अपने-अपने कमरों में चले जाते हैं। नेहा रसोई में बरतन धुल रही है, जो अब माँ को देख इशारों में माँ से सिया का हाल पूछती है। माँ साधारण चिंतित चेहरे से नेहा को हाल समझाती हुई बैठक में चली जाती हैं संदीप के पास। वो माँ हैं न…, इसलिए हर किसी को समझा लेना चाहती हैं परिस्थितियों से निकाल। बेटे को भी कैसे डाँटें? वो भी तो महीनों बाद घर आता है न। लेकिन जो घर पहले संदीप के छुट्टी आने के बाद उसके पास बैठ सबकुछ सुनने और बात करने को लालायित रहता था, उसके कुछ भी कह देने पर शांत सुन लेता था! आज उसको अकेले कमरे में छोड़ उसकी बातों को दिल पर ले अलग-अलग भाग रहा है, यह दुःख भरी चिंता भी माँ के चेहरे पर घर बना उनके घुटने के दर्द को ओझल कर दे रही है। बहू-बेटे की इस तकरार ने माँ को इस चिंता से भर

दिया है कि एक बार उठा हाथ भविष्य के लिए कसक पैदा करता रहेगा बेटे की जिंदगी में। वहीं दूसरी तरफ वो प्रयास में हैं कि पति के आने से पहले वो घर के माहौल को शांत कर लें···, बूढ़ी माँ अपने जवान बेटों के आगे और कितना करे? हालाँकि तीन बड़े-बड़े बेटे जो अलग-अलग मुँह पर नाराजगी लिये बैठे हैं, उन्हें मना एक साथ बैठाने की कोशिश करती बूढ़ी माँ के लिए इतना आसान नहीं है, लेकिन उसे अपनी ममता पर विश्वास है, इसलिए पति के आने से पहले भाग-दौड़ कर रही है।

"लला, उठो जाओ हाथ-मुँह धोए लेओ। और ऐसे हाथ नाय उठाउत हैं। तुम्हारी बहू है वा। दिन भर बेचारी लगी रहती है सबसे ज्यादा, अपनी बालकी तक की चिंता नाय करत है सुबह से संजा तक। और तुम्हें यहाँ की छोटी-मोटी खटपट के बारे में नाय बताउत है, इसको मतलब वा तुम्हें परेशान नाय करनो चाहत है। बाकौ गलत न समझौ। जाओ, तुम भी चाय पी लेओ और उसे भी ले जाओ एक कप में। तुम ले जाओगे तौ बाकौ दिल थोड़ो हल्को हुय जाएगो।" कुरसी पर संदीप को चिंता में शांत बैठा देख माँ पास में खड़ी होकर बालों को सहलाती हुई समझाती हैं। संदीप माँ की बात सुन अपनी पत्नी की बातों को याद करता हुआ भावुक हो गया, लेकिन गले से उठते पत्नी के प्रेम के लिए आँसुओं को अंदर ही रोकता हुआ उठा और चला जाता है बाथरूम की तरफ।

संदीप बाथरूम से पूरे आधे घंटे बाद निकलता है, आज संदीप ने अपने कपड़े अपने आप ही धुल लिए। माँ शांत होकर घर की दीवारों पर हुईं आहटों पर नजर उठाए इंतजार कर रही हैं माहौल के शांत हो जाने का। संदीप नहाकर निकलता है फिर मंदिर में पूजा कर ऊपर रखे शंकर भगवान् को शीश नवाने जाता ही है कि इस बीच सिया हिमांगी को कंधे पर ले हाथ में ट्रॉली बैग थामे बैठक में बैठी माँ के पास पहुँचती है। इस वक्त सभी अपने कमरों में हैं।

"मम्मी, मैं घर जा रही हूँ, प्रिया की तबीयत बहुत खराब है। आ जाऊँगी दो-चार दिन में।" सास के पैर छू सिया माँ को बताए कारण पर जोर डाल कहती है और पीछे मुड़ चल देती है। माँ उसे जाते देख घबरा जाती हैं।

"सुनीता···नेहा···रोको इन्हें। लली, ऐसो मत करो, तुम्हारे आगे हाथ जोड़ती हूँ। अपने लला की तरफ से हम माफी माँगत हैं मत जाओ।" माँ कुरसी से घुटनों पर हाथ रख कराहती हुई लाचार दबी-सहमी आवाज में तेजी से बढ़ती हैं सिया की तरफ। दोनों बड़ी बहुएँ लॉबी में आती हैं मम्मी की आवाज सुन।

कोई और कुछ बोलता उससे पहले ही सिया बोल पड़ी, "मम्मी, तुम्हें हमारी बेटी की कसम, हमें मत रोको अभी। हम आ जाएँगे निश्चिंत रहो, लेकिन अभी हमें जाने दो। हमारी बहन को जरूरत है हमारी।" माँ कसम सुनते ही ठहर जाती हैं। लॉबी में आ चुकी बड़ी बहुएँ अचंभित हैं सिया का गुस्सा देख। रोहित कमरे से झाँक देख रहा है। दोनों बच्चे भी लॉबी में आ अपनी दादी की लाचार आवाज को महसूस कर रुआँसे हो गए और दादी से लिपट गए हैं। घर में अनहोनी होने सी स्थिति बन आई है।

"लली रुक जाओ न, तुम्हारे पापा आ जाएँगे वो छोड़ आएँगे। लेकिन तुम चली गईं तौ वे जे सबकुछ सह नहीं पाएँगे, लली समझो तो!" माँ समझाती रहीं लेकिन सिया थप्पड़ की चोट के आगे सब नजरअंदाज करती हुई गोद में बच्ची और ट्रॉली को रोड पर खींचती हुई चली गई। संदीप ऊपर से नीचे जीने पर जब तक आया तब तक वो दरवाजे से ओझल हो गई। दरवाजे पर बँधे रोमियो को शांत देख, गली में झाँकते मोहल्लेवालों की आहटें महसूस कर माँ दरवाजे तक न जा सकीं। माँ को बच्चों के साथ दरवाजे की ओर झाँकता देख सीढ़ियों पर रुका संदीप सब समझ चुका है, माँ ने संदीप को देख तो लिया, लेकिन बोली नहीं कुछ और बैठक में चली आईं'',

"देखा, ऐसी है जे।" रोहित का गुस्सा फूट गया मम्मी की लाचारी देख घर की उस बहू पर जो अपने हठ का शिकार हो गई।

"रोहित'', अब और आगे बोले न तौ मेरो मरो मुँह देखौगे तुम सब। नेक-नेक सी बात पय जीनो हराम कर रखो है तुम सबने। कित्ते शौक से तुम सबके लय घर बनाए के दओ उनने लेकिन एक दिन चैन से नाय सोउन दओ तुम सबने उन्हें।" माँ की आँखों से आँसुओं की धारा फूट गई, वो रो रही हैं, घर के हालातों से मिले बुढ़ापे के दर्द पर।

दादी को रोता देख दोनों नाती बैठक में उदास बैठे हैं, इस इंतजार में कि कैसे भी दादा आ जाएँ जल्दी तो सबकुछ ठीक हो जाएगा। क्योंकि वो देखते आए हैं दादा के घर में आते ही घर के सब सदस्य चुप हो जाते हैं। सुमित को पीछे से जाने के लिए नेहा ने कहा, लेकिन माँ ने मना कर दिया, "कर लेन दो उसे भी मन की।"

अभी कोई एक घंटा गुजर गया था, माँ इंतजार में बैठी थीं कि शायद बहू घर पर पहुँच जाएगी तो जरूर या कॉल करेगी या लौट आएगी। क्योंकि वो जानती हैं

रोड पर किसी को भेजने से और बेइज्जती होगी। फोन या सिया तो नहीं आई, लेकिन मुख्य दरवाजे की एक फाटक खुली देख प्रेमानंद बड़बड़ाते चले आए। उन्हें देख रोमियो ने पूँछ हिला और भौंकना शुरू कर दिया, जैसे मानो देखते ही घर के माहौल का इशारा कर रहा हो।

"तुम सब घर में घुसके बैठे हो और तुम्हें जे नाय दिखाई देत कि दरवज्जो पूरो खुलो पड़ो है···ऐं? घर में दो आदमी भी घुस गए न तो हिलने नहीं देंगे घर को।" प्रेमानंद को दिन या रात में बाहर हों या अंदर, दरवाजा खुले रहना बिल्कुल पसंद नहीं। समझाते-डाँटते ही रहते हैं, सो आज भी साइकिल अंदर कर दरवाजा लगा रोमियो को नजरअंदाज कर बड़बड़ाते चले आते हैं बैठक में उदास बैठीं पत्नी के पास।

"क्या हुआ? तबीयत नहीं ठीक?" मायादेवी की आँखें आँसुओं से लाल हो गई हैं, उन्हें देख आश्चर्य से पूछा।

"बाबा···, छोटी चाची अकेले ही अपने घर चली गईं···। छोटे चाचा ने चाची को सबके सामने थप्पड़ मारा।" छोटे नाती ने बाबा के पैर छूकर तखत पर चढ़ सब बतला दिया, क्योंकि बच्चों को लगता है कि बाबा जो सबसे बड़े हैं उन्हें बताएँगे तो सब सही हो जाएगा। नाती की बात सुनते ही प्रेमानंद घबराते हुए अपनी पत्नी की तरफ सवालों भरी निगाह से देखते हैं। यह घबराहट उनके घर के बिगड़ते हालातों से उस प्रश्नकाल की है, जो समाज, गली-मोहल्ला और समधी पूछेंगे, यह घबराहट उस डर की है, जो अब गली से गुजरते हुए गाँव में घुसने तक सभी की सवाल करती नजरों के सामने अपनी नजरों को उठाने से पहले होगा।

माँ न बतातीं फिर क्या करतीं। पूरे घर के बाद एक पति ही तो सामने हैं जिन पर विश्वास है कि सँभाल लेंगे वो स्थिति और मना लाएँगे बहू को। वो सबकुछ बता देती हैं सभी का पक्ष रखते हुए, घबराती हुई, समझाती हुई।

"संदीप···संदीप···" बेटे को पुकारते हुए लॉबी में जाते हैं। पिता की आवाज सुन तीनों बेटे और बहुएँ अपने-अपने कमरों से निकल लॉबी में आ जाते हैं।

"तुम्हें शर्म न आई पराई लड़की पर हाथ उठाते हुए? वैसे तो पुस्तकें लिखते हो, पढ़े-लिखे ज्ञानी बनते हो, लेकिन हाथ उठाते वक्त इतना भी ध्यान नहीं आया कि तुम्हारा बाप उसके पिता को क्या जवाब देगा···? तुम सब नीच हो नीच, तुम्हारी अम्मा रो-रो के आँखें लाल कर चुकी हैं, उन्हें देख मैं समझ सकता हूँ कि कितना परेशान हुई होंगी वो, कितना तड़पी होंगी वो! लेकिन तुम सब फिर अपने-अपने

कमरों में छुपे बैठे हो, इससे तुम्हरे ढीठपन को समझ पा रहे हैं हम कि कितने बड़े ढीठ हो! तुम्हारी अम्मा यहाँ अकेले सोती हैं, हम वहाँ अकेले सोते हैं, वो बैठक में पड़ी रहती हैं दिन भर हम गाँव में रखी भई रोटी खा-खा कर समाज में इज्जत बनाने के लिए बड़ी-बड़ी बातें फेंकते रहते हैं कि हमारा एक बेटा मास्टर है, एक हवलदार है। लेकिन तुम सबको यह कुछ न दिखता, बस छोटी-छोटी बात पर मरे जा रहे हो। अब समझ में आई कि तुमसे अच्छे तौ गाँव के वे भोलाराम के बालक हैं। कम-से-कम भोलाराम कौ इतनो परेशान तौ नाय करत हैं! चैन से सोता तो है वो। हमें नाय लग रही कि एक दिन भी हम बुड्ढा-बुढियन कौ हमारे तीन-तीन लड़का चैन की रोटी दय देंगे। तुम सबसे तौ अच्छी हमारी लड़की स्नेहा है, जो रोज दिन में चार बार फोन करके हाल-चाल पूछती रहती है। तुम्हें तो तुम्हारी मम्मी ही कॉल करें तब भी ऐंठ के जवाब देत हो···।" डाँटते-चिल्लाते पिता को देख सभी चुपचाप लॉबी में सुनते रहते हैं मुँह लटकाए···।

"तुम्हारी अम्मा ठीक नाय रहती हैं वरना उन्हें भी लय जाते हम गाँव, रहो जैसे रहो। लेकिन आज के बाद हम इस घर में नहीं आएँगे कह दे रहे हैं। रोटी देना या मत देना। जब तक जिएँगे जी लेंगे, लेकिन तुम सबको मुँह नहीं दिखाएँगे···" अपनी पत्नी को रोता छोड़ प्रेमानंद पीछे मुड़े और चले गए लॉबी का दरवाजा बाहर से लगा साइकिल उठा बाहर की ओर।

"अरे सुनो···रुको, रोहित···संदीप···लला रोको उन्हें···। सुनीता···रोक लो उन्हें। सुनो···रुको।" घुटनों के दर्द कमर के दर्द से कराहती मायादेवी साड़ी के पल्लू से आँखों को पोंछती हुई दरवाजे तक आ पहुँचीं तेज कदमों से। दोनों बहुएँ, दोनों बेटे, दोनों नाती अंदर से आवाज देते हैं रुकने के लिए। संदीप लॉबी में खड़ा-खड़ा सदमे में चला जाता है, जैसे मानो उसने इस सबका इल्जाम अपने पर ले खुद को शांत कर लिया हो।

"हे भगवान···, कोई रोक लेओ इन्हें। हम मर जाएँगे···, हे लड्डू गोपाल! मेरे कान्हा रोक लो इन्हें।" मायादेवी अपने पचपनवें उम्र में कराहती जोर-जोर की साँसें लेती दरवाजे से टिक जोर से हाथ मारती हुई बैठ जाती हैं। वो जोर-जोर से रो रही हैं, दोनों नाती रो रहे हैं, दोनों बहुएँ रो रही हैं। घर टूट जाने के दर्द से बिलख पड़ा है।

"मम्मी, हम जा रहे हैं मना लेंगे उन्हें। ले आएँगे पापा को और बहू को भी। तुम मत रो मम्मी, उठो न।" रोहित की हालत घबराहट से बिगड़ने लगी है, माँ को बिलखता देख पूरा घर बिलख पड़ा है। उसके बिगड़ते हालात आसानी से नहीं

सँभलते। सभी एक-दूसरे को माफ कर सबकुछ सँभाल लेने की गुजारिशें और भरोसे दे रहे हैं, सिवाय संदीप के।

जैसे-तैसे माँ को सँभालते हैं सभी। प्रेमानंद को मनाने रोहित बैठक की खिड़की से बाहर निकल पीछे से जाता है गाँव। माँ की हालत जब पापा को बताता है जाकर माफी माँगते हुए तो वो भी गाँव से ही पत्नी को कह देते हैं कि कल आ जाऊँगा। लेकिन किसी ने न तो सिया को फोन किया और न ही सिया का फोन आया। घर में बिगड़ते हालातों को देख सभी ने समय पर चिंता छोड़ एक-दूसरे को माफ कर दिया, यह शायद इसलिए था, क्योंकि माँ बिलख रही थीं, जिसको खो जाने का डर सभी के दिल को झकझोर देता है। आखिर अपने ही तो हैं सब, इसलिए माफ क्यों न करते। लेकिन क्या यह परिवार दूसरे घर से आई बेटी के लिए इतना क्रूर था, जो नहीं पिघला मना लेने के लिए?

इस सवाल पर कुछ लोग कहेंगे कि उस लड़की से नाराजगी रही होगी जिसकी वजह से यह सब हुआ। न वो जाती और न इतनी बात बिगड़ती, इसलिए गुस्से में नहीं की होगी कॉल किसी ने। लेकिन ऐसा नहीं था! हाँ, परिवार ने यह नहीं सोचा कि वो कहीं रास्ते में कुछ कर न ले। पर इतना जरूर डर गए थे कि वो अपने घर जाकर सबकुछ कह देगी तो क्या जवाब देंगे उसके पिता को! इसलिए रात को मायादेवी से बात करते वक्त प्रेमानंद ने कहा कि तुम परेशान न हो, हम कल जाएँगे और बहू को मना ले आएँगे घर। यह सबकुछ परिवार में जो निश्चिंतता आई प्रेमानंद के मान जाने से, इसका कारण सिर्फ पारिवारिक प्रेम ही है, और इसी प्रेम पर प्रेमानंद को भरोसा है कि वो जाएँगे तो उसकी बहू भी मान जाएगी और घर की स्थिति फिर पहले जैसी हो जाएगी।

□

खिड़की के रूप

सिया अकेले जब मायके पहुँची तो उसके चेहरे पर से ससुराल की चिंताएँ हट चुकी थीं, इसलिए नहीं कि अब वो मायके में है! इसलिए क्योंकि उसने चेहरे पर उन खुशियों के भाव ला लिए जो सुसराल के माहौल से मायके को बचाएँगे। लेकिन बिना खबर और बिना बुलावे के बेटी का बैग और बच्ची के साथ आना मायके वालों को चिंतित कर ही गया। बेटी को देखते ही घरवाले खुश हुए, प्रिया ने हिमांगी को झट से गोद में लिया और दुलारने-पुचकारने भी लगी, पापा ने मुसकराते हुए बेटी और नन्ही बच्ची के पैर छू स्वागत किया। लेकिन कुछ देर बाद जब माँ ने समझ लिया कि अब सिया नाराज नहीं होगी, तब पूछा—

"लली, अकेले आई हो? लला (दामाद) नाय आए?" माँ जानती है कि बिन बुलाए यदि बेटी मायके आ जाए, तब उससे इस तरह प्रश्न पूछना बेटी को आहत कर सकता है, चुभ सकता है। लेकिन दामाद इतने दिन बाद छुट्टी पर आएँ और फिर बेटी अगले ही दो दिन बाद घर आ जाए तो चिंतित होना लाजिमी है माँ-बाप का।

"मम्मी, वो अपने किसी काम से गए हैं दिल्ली, उनकी ट्रेन का समय नजदीक था तो मुझे यहीं रोड पर छोड़ चले गए। आएँगे वापस दो-चार दिन में तो ले जाएँगे साथ।" मम्मी के सवाल का जवाब पापा के पास बैठ कहकहाती हुई देती है।

माँ का मन नहीं मानता है, वो कुछ और पूछतीं कि उससे पहले ही रमेश बोल पड़ते हैं, "तुम सवाल बहुत करती हो। अरे सही तो है! इस बहाने हमारे साथ रह लेगी बच्ची।" मम्मी के संशयों और उलझनों को अकसर पापा इसी तरह से अपने विश्वासी वाक्यों के साथ टाल दिया करते हैं, ताकि उलझनें स्थितियाँ न बिगाड़ें और समस्याओं को जानने और उससे निपटने का वक्त मिल जाए।

रमेश ने सोचा अगर लड़की नहीं बताना चाहती है तो क्यों उसकी उलझनों को बढ़ाया जाए। मान लो हो सकता है कुछ अनबन हुई भी हो तो अकसर बच्चे आपस में लड़ते हैं, लेकिन कुछ समय बाद ठीक ही हो जाते हैं आपस में सहमत होकर। माँ–बाप का बीच में आना बात बढ़ाने जैसा हो जाता है। इसलिए रमेश ने तय किया कि बेटी से जब तक यहाँ रहेगी ऐसा कुछ नहीं पूछेंगे, जिससे बातें हमें चुभें और बेटी को पछतावा हो कि क्यों बताया? अतः वो बेटी की आवभगत में लग कुछ बेहतरीन पकवान बनाने की बात कर प्रिया की गोद में खेलती नातिन को दुलारने लगते हैं। रमेश यह बात अच्छी तरह से जानते हैं कि मायके में लड़की के बच्चों और लड़की के पति को जब सम्मान मिलता है तो लड़की सबकुछ भूल दोहरी खुशियों में प्रवेश कर जाती है, वह अपने आप पर गर्व करती है। एक तरह से कह सकते हैं कि इस तरह का मायका बेटी की खुशियों और शांति के लिए मेडिटेशन का काम करता है।

उधर रात के दस बज रहे होते हैं, रोहित गाँव में ही रुक जाता है पापा के पास, ताकि सुबह होते ही कस्बेवाले घर में पिताजी को लाकर परिवार के सभी सदस्यों के साथ मिल खुशियाँ वापस ला सके। रात बढ़ते ही गाँव में सूता पड़ा तो प्रेमानंद और रोहित भी आँगन में चारपाई लगा लेट जाते हैं। गाँव में अकसर रोशनी बंद कर लोग खुले आसमाँ के नीचे सोते हैं फिर चाहे मच्छरदानी को लगा उसपर कोई कपड़ा ही क्यों न डाल दें ऊपर से ओस से बचने के लिए। इससे बेहतर स्वास्थ्यप्रद ऑक्सीजन मिलती है।

एक तरफ सभी अगले दिन की उम्मीदों से मन को शांत कर दिन की घटना को यादों में दोहराकर पश्चात्ताप के लिए अपने–अपने बिस्तर पर चले जाते हैं, वहीं संदीप पत्नी पर हाथ उठाने की वजह से घिरे अवसाद में छत पर चला जाता है खुद को समझाने, पश्चात्ताप करने और कुछ देर आत्मग्लानि से खुद को पीड़ा देने⋯। वह घने अँधेरे की छत पर अपने ही अंदर उठते सवालों से भिड़ने लगता है। उसका मन उसके दिल को कभी समझाता तो कभी एक साथ सवाल करता है⋯

तुम क्या सोचने आए हो छत पर संदीप अकेले? क्या यह मान पाओगे कि घर में आज की जो परिस्थिति है, आज से पहले चाहे जितनी अनबन हुई हो, लेकिन इससे तो ठीक ही रही होगी? पत्नी कहीं, माँ कहीं, पिता कहीं⋯।

और यदि ऐसा मानते हो तो सबसे बडा इल्जाम तो तुम पर लगना चाहिए। गुस्से का, स्वार्थ का, तनावरूपी भावनाएँ घर में फैलाने का। तुम कैसे कह सकते हो कि तुम जो लिखते हो परिस्थितियों को सुलझाने वाली बातें परिवार वालों को समझाने के लिए, वो सही हैं? क्योंकि तुम तो खुद इन सब बातों को जानकर भी बहुत गुस्से वाले और उतावले किस्म के इनसान हो, जिसमें धैर्य है ही नहीं किसी को सुनने का भी।

आज तुमने जो थप्पड़ मारा अपनी पत्नी के, और उसके बावजूद उसने तुम्हें पलटकर जवाब नहीं दिया! या आज से पहले घर में हुई तकरारों को उसने तुम्हें बताया नहीं! इसके बारे में कभी तुमने गहनता से सोचा कि क्यों उसने ऐसा किया होगा? घर में बहुत सी तकरारें होती हैं, और होती ही होंगी इतने बड़े घर में, दो साल शादी के हो गए, बच्चा हो गया, तुमसे आज तक शिकायत नहीं की—इसका मतलब तुम इतना भी नहीं समझे क्या कि वो कितने धैर्य के साथ तुम्हारे जीवन को सँभाल रही होगी? उससे पूछा कभी तुमने कि घर की छोटी-मोटी तकरारों के बीच अकेले उस कमरे में अपने मम्मी-पापा और तुमसे दूर कैसे अंदर-ही-अंदर अपने गुस्से को दफन करती होगी? क्योंकि गुस्सा आना या न आना तो एक मानवीय प्रवृत्ति है, भले बाद में प्रेम गुस्से को नष्ट कर दे, लेकिन आना तो स्वाभाविक है। परंतु फिर भी उसने तुम्हें पलटकर जवाब नहीं दिया। और मुझे पूरी उम्मीद भी है कि उसने अपने घर जाकर भी नहीं कहा होगा वरना माँ की कॉल जरूर आती, क्योंकि तुम इतने दिन बाद जो छुट्टी पर आए हो तो माँ को कहाँ अच्छा लगेगा!

और एक तुम हो कि उसके इतने त्याग के बावजूद पीछे से एक कॉल करके भी नहीं पूछा कि घर पहुँची या नहीं। आखिर दिल उसका भी तो है, प्रेम चाहने के लिए कुछ तो अपेक्षाएँ करती ही होगी! लेकिन तुम्हें तो अपनी लज्जा की फिक्र है न, तुम ठहरे लिखने वाले। भला तुम्हारी पत्नी ने तुम्हारे घरवालों के सामने तुम्हारी बेज्जती करा दी पीछे छिटपुट तकरारों से तो तुम क्यों करोगे कॉल? और वैसे भी लड़के वाले कॉल नहीं करते यह चलन भी तो समाज का चलाना है।

अब क्या सोच रहे हो? हैलो'''

पश्चात्ताप मत करो यों बैठकर, बस इन प्रश्नों के जवाब ही सोच लो। और नहीं सोच पा रहे हो तो सुनो हमारी।

तुम लिखते हो, इससे कहीं ज्यादा सम्मान इस बात को लेकर करते हैं तुम्हारे घरवाले तुम्हारा, क्योंकि तुम बाहर रहते हो और महीनों बाद घर आते हो। किसी एक चीज में अच्छे हो जाना इतना अच्छा नहीं होता कि तुम सामने वाले के उस सम्मान को ही नजरअंदाज कर दो, जिसमें सामने वाला तुम्हें ही सम्मान करने की तमाम वजहें छुपाए हुए हो।

संदीप, शादी के बाद किसी भी लड़की के लिए सबसे बड़ी ताकत होती है उसके पति का साथ होना, उसके बाद ससुराल और फिर मायका। और तुम्हें सोचना चाहिए कि इतना प्रेम करने के बावजूद आज जितना तुमने सिया को तोड़ा होगा उतना घर की किसी भी खटपट ने उसे नहीं तोड़ा होगा। और यह भी याद रखना, कि माफ कर भी दोगे तुम लेकिन जो उसके मन में एक विश्वास था कि 'मेरे पति जिन्हें मैंने अपने मम्मी-पापा के सामने लिखने वाला कहकर, समझने वाला कहकर पसंद किया है, जिनपर मुझे हमेशा नाज है, जो दूर रहकर भी हमें प्यार करते हैं समझते हैं!' उस विश्वास को भी तुम्हारे थप्पड़ ने तोड़ दिया।

यह भी सोचना, कैसे वह खुद को यह विश्वास दिला पा रही होगी कि आगे से तुम ऐसा नहीं करोगे? शायद अब तुमसे डरी हुई रहेगी। आज तक वह तुम्हारे प्यार और सम्मान के लिए, तुम्हारा खयाल रखने के लिए कुछ नहीं बताती थी। लेकिन अब आगे से तुमसे हमेशा डरेगी, और सिर्फ डरेगी ही नहीं, बल्कि अपनी इच्छाएँ तुम्हें बताने से पहले घंटों सोचा भी करेगी कि बताऊँ या नहीं! कल जब वो वापस आ जाएगी न, और परिवार फिर एक जैसा हो जाएगा, तब वह स्वयं के आत्मविश्वास को लेकर कितनी क्षति महसूस करेगी! यह तुम कभी सोच ही नहीं सकते।

जरा सोचो, जिस दिन तुम विदा कर ला रहे थे अपनी पत्नी को, उस दिन मायके की एक-एक निगाह तुमसे फफक-फफककर कह रही थी कि हमारी बच्ची और गुड़िया का खयाल रखना। जानते हो क्यों? क्योंकि इस समाज को देख वो सब डरे हुए थे कि लोग घर आई दूसरे घर की बच्चियों-बेटियों के साथ पराया जैसा व्यवहार ही करते हैं, मारते-पीटते हैं। लेकिन जब आगे चलकर अपने व्यवहार और प्रेम से उस लड़की ने अपने मायके वालों को निश्चिंत कर दिया यह समझाकर कि बहुत अच्छे घर आई है उनकी बेटी, सोचो कितना मान-सम्मान बढ़ाया होगा तुम्हारा सभी के दिलों में…!

और आज बिना सोचे-समझे तुमने सभी अपनों के सामने उसे ही थप्पड़ मार दिया··· ?

आखिर उसकी गलती क्या थी? वह तो चाय बनाकर लाई थी न सभी के लिए संदीप? और रही बात चाबी की तो इसमें उसकी गलती इसलिए नहीं थी कि जो गाड़ी कहीं जाती नहीं तो उसकी चाबी अंदर ही रख देते हैं, शायद यह सोचा होगा उसने। इसमें कहीं कुछ गलत तो नहीं था··· ? और न किसी ने कहा··· ?

संदीप परिवार की स्थितियों को समझना जो हर रोज बदलती हैं, जितना एक पत्नी के लिए जरूरी है उससे कहीं ज्यादा पति के लिए भी जरूरी है। परिवार जितना समाज से भिड़कर आगे बढ़ता है, उतना ही आपस में भी भिड़कर आगे बढ़ता है। लेकिन यहाँ पर हर सदस्य की यह जिम्मेदारी होती है कि वह परिवार और समाज में एक-दूसरे का विश्वास और सम्मान बनाए रखे। इसके लिए कुछ दिमाग लगाने की जरूरत नहीं होती है और न ही कुछ अलग से करना होता है। इसके लिए बस परिवार और समाज के साथ हर स्थिति और परिस्थिति में चलते रहना होता है। लेकिन जब भी एक्शन या रिएक्शन लेने का वक्त आए तो उस समय बस इतना सोच लेने की जरूरत होती है कि आप क्या करने जा रहे हैं? और उसके परिणाम क्या होंगे?

जानता हूँ संदीप कि तुम आगे सब सँभाल लोगे, और सिया को मना भी लोगे। लेकिन सबसे ज्यादा जरूरी यह है कि सिया को फिर से यह विश्वास दिला पाओ कि वह तुम्हारे इस कृत्य को माफ कर तुम्हें उसी विश्वास के साथ कबूल कर ले जितने में तुम पहले थे।

लेकिन देखना, यहाँ भी तुम जब तक सोचोगे तब तक तुम्हारी सिया ही तुम्हें माफ कर यह अहसास करा देगी कि उसने तुम्हें माफ कर दिया है। और यहाँ भी तुम पीछे रह जाओगे एक स्त्री से। हो सकता है यह तुम्हें अटपटा लगे और तुम अपने आत्मविश्वास को बढ़ाने के लिए यह सोच लो कि उसका माफ करना तुम्हारा हक है या उसकी स्त्री होने वाली कोई कमजोरी। लेकिन याद रखना, यह सिर्फ तुम्हारा भ्रम होगा। चूँकि वह स्त्री है, इसलिए परिवार की खुशियों के लिए माफी माँगने और देने में कभी सोचती नहीं, जिसे पुरुष उसकी कमजोरी समझता है, तुम बस ऐसा न करना··· ।

और इस तरह अपने सवालों-जवाबों में घिरा संदीप काफी देर तक छत पर पत्नी को याद कर परेशान होता रहा।

रात का अँधेरा झींगुर और अन्य कीट पतंगों से गुनगुनाने लगता है, गाँव की शांत रात में लेटे-लेटे प्रेमानंद परिवार की अनबन और अपनी नाराजगी के पछतावे को सोच कई बार करवटें बदल चुके हैं। वो जानते हैं कि उनका इस तरह से चला आना पूरे घर को रात भर परेशान रखेगा। कुछ ही समय गुजरता है उन्हें इस तरह से सोचते करवटें बदलते कि उनके सीने में दर्द शुरू हो जाता है। पहले तो वो गैस का समझ चारपाई से उतर इधर-उधर टहलते हैं, लेकिन जब एक ही जगह दर्द दिल के आस-पास महसूस होता है, तब वो घबरा जाते हैं, और पास में ही लेटे अपने बेटे को उठा कहते हैं, " रोहित...रोहित..." रोहित अचानक से उठता है तो देखता है कि पापा अपनी चारपाई पर बैठे हैं और सीने पर हाथ रख कराह रहे हैं। वो घबराते हुए उठ नजदीक आता है, तब तक प्रेमानंद चारपाई पर लेट जाते हैं।

"क्या हुआ पापा? सीने में दर्द है क्या?" चप्पलें पहने-पहने लेटे पिता की चप्पल पैरों से निकल तलवे मसलने-सहलाने की कोशिश करता है हड़बड़ाते हुए।

"मुझे डॉक्टर के पास ले चलो जल्दी।"

पापा की बात सुनते ही चीखता-घबराता हुआ पड़ोस में ही रह रहे चाचा को आवाज लगाता है। पूरा घर एक-दूसरे को दौड़ता देख एक-दूसरे के पीछे-पीछे सवाल करते हड़बड़ाते हुए चला आता है। कुछ देर सभी समझाते और हथेली-तलवे सहलाते हैं, लेकिन अगले ही पलों में चाचा की चार-पहिया गाड़ी में पापा को लेकर दौड़ जाते हैं बरेली की ओर। सभी समझ गए कि हार्ट-अटैक ही पड़ा है। भागा-दौड़ी और घबराहट में प्रमोद अपना फोन, आँगन में पड़ी अपनी चारपाई पर ही भूल जाता है। पैसे पास हैं नहीं, इसलिए चचेरे भाई के फोन से सुमित को फोन लगा इतनी रात में पूरी खबर जैसे ही देता है कि बैठक में एक साथ कोहराम मच जाता है। मम्मी की हालत बिगड़ जाती है, एक तो दिन भर वो पहले ही परेशान रही थीं। शाम को जब पापा से भाभी की बात हो गई थी कि वो सुबह आएँगे! तब से कस्बेवाले मकान पर दोनों बहुएँ बच्चे सुमित माँ के पास बैठे थे, एक-दूसरे को समझाकर किन्हीं और बातों में व्यस्त। संदीप छत से नीचे दौड़ता हुआ आता है मम्मी की बिलखती आवाज सुन घबराते हुए किसी अनहोनी के डर से।

एक तरफ चाचा की गाड़ी में चाचा, चचेरे भाई और रोहित प्रेमानंद को लेकर जा रहे हैं पीछे वाली सीट पर लिटा हाथों और पैरों की मालिश करते हुए, तो वहीं मायादेवी बदहवासी की हालत में सुमित और संदीप के साथ अपनी गाड़ी में निकल पड़ी हैं बरेली के लिए। मायादेवी चप्पल ही पहनना भूल गईं, मैक्सी पहने-पहने ऊपर चुनरी ओढ़ 'हाय प्रभू, हाय प्रभू' को याद कर कहती हुई, "कैसेऊ उन्हें रोक लेते तो ऐसो नाय होतो लला!" जैसे शब्दों से बिलखती हुई चली आ रही हैं। सास को बिलखता देख घर की दोनों बहुएँ अनहोनी के अंदेशे से घबराते-रोते दोनों बच्चों को समझाती-चुपाती घर पर ही रुक गईं और ईश्वर को याद करने की बात कह बच्चों को भरोसा दिलाती हैं कि सब ठीक हो जाएगा।

दोनों गाड़ियाँ अगले 30 मिनट में बरेली के एक प्रतिष्ठित हृदय रोग अस्पताल में पहुँच जाती हैं। अभी तक किसी ने सिया को नहीं बताया है। डॉक्टर इमरजेंसी में एडमिट कर लेते हैं। सुमित पर्चा बनवाने काउंटर पर चला जाता है, रोहित माँ के पास वेटिंग रूम में बैठ माँ को भरोसा दिला रहा है कि 'अब समय पर आ गए हैं, पापा को कुछ नहीं होगा।' अस्पताल में भागते डॉक्टरों और अंदर गए स्टाफ का जवाब सुनने के इंतजार में एक घंटा ही गुजरता है कि बेटी स्नेहा और दामाद भी आ जाते हैं। बेटी माँ को देखते ही रोने लगती है। दामाद और बेटे माँ-बेटी को समझाते हैं, 'अस्पताल है यहाँ ज्यादा रोवा-पीटी मत करो सब ठीक हो जाएगा' कहकर। संदीप ने दीदी-जीजाजी के पैर छुए और चुपचाप खड़ा हो गया वहीं इस पूरी घटना की जिम्मेदारी खुद पर ले ग्लानि से अंदर-ही-अंदर घुटता हुआ। वो सोच रहा है कि काश! अपनी पत्नी को थप्पड़ न मारता तो इतना कुछ नहीं होता'''। वो अपने सवालों से पिछले कई घंटों से उलझा हुआ था, अब उसे भी ऐसा महसूस हो रहा है कि कहीं वो भी पापा वाली हालत में न घिर जाए! इसलिए बार-बार लंबी साँसें ले पानी पीकर खुद को शांत करने की कोशिश में अपने मन को बहलाने की कोशिश कर रहा है अस्पताल में इधर-उधर नजरें घुमा-घुमाकर।

देखते-ही-देखते सुबह के चार बज जाते हैं, रात भर में सुमित कई बार काउंटर से दवा लेकर नर्स को दे चुका है। पापा को एक घंटे की छोटी सर्जरी कर खतरे से बाहर बता एक प्राइवेट रूम में शिफ्ट कर दिया गया है। डॉक्टरों ने बताया फर्स्ट अटैक था हर्ट में ब्लॉकेज की वजह से, वॉल डाल दिया है तो अब निश्चिंत रहें, साथ ही सलाह दी तीन घंटे उनसे बात न करने की। माँ ऑपरेटर के पैरों के

पास बैठ उनको देख सिसक रही हैं। बेटी स्नेहा भी वहीं पास में पड़ी बेंच पर बैठी है। दामाद और तीनों बेटे सामने खड़े हैं। प्रेमानंद को होश आ चुका होता है, लेकिन उनके ऑक्सीजन मास्क लगा है। वो सभी की तरफ देख हाथ उठा इशारा करते हैं कि 'परेशान न हो सब ठीक हो जाएगा।' आखिर वो सबसे बड़े हैं तो समझाने की जिम्मेदारी अभी भी समझ रहे हैं। सभी को देख उनकी आँखें बार-बार रुककर आँसुओं की बूँदें छोड़ रही हैं।

परिवार के प्रेम से बिछड़ जाने के डर से वो भी घबरा गए थे, लेकिन फिर भी खुद के आँसुओं का घूँट बार-बार निगलते हुए रोती बेटी और पत्नी को निश्चिंत रहने के लिए हाथ उठा बोलने की कोशिश करते हैं।

"अरे यार, कोई दिक्कत नाय है! कोई परेशान नाय है भइया। तुम खाँ-म-खाँ टेंशन लय लेत हौ यार। ऐसी छोटी-मोटी दिक्कतें तौ होती रहती हैं।" चाचा अपने भाई को निश्चिंतता से लेटे रहने की सलाह देते हैं दरवाजे के पास खड़े-खड़े।

प्रेमानंद भाई की बात सुन उदास खड़े संदीप की तरफ देख शायद उसकी पत्नी के बारे में पूछते हैं ऑक्सीजन मास्क लगे-लगे होंठों को धीमे से हिला।

"बता दिया है पापा, आ रही हैं वो बाबूजी के साथ।" सुमित पापा की बात समझ संदीप के बोलने से पहले बोल पड़ता है। उसे पता है संदीप की हालत, इसलिए अपनी बात पहले रख दोनों को परिवार प्रेम का इशारा करता है। संदीप अपनी तरफ देख रहे पापा को सिर हिलाकर सुमित की बात पर सहमति दरशाता है।

प्रेमानंद की इस हालत ने मानो सबको माफ कर दिया। पुरानी बातें भूल सब एक-दूसरे को समझाने पर लगे हैं। बेटी स्नेहा को तो अस्पताल आकर पता लगा घर के इतने बड़े किस्से के बारे में, लेकिन सब परेशान थे तो किसी से कुछ नहीं कहती है वो, क्योंकि वो यही समझती है कि शायद घरवाले बेटी को परेशान करना नहीं चाहते होंगे, इसलिए नहीं बताया।

सुबह के पाँच बज चुके हैं, सिया अपने पापा के साथ दौड़ती चली आती है। सुमित दोनों को अस्पताल के गेट पर लेने पहुँच जाता है। सिया सूट और चप्पल में ही आ जाती हैं उलझे बिखरे बालों को लिए। उसके पिता पीछे-पीछे तेज कदमों से आते हैं समझाते हुए कि 'कुछ नहीं होगा, सँभालो खुद को बेटा'। सिया सबकुछ

समझ रही है, लेकिन वह भी संदीप की तरह खुद पर इल्जाम लिये घबरा रही है कि काश! वो घर छोड़कर न गई होती! वह घबरा रही है कि उसकी इस वजह से कहीं वह अपनी ससुराल में हमेशा-हमेशा के लिए सभी की नजरों में गिर न जाए!

उधर सिया के पहुँचने से पहले ही स्नेहा ने पापा वाले कमरे से बाहर निकल इशारों में सभी से मना कर दिया है कि सिया से कोई कुछ नहीं कहेगा''।

परिवार के सभी सदस्यों का मन चिंता से तो बाहर आ गया है, लेकिन पश्चात्ताप की वजह से शर्म और उदासी से लटका हुआ है। दो-चार दिन रखेंगे डॉक्टर अस्पताल में प्रेमानंद को, बहुत ज्यादा खर्च भी नहीं हुआ है! लेकिन माँ चिल्ला-चिल्लाकर समझाती रहीं सभी को अनहोनी न हो जाए। वह बात अब याद कर तीनों भाई मुँह छुपा रहे हैं कमरे से बाहर निकल एक-दूसरे से, खुद से। पापा के पास पत्नी मायादेवी और बेटी स्नेहा बैठी हैं। घर की ये दोनों स्त्रियाँ फिलहाल, माफ कर चुकी हैं अपनों को। उनकी जुबाँ पर शिकायतें नहीं हैं बेटों से। बस अगर कुछ है तो आध्यात्मिक विश्वास, इसलिए बार-बार कहे जा रही हैं कि 'वो तो हमारे घर भगवान् की निगाह ठीक है इसलिए। भगवान् बस जल्दी ठीक कर दें, फिर सब मिलकर घर पर सत्यनारायण की कथा करेंगे।'

माँ-बेटी प्रेमानंद के पास बैठ ऑक्सीजन मास्क लगे उनके चेहरे को देख धीमे-धीमे बुदबुदा ही रही होती हैं कि सिया पहुँच जाती है। उसकी आँखें कमरे तक आते-आते आँसुओं से भरी लाल हो चुकी हैं। रमेश दरवाजे पर ही रुक जाते हैं मन के सवालों को रोक पूरे परिवार के सामने। सिया माँ के पास जाकर खड़ी हो जाती है ससुर की हालत को निहारती सिसकती।

"बहू आ गई है।" ग्लानि से भीगे बहू के चेहरे को सास ने देख उसके बोलने से पहले ही बहू कह माफ कर देने का भाव झलका दिया। प्रेमानंद ने लेटे-लेटे पैर छूती बहू को आशीर्वाद दिया तो वो फूट-फूटकर रोने लगी। माफी एक ऐसा भाव है, जो प्रेम के भाव में अचानक उफान ले आता है, जिससे अकसर आँसू छलक ही आते हैं अपनों के प्रति। ननद स्नेहा भाभी का हाथ पकड़ दूसरे हाथ को कंधे पर रख पापा के नज़दीक लाती है।

"पापाजी, माफ कर दीजिए मुझे, मुझे घर नहीं जाना चाहिए था।" सिया इस पूरी घटना का बोझ लिये फिर रो पड़ती है। स्नेहा पास में ही बैठकर चुपाती है, समझाती है, "जो हुआ सो हुआ अब सँभालो खुद को सिया।"

"बहू, तुम क्यों रो रही हो! पापा नाराज नाय हैं तुमसे। तुम रोउगी तो उन्हें अच्छो नाय लगैगो। वे तौ जब से होश आओ तुम्हईं कौ पूछ रहे हैं। उन्हें पता है कि हमारी बहू खुद को माफ नहीं कर पाएगी।" मायादेवी ने दरवाजे पर खड़े समधी को देख नजर सिया की तरफ ला पल्लू सँभाला और अपनी लाल हो चुकी आँखों से आँसू रोकते हुए बहू को समझाती हैं।

रमेश, बेटी और सास की बात सुन घटना के कारण को समझने की कोशिश कर रहे हैं, लेकिन परिवार को एक साथ देख फिर से हिम्मत नहीं कर सके कि पूछें आखिर हुआ क्या था? वो तो बहू और सास के प्रेम में बेटी को खुश देख उस पल के सवालों को अंदर ही शांत कर गए यह सोचकर कि अभी सवाल पूछना बेटी का दर्द कुरेदने जैसा होगा। बेटी के लिए माता-पिता को इस तरह के न जाने कितने सवालों से उलझ घुटते रहना पड़ता है, 'बेटी न जाने किन परिस्थितियों से गुजर रही होगी?' जैसे सवालों से। लेकिन बेटी की खुशियों के खातिर खुद को धीरे-धीरे सँभालना सीख ही जाते हैं बेटी के माँ-बाप।

"आगे से ऐसा कभी नहीं होगा पापा। हम सब मिलकर रह लेंगे। बाहर खड़े हैं दोनों भैया लोग उनके साथ, उनकी आँखों में भी हमने पश्चात्ताप देखा है पापा, बहुत उदास हैं सभी। आज के बाद जैसा आप कहेंगे पापा हम सब वैसा ही करेंगे। हमें दोनों दीदियों ने फोन करके बताया था थोड़ी देर पहले, वो लोग भी बहुत परेशान हैं। वो तो शायद कोई है नहीं घर इसलिए नहीं आईं वरना वो तड़प रही हैं आने को, आपको देखने को।" सिया को सिसकते और पश्चात्ताप करते देख न केवल प्रेमानंद भावुक हो उठे हैं, बल्कि दरवाजे पर खड़े रमेश की आँखें भी आँसुओं से बह रही हैं बहू और बेटी की समझदारी भरी सिसकियों को देखकर। आखिर उसकी उम्र ही क्या है अभी···!

अपनी सिसकियों के साथ आँसुओं को पोंछते हुए सिया थोड़ा रुकी फिर बोली, "एक मैं हूँ जो आपको बिना बताए चली गई घर, और एक आप हैं कि मेरे आने से पहले ही आपने मुझे माफ कर दिया। आज बहुत ग्लानि भी भरी है और पश्चात्ताप भी, रोना भी आ रहा कि यह सब मेरे कारण हुआ। लेकिन बहुत खुश भी हूँ कि मेरे पापा ने इतना अच्छा परिवार दिया मुझे जिन्हें न जाने क्यों मैं समझ ही नहीं पाई। सिसकती आवाज में पश्चात्ताप करती बहू की बात सुन भावुक होते प्रेमानंद ने बेड से सटकर नीचे बैठी बहू के सिर पर हाथ रख धीमी आवाज में कहा, "खुश रहो बेटी···।"

सिया की भावुकता भरी बातें सुन दरवाजे पर खड़े रमेश की आँखों से आँसुओं की धार बार-बार बह उठती है, उनका रुँधता गला रोक नहीं पा रहा है आसुँओं को। बेटी के संस्कारों ने गौरवमयी आँसुओं से भर दिया है रमेश को। एक तरफ ये बड़ी-बड़ी बातें समधियाने में सम्मान बढ़ा रही हैं तो दूसरी तरफ मायके से इतना कुछ बेटी को छुपाता देख बेटी पर गर्व हो रहा है बाप को। ऐसी ही बेटियाँ तो खिड़कियों का रूप होती हैं। रमेश अपने आँसुओं को पोंछते रोकते सभी से नजरें छुपाते कमरे से बाहर आ जाते हैं…।

□

कविता अरोड़ा

"यह परिवार को समझने का वह मोड़ था प्रेमानंद के परिवार का, जहाँ से इस पुस्तक के रूप में सजकर दूसरे परिवारों के सामने मिसाल के रूप में बाहर आया उनका परिवार।

"आइए···, इस कार्यक्रम के अंत में सुनते हैं इस पुस्तक के उस मुख्य किरदार को जिनके जीवन ने लेखक को प्रोत्साहित किया इस पुस्तक को लिखने के लिए। और उन्हीं से सुनेंगे कि बेटी (बहू) को माफ करना और उसको ही आगे लाकर आज इस कार्यक्रम की प्रथम महिला के रूप में प्रस्तुत करने की दूरदर्शिता में आपका दृष्टिकोण क्या है? और उनसे ही पूछेंगे कि स्त्रियाँ खिड़की के रूप में कैसे होती हैं एक घर में, जिन्हें समझना एक पति और ससुर को जरूरी होता है?"

कविता अरोड़ा की बातें सुनते-सुनते ही मंच पर उपस्थित अतिथिगण और दर्शकगण खड़े होकर तालियों के साथ सामने दर्शकों की अगली सीट से उठकर ऊपर आते लेखक के पिता श्री सिपट्टर सिंह यादव का स्वागत करते हैं। कुरता-पाजामा पहने 65 वर्षीय ऑपरेटर जैसे ही मंच पर आते हैं, सबसे पहले सभी को हाथ जोड़कर प्रणाम करते हैं और माइक पर पहुँच जाते हैं···।

दर्शकों की मुसकराती नजरें बड़ी उत्सुकता के साथ अब उस पिता को निहार रही होती हैं सुनने के लिए जिनकी वजह से आज यह पुस्तक समाज में आई परिवार को जोड़ने के लिए···।

□

ऑपरेटर

बहुत-बहुत धन्यवाद माताजी, जो आपने हमें मंच दिया बोलने का। उस दिन जब हार्ट-अटैक मुझे आया और मौत हमारे सामने खड़ी थी, तब जो डर हमारे मन में आया अपनों को खो देने का, तमाम तरह के विचारों के साथ, आज वहाँ से शुरू कर फिर आपके सवालों पर आता हूँ…।

जिस दिन हम रिटायर हुए थे उन दिनों हमारा मकान भुता में बन रहा था। हमें रिटायरमेंट के बाद करीब 11-12 लाख रुपए मिले थे। हम सिंचाई विभाग में नौकरी तो 88-89 से कर रहे थे, लेकिन 2006 में परमानेंट हुए इसलिए पेंशन की सुविधा नहीं मिली। लेकिन जब ये पैसा मिला, तो जो भी मिला घर से लेकर बाहर तक सभी ने कहा, "ये पैसा ही तुम्हारे बुढ़ापे का सहारा है, इसलिए अभी तक जो भी किया बच्चों के लिए बहुत किया, पर अब वो खुद कमाने लायक हो गए हैं तो यह पैसा अपने पास ही रखना।" सच कहूँ तो यह बात हम भी जानते थे, क्योंकि समाज को तो हम भी देख ही रहे थे, परंतु जब घर पर अपनी धर्मपत्नी के पास बैठा तो उन्होंने जो कहा, उसने हमें इतना साहस दे दिया कि दुनिया एक तरफ, पैसा एक तरफ लेकिन बच्चे…हमारी तरफ…।

हमारी पत्नी कहती हैं, "हाँ कहते तो सब लोग ठीक ही हैं, लेकिन हरके बालक ऐसे नाय हैं, और फिर यदि आगे की नाय पता है तौ जा सोचो कि जौ जे अधूरो मकान बनो पड़ो है वौ कैसे बनवाएँगे बालक? उनके पास अपनेई बहुत खर्चा हैं। ऐसो करो कि घर बनवाए देओ, कम-से-कम अपने सामने तौ अपने बालकन कौ जा घर में सुकून से देख लेंगे…। ऐसे पैसन को का करेंगे कि पैसा बैंक में पड़े रहाएँ और बालक हमारे अधबने मकान में।"

लेकिन उस दिन घर में लड़ाई के बाद जब घर से हम गाँव आए तो रिश्तेदारों

और लोगों की बातें टूटते घर पर मानो ताने मार-मारकर चिढ़ा रही थीं हमें। साइकिल से गाँव आते वक्त कई आँसुओं की धार से रोया था मैं। लेकिन अस्पताल में जब पूरे घर को साथ देखा, उस दिन से आज बेटे की इस पुस्तक तक, आपके सवाल तक, मैं अपनी धर्मपत्नी को उसी खिड़की के समान महसूस कर गौरवान्वित हो रहा हूँ, जिसने घर बनाया भी और सभी को माफ कर घर सजाया भी। मैंने अपनी इस पूरी उम्र में विवाह के बाद अपनी पत्नी को सुख-दुःख के हर मोड़ पर ऐसे ही संतुलन बनाते देखा है, जहाँ से बेटे की पुस्तक का शीर्षक बिल्कुल मेल खाता मिल रहा है। और मैं सभी पुरुषों से उम्मीद भी करता हूँ कि हर कोई अपनी धर्मपत्नी में इस तरह से खिड़की के किरदार को देखता महसूस करता भी होगा। और यदि एक-दो प्रतिशत मान लो कभी गौर न किया हो तो करके देखना, आप पाएँगे कि आप सिर्फ आर्थिक मजबूती का ढाँचा हैं उसी घर के, लेकिन आपकी पत्नी पूरे घर के मौसमीय वातावरण के अनुसार संतुलन बनाने वाली खिड़की होंगी…। यह उत्तर था कविताजी आपके दूसरे सवाल का।

अब आते हैं प्रथम सवाल पर, कि हम सभी ने घर की छोटी बहू को ही इस कार्यक्रम की मुख्य भूमिका में प्रस्तुत क्यों किया ?

कविता जी, घर में छोटी-मोटी तकरारें होना घर में प्रेम को बनाए रखने में बहुत सहायक होती हैं। जब से होश आया है तब से पहले चिच्चा (पिताजी) और दाऊ के घर की खटपट और फिर अपने भाइयों से लेकर बच्चों के घरों की खटपटें तक देखी हैं। मतलब तीन-तीन पीढ़ियों के परिवारों के जीवन के डगमगाते संतुलनों पर बहुत नजदीक से नजरें पड़ी हैं। हर जगह स्त्री ही संतुलन को बनाए रखने का कारण मिली है। लेकिन आज जब अपने बिखरते परिवार को संतुलित करती हुई, सहेजती हुई अपनी धर्मपत्नी को खिड़की के रूप में देखा, तो फिर उसी स्त्री का अनुसरण करने वाली दूसरी स्त्री यानी अपनी बहू के सहयोग के लिए हम क्यों न खड़े हों! जो परिवार और अपने पति से दूर रहकर हमारे घर की नई खिड़की बनी है आकर, परिवार की संस्कृति को भविष्य में निरंतर बनाए रखने के लिए।

हमारे घर में हमारी धर्मपत्नी के बाद हमारी बेटी और दोनों बड़ी बहुओं ने अपनी-अपनी भूमिका बहुत शानदार तरह से निभाई है और निभा भी रही हैं। फिर छोटी बहू, जिसको शायद अपने आत्मसम्मान को बनाए रखने में थोड़ी असहजता महसूस हुई थी, लेकिन बाद में वो ग्लानि से भर आँसुओं के साथ रोई। उसे माफ

कर उसे गले लगा, क्यों न परिवार के प्रथम सदस्य के रूप में आगे लाते? आखिर वह भी तो हमारे घर की सबसे मुख्य सदस्य है।

कविताजी, हमारे पूरे परिवार को सिया अपने किरदार से वह साहस और समर्पण सिखला रही है, जिसका पति उससे महीनों दूर रहता है। आज यदि हम उसके जीवन को समझ, उसे माफ कर परिवार के साथ मिलकर एक सम्मान दे रहे हैं तो यह कोई बड़ा काम नहीं कर रहे हैं। यह तो उसका अधिकार है।

मैं तो सभी से यह कहना चाहूँगा कि अपने घर की खिड़कियों को महसूस करना सीखो। उनके महत्त्व को समझना सीखो, उन्हें सम्मान देना चाहिए फिर वे चाहे जिस हिस्से की खिड़की हों, क्योंकि घर की खिड़कियाँ जितनी महकेंगी, सजी-धजी होंगी, घर उतना ही सुंदर लगेगा और चमकेगा, और एक लंबी उम्र तक स्वस्थ रहेगा। वैसे भी इतना हम सभी को याद रखना चाहिए कि खिड़की से घर में आने वाली गरमियों की तपन, सर्दियों की सर्द और बारिशों के छींटों का गुनहगार वक्त होता है न कि खिड़की। इसलिए हवा के झोंकों से बरतनों में होने वाली खटपट का इल्जाम खिड़कियों पर न डाल वक्त पर डालें और समझें। घर में छोटी-मोटी तकरारों का कारण वक्त ही है, अपनों में से कोई अपना नहीं।

इसी के साथ मैं अपने बेटे को भी धन्यवाद कहना चाहूँगा, जिसने यह पुस्तक लिख आप सभी के सामने, समाज के सामने प्रस्तुत की है। बहुत-बहुत धन्यवाद, आभार प्रणाम''' !

(एक तरफ ऑपरेटर ने कोहनियों तक हाथ जोड़ अपनी बात खत्म की तो वहीं दूसरी तरफ पूरा हाल खड़े होकर पूरे परिवार का, पुस्तक का, लेखक का तालियों की गड़गड़ाहट के साथ आभार व्यक्त कर रहा है, सभी के चेहरे मुसकरा रहे हैं। ऑपरेटर हीराकली रमेश और लता अपने बच्चों की इस विजय सफर पर गौरवान्वित हो रहे हैं।)

□□□